小妹的婚事

陆东平 编

小说眼·看中国 丛书

山西出版传媒集团
北岳文艺出版社
BEIYUE LITERATURE & ART PUBLISHING HOUSE
·太原

图书在版编目(CIP)数据

小妹的婚事 / 陆东平编. —太原：北岳文艺出版社,2018.8

ISBN 978-7-5378-5460-3

Ⅰ.①小… Ⅱ.①陆… Ⅲ.①中篇小说—小说集—中国—当代②短篇小说—小说集—中国—当代 Ⅳ.①I247.7

中国版本图书馆 CIP 数据核字(2017)第 296341 号

书　　名　小妹的婚事

策　　划　续小强　左树涛
编　　者　陆东平
责任编辑　左树涛
书籍设计　张永文
印装监制　巩　璠
出版发行　山西出版传媒集团·北岳文艺出版社

地　　址　山西省太原市并州南路 57 号
邮　　编　030012
电　　话　0351-5628696(发行部)
　　　　　0351-5628688(总编室)
传　　真　0351-5628680
网　　址　http://www.bywy.com
E - mail　bywycbs@163.com
经 销 商　新华书店
承 印 者　山西人民印刷有限责任公司

开　　本　890mm × 1240mm　1/32
字　　数　197 千字
印　　张　7.875
版　　次　2018 年 8 月第 1 版
印　　次　2019 年 1 月山西第 2 次印刷
书　　号　ISBN 978-7-5378-5460-3
定　　价　32.00 元

目录

爱情到处流传

付秀莹

那时候，我们住在乡下。父亲在离家几十里的镇上教书。母亲带着我们兄妹两个，住在村子的最东头。这个村子，叫芳村。芳村不大，也不过百十户人家。树却有很多，杨树、柳树、香椿树、刺槐，还有一种树，到现在我都不知道它的名字，叶子肥厚，长得极茂盛，树干上，常常有一种小虫子，长须，薄薄的翅子，伏在那里一动不动。待要悄悄把手伸过去的时候，小东西却忽然一张翅子，飞走了。

每个周末，父亲都回来。父亲骑着那辆破旧的自行车，在田间小路上疾驶。两旁，是庄稼地，青草蔓延，野花星星点点，开得恣意。阳光下，植物的气息在风中流荡。我立在村头，看着父亲的身影越来越近，内心里充满了欢喜。我知道，这是母亲的节日。

在芳村，父亲是一个特别的人。父亲有文化。他的气质、神情、谈吐，甚至他的微笑和沉默，都有一种与众不同的东西。这种东西把他同芳村的男人们区别开来，使得他身上生出一种特别的吸引力。我猜想，芳村的女人们，都暗暗地喜欢他。也因此，在芳村，我的母亲，是一个很受人瞩目的人。女人们常常来我家串门，手里拿着活计，或者不拿。她们坐在院子里，说着话，东家长、西家短，不知道说到什么，就嘎嘎笑了。这是乡下女人特有的笑，爽朗、欢快，有那么一种微微的放肆在里面。为什么不呢，她们是妇人，历经了世事，她们什么都懂得。在芳村，妇人们似乎有一种特权。她们可以说荤话，火辣辣的，直把男人们的脸都说红了，可以把某个男人捉住，褪了他的衣裤，出他的丑。经过了漫长的姑娘时代的屈抑和拘谨，如今，她们是要任性一回了。然而，我父亲是个例外。

微风吹过来，一片树叶掉在地上，闲闲的，起伏两下，也跑不到哪里去。我母亲坐在那里，一下一下地纳鞋底。线长长的，穿过鞋底子，发出哧啦哧啦的声响。对面的四婶子就笑了。拙老婆，纫长线。四婶子是在笑母亲的拙。怎么说呢，同四婶子比起来，母亲是拙了一些。四婶子是芳村有名的巧人儿，在女红方面，尤其出类。还有一条，四婶子人生得标致，丹凤眼，微微有点吊眼梢，看人的时候，眼风一飘，很媚了。尤其是，四婶子的身姿好，在街上走过，总有男人的眼睛追在后面，痴痴地看。在芳村，四婶子同母亲最要好。她常常来我家，两个人坐在院子里说话，说着说着，两个脑袋就挤在一处，声音低下来，低下来，忽然就听不见了。我蹲在树下，入迷地盯着蚂蚁阵，这些小东西，它们来来回回，忙忙碌碌。它们的世界里，都有些什么？我把一片树叶挡在一只蚂蚁面前，它们立刻乱了阵脚。这小小的树叶，我想，在它们眼里，一定无异于一座高山。那么，我的一口口水，在它们，简直就是一条汹涌的河流了吧。看着它们惊慌失措的样子，我咯咯地笑出了声。母亲诧异地朝这边看过来，妮妮，你在干什么？

在芳村，没有谁比我们家更关心星期天了。在芳村，人们更关心初一、十五、二十四节气；星期天，是一件遥远的事，陌生而洋气。我记得，每个周末，不，应该是过了周三，家里的空气就不一样了。到底有什么不一样呢，我也说不好，仿佛发酵的面，醺醺然，甜里面带着一丝微酸，一点一点地，慢慢膨胀起来，让人有一种说不出的喜悦，还有隐隐的不安。母亲的脾气，是越发好了。她进进出出地忙碌，根本无暇顾及我们。我知道，这个时候，如果提一些小小的要求，母亲多半会一口答应。假如是犯了错，这个时候，母亲也总是宽容的。至多，她高高地举起巴掌，然后，在我的屁股上轻轻落下来，也就笑了。到了周五傍晚，母亲派我们去村口，她自己则忙着做饭，通常，是手擀面。上马饺子下马面，在这件事上，母亲近乎偏执了。我忘了说了，在厨房，母亲很有一手，她能把简单的饭食料理得有声有色。在母亲的一生中，厨艺，是她可以炫耀的为数不多的几个资本之一。有时候，看着父亲一面吃着母亲的饭菜，一面赞不绝口，我就不免想，学校里的食堂，一定是很糟糕。一周一回的牙祭，父亲同我们一样，想必也是期待已久的了。母亲坐在一旁，欹着身子，随时准备为父亲添饭。灯光在屋子里流淌，温暖、明亮，油炸花生米的香味在空气里弥漫，有一种肥沃繁华的气息。欢腾、跳跃，然而也安宁，也妥帖。多年以后，我依然记得那样的夜晚、那样的灯光，饭桌前，一家人静静地吃饭，父亲和母亲，一递一句地说着话。也有时候，什么也不说，只是沉默。院子里，风从树梢上掠过，簌簌响。小虫子在墙根底下，唧唧地鸣叫。一屋子的安宁。这是我们家的盛世，我忘不了。

芳村这个地方，怎么说呢，民风淳朴。人们在这里出生、长大、成熟、衰老，然后归于泥土。永世的悲欢、哀愁，微茫的喜悦，不多的欢娱，在一生的光阴里，那么漫长，又是那么短暂。然而，在这淳朴的民风里，却有一种很旷达的东西。我是说，这里的人们，他们没有文化，却看破了很多世事。这是真的。比如说，生死。村子里，谁家添了丁，谁家老了人，在人们眼里，仿佛庄稼的春天和秋天，发芽和收割，是再平常不过的事情。往往是，灵前孝子们披麻戴孝，红肿着一双眼，接过旁人扔过来的烟，点燃，慢慢地吸上一口，容颜也就渐渐开了。悲伤倒还是悲伤的。哭灵的时候，声嘶力竭，数说着亡人在世的种种好处和不易，令围观的人都唏嘘了。然而，院子里，响器吹打起来了，悲凉的调子中，竟然也有几许欢喜。还有门口，戏台子上，咿咿呀呀唱着戏，才子佳人，花好月圆，峨冠博带，玉带蟒袍。大红的水袖舞起来，风流千古。人们喝彩了。孩子们在人群里跑来跑去，尖叫着。女人们在做饭，新盘的大灶子，还没有干透，湿气蒸腾上来，袅袅的，混合着饭菜的香味，令人感到莫名的欢腾。在这片土地上，在芳村，对于生与死都看得这么透彻，还有什么看不开的呢？然而，莫名其妙地，在芳村，就是这么矛盾。在男女之事上，人们似乎格外看重，他们的态度是，既开通，又保守。这真是一件颇费琢磨的事情。

父亲回来的夜晚，总有人来听房。听房的意思，就是听壁角。常常是一些辈分小的促狭鬼，在窗子下埋伏好了，专等着屋里的两个人忘形。在芳村，到处都流传着听来的段子，经了好事人的嘴巴，格外地香艳撩人。村子里，有哪对夫妻没有被听过房？我的父亲，因为长年在外的缘故，周末回来，更是被关注的焦点。为了提防这些促狭鬼，母亲真是伤透了脑筋。父亲呢，则泰然得多了，听着母亲的唠叨，只是微笑。现在想来，那个时候，父亲不过才三十多岁，正是一个男人一生中最好的年华，成熟、笃定、从容，也有血气，也有激情。还有，父亲的眼镜，在那个年代，在芳村，眼镜简直意味着文化，意味着另外一种可能。父亲的眼镜，它是一种标志、一种象征，它超越了芳村的日常生活，在俗世之外，熠熠生辉。我猜想，村子里的许多女人，都对父亲的眼镜怀有别样的想象。多年以后，父亲步入老年，躺在藤椅上，微合着双眼养神。旁边，他的眼镜落寞地躺着。夕阳照在镜框上，一线流光，闪烁不已。我不知道，这个时候，父亲会想到什么。他是在回想他青枝碧叶般的年华吗？那些肉体的欢腾、那些尖叫，藏在身体的秘密角落里，一经点燃，就喷薄而出了。它们那么真切地存在过，让人慌乱、战栗。然而，都过去了。一片阳光从树叶的缝隙里漏下来，落在他的脸上，他微微蹙了蹙眉，把手盖在脸上。

母亲坐在院子里，把簸箕端在膝头，费力地勾着头。天热，小米都生虫子了。蝉在树上叫着，一声疾一声徐，刹那间，就吵成了一片。母亲专心拣着米，也不知想到了什么，就脸红了。她朝屋里张了张，父亲正拿着一本书在看，神态端正，心里就骂了一句，也就笑了。她顶喜欢看父亲这个样子。当年，也是因为父亲的文化，母亲才决然地要嫁给他。否则，单凭父亲的家境，怎么可能？算起来，母亲的娘家，祖上也是这一带有名的财主，只是到后来，没落了，然而架子还在，根深蒂固的门户观念，一直延续到我姥姥这一代。在芳村，这个偏远的小村庄，似乎从来没有受过时代风潮的影响。它藏在华北平原的一隅，遗世独立。这是真的。母亲又侧头看了一眼父亲，心里就忽然跳了一下。她说，这天，真热。父亲把头略抬一抬，眼睛依然看着手里的书本，说可不是，这天。母亲看了父亲一眼，也不知为什么，心头就起了一层薄薄的气恼。她闭了嘴，专心拣米。半晌，听不见动静，父亲才把眼睛从书本里抬起来，看了一眼母亲的背影，知道是冷落了她，就凑过来，伏下身子，逗母亲说话。母亲只管耷着眼皮，低头拣米。父亲无法，就叫我。其时，我正和邻家的三三抓刀螂，听见父亲叫，就跑过来。父亲说，妮妮，你娘她，叫你。我正待问，母亲就扑哧一声，笑了，说妮妮，去喝点水，看这一脑门汗。然后回头横了父亲一眼，错错牙，你，我把你——很恨了。我从水缸子的上端，懵懵懂懂地看着这一切，内心里充满了莫名的欢喜，还有颤动。多么好，我的父亲和母亲。多年以后，直到现在，我总是想起那样的午后，阳光、刀螂、蝉鸣，风轻轻掠过，挥汗如雨。这些，都与恩爱有关。

周末的时候，四婶子很少来我家。偶尔从门口经过，被我母亲叫住，稍稍立一下，说上两句，很快就过去了。看得出，此时，母亲很希望别人同她分享自己的幸福。母亲红晕满面，眼睛深处，水波荡漾，很柔软，也很动人，说着话，常常忽然就失了神。人们见了，辈分小的，就不禁开起了玩笑。母亲轻声抗辩着，越发红了脸。也有时候，四婶子偶尔来家里，同我母亲在院子里说话。我父亲在屋子里，静静地看书。我注意到，这个时候，他看得似乎格外专心。他盯着书本，盯着那一页，半晌，也不见翻动。我轻轻走过去，倒把他吓一跳，说，妮妮，捣什么乱。

事情是什么时候开始发生变化的呢，我说不好。总之，后来，记忆里，我的母亲总是独自垂泪。有时候，从外面疯回来，一进屋子，看见母亲满脸泪水，小小的心里，既吃惊，又困惑。母亲看到我，慌忙掩饰地转过身。也有时候，会一把把我揽在怀里，低低地啜泣不已。我伏在母亲的胸前，不知道究竟发生了什么。母亲的身体微微颤抖着，我能够感觉到，来自她内心深处的强烈的风暴，正在被她竭尽全力地抑住。我想问，却不知道该问些什么，如何开口。在我幼小而简单的心目中，母亲是无所不能的。她能干，这世上，没有什么能够难倒她。后来，我常常想，当年的母亲，一定知道了很多。她一直隐忍、沉默，她希望用自己的包容，唤回父亲的心。她装作什么都不知道。平日里，家里家外，她照常操持着一切。每个周末，她都会像往常一样，迎接父亲回来。对父亲，她只有比从前更好，温存、体贴，甚至卑屈，甚至谄媚。而且，一向不擅修饰的母亲，竟也渐渐开始了打扮。多年以后，我才发现，原来，母亲的打扮是有参照的。当然，你一定猜到了，这个参照，就是四婶子。

怎么说呢，在芳村，四婶子是一个特别的人物。四婶子的特别，不仅仅在于她的标致。更重要的是，四婶子有风姿。这是真的，穿着家常的衣裳，一举手，一投足，就是有一种动人的风姿在里面。你相信吗，世上有这样一种女人，她们天生就迷人，她们为男人而生，她们是男人的地狱，她们是男人的天堂。直到后来，我常常想，父亲这样一个读书人，敏感、细腻，也多情，也浪漫，偏偏遇上四婶子这样的一个人物，什么样的故事是不可能的呢？我忘了说了，四叔，四婶子的男人，早在新婚不久，就辞世了，据说是患了一种怪病。村子里的人都说，什么怪病？丑妻，近地，家中宝。这是老话。也有人说，桃花树下死，做鬼也风流。听的人就笑起来，很意味深长了。

关于父亲和四婶子，在芳村，有很多版本，流传至今。在人们眼里，这一对人儿，一个郎才，一个女貌，真是再相宜不过了。然而——人们叹息一声，就把话止住了。然而什么呢？人们摇摇头，又是一声叹息。我说过，芳村这个地方，对于男女之事，向来是自相矛盾的。保守的时候，恨不能唾沫星子把犯错的人淹死。开通的时候，怎么说呢，在芳村，庄稼地里，河套的林子间，村南的土窑后面，在夜色的掩映下，有多少野鸳鸯在那里寻欢作乐？有时候，我想，父亲和四婶子，他们之间，或许真的热烈地爱过。也或许，一直到老，他们依然在爱着。我不愿意相信，当年，父亲只是偶一失足，犯了男人们常犯的毛病。当然，这一桩风流事惹恼了很多人。男人们，对我的父亲咬牙切齿。女人们，则恨不能把四婶子撕碎。她们跑到母亲面前，声声诅咒着，替母亲不平。在她们眼里，父亲是无辜的，是四婶子，这个狐狸精，勾引了父亲，坏了他的清名。母亲只是听着，也不说话，脸上淡淡的，始终看不出什么。

周末，父亲照常地回家。我和哥哥受母亲的委派，在村口迎他。夕阳在天边慢慢融化了，绯红的霞光一片热烈，简直就要燃烧起来了。远处的树啊庄稼啊都被染上一层薄薄的金红。远远地，有一个黑点渐渐移过来，越来越近，越来越近，是父亲。我们欢呼起来。暮色一点一点笼罩下来，黄昏降临了。我们跟在父亲身旁，雀跃着，回家。淡紫色的炊烟在树梢上缠绕，同向晚的天色融在一起，很快就模糊了。至今，我老是想起那样的场景。黄昏，我们同父亲回家。家里，有温暖的灯光、可口的饭菜，还有忙碌的母亲，她似乎从一开始就在那里，永远在等。

一家人静静地吃饭。父亲和母亲，照常说说闲话。我和哥哥，为了什么争执起来，打着嘴仗，手里的筷子也成了兵器，说着说着就纠缠在一起。父亲呵斥着，骂我们不懂事。你们两个，能不能让你娘少操些心？我们都住了口，默默地吃饭。母亲却忽然扭过头去，我惊讶地发现，她的眼里，分明有泪光。父亲不说话。他的半边脸隐在灯影里，灯光跳跃，我看不清他的表情。那一天晚上，我半夜里醒来，听见母亲低低地啜泣，压抑地，却汹涌，仿佛从很深的地方一点点升上来。父亲也例外地没有了鼾声。夜色空明，我想挣扎着睁开眼睛，然而，一不小心，又一脚跌入夜和梦的深渊。我实在是太困了。

现在想来，那个时候，父亲和母亲，或许正在经历着一生当中最致命的一场危机。他们在人前若无其事，尤其是在我和哥哥面前，几乎从来没有流露过什么。然而，可以想象，在他们的内心深处，正在经受着怎样的海浪、潮汐，以及飓风。他们站在岁月的风口处，听任那些袭击降临，一次又一次。当然，平日里，他们也吃饭、睡觉，逢红白喜事，一起出礼。他们端正、平和，像天下大多数夫妇一样，昵近、亲厚，也淡然，也家常。一个眼神、一个手势、一句欲言又止的话，不待开口，全都心领神会了。人们见了，非常诧异了，当然，这里面，也有隐隐的失望和释然，因而笑道，怎么样……我早说过的……。对这件事，母亲一直保持沉默。她没有像大多数女人一样，找上那个狐狸精的门，撒泼、示威，直唾到她的脸上，出尽胸中的那一口恶气。在家里，也没有跟父亲闹，母亲照常把家里家外收拾得清清爽爽，然后，把自己打扮整齐，等父亲回家。我记得，母亲甚至托人买了雪花膏。在那个年代，在芳村，雪花膏简直是天大的奢侈。一种精巧的小瓶子里，盛了如玉如脂的东西。我曾经趁母亲不注意，偷偷地尝试过，那一种香气，芬芳馥郁，令人想起所有跟美好有关的一切。后来，只要想到爱情，我总是想起多年前的那一种香气，穿越时光的尘埃，它扑面而来，让人莫名地心疼，黯然神伤。

四婶子，几乎再也不来我家串门了。不是万不得已，总是绕开我家的门口，宁愿多走一段冤枉路。有时候，在街上遇见，也是赶忙把眼睛转向别处，只作没有看见了。有一回，是个傍晚吧，我们几个孩子捉迷藏，绕来绕去，我看见一个麦秸垛。在乡间，到处都是这样的麦秸垛。麦秸垛已经被人掏走一块，留下一个窝，正可以容身。经了一天的日晒，麦秸垛散发出一种好闻的气息，夹杂着麦子的香味，热烈、干燥，烘烘的，把人紧紧包围。小伙伴的声音由远而近，看到了，早看到你了——妮妮——我躲在麦秸垛里，一颗心怦怦直跳，紧张、不安，还有模模糊糊的兴奋，我的心简直要蹦出来了。忽然，我听见一阵脚步声，很轻，但是很急。在麦秸垛前面，停住了。我的心跳得更厉害了。一定是三三，他识破我了。可是，却迟迟没有动静。许久，一个女人说，天，黑了。是四婶子。这个时候，四婶子是来抽麦秸吧。可不是，天都黑了。父亲！竟然是父亲！我记得，下午，母亲派父亲去姥姥家了。姥姥家在邻村。这个时候，父亲和四婶子，在这麦秸垛后面，他们要做什么呢？我支起耳朵，却再也听不见什么。沉默。沉默之外，还是沉默。然而，在这黏稠的沉默里，却分明有一种异样的东西，它潮湿、危险，也妩媚，也疯狂，像林间有毒的蘑菇，在雨夜里潜滋暗长。也不知过了多久，脚步声，一前一后，渐渐地远了，远了，再也听不见了。我躲在麦秸垛里，一动不动，心头忽然涌上一种莫名的忧伤，还有迷茫。我不知道这是为什么。暮色越来越浓了，四下里一片寂静。一个孩子，她无知、懵懂，仿佛一只小兽，尘世的风霜，还没有来得及在她身上留下痕迹。然而，在那一天，苍茫的暮色中，她却生平第一次，识破了一桩秘密。这是真的。父亲和四婶子，几乎是沉默的，可即便是片言只语，也能够使一些隐秘一泻千里。这是多么奇怪的事情。那一年，我只是个孩子，五岁。那一年，我什么都不懂。

想来，那一天，一定是个周末。我回到家的时候，夜色已经把芳村淹没了。屋子里，灯光明亮，一家人坐在桌前，桌上，是热腾腾的饭菜。看见我回来，父亲微笑了，说，来，吃饭了。母亲骂道，又去哪里疯了，看这一身的土。我坐在灯影里，静静地吃饭。父亲和母亲，偶尔说上两句。哥哥呢，始终不怎么开口。我忘了说了，从小，哥哥就是一个寡言的人。然而，长大以后，也不知道从哪一天开始，他忽然就变了，变得——怎么说——甚而有些油嘴滑舌了。他风趣、灵活，会说很多俏皮话。跟他相熟的人，谁不知道他那张嘴呢。想想都觉得不可思议。在我的童年记忆里，哥哥一直是沉默的。我无论如何努力，都听不见他的声音。当然，我们总有吵架的时候。吵架的时候不算。父亲和母亲说着话，不知说到了什么，父亲先自笑起来。我疑惑地看了一眼他的脸，平静、坦然，笑的时候，眼角已经有了细细的鱼尾纹。英俊倒还是英俊的。也不知为什么，我忽然感觉到了父亲的不平常。他在掩饰，那些从容后面，全是惊慌。他微笑着，有些艰难，有些吃力——至少，我是这么认为的。他慢慢地喝了一口汤，强自镇定。母亲也笑着。她正把一筷子菜夹到父亲碗里。我停下来，看着父亲，忽然跑到他的身后，把一根麦秸屑从他的头发上择下来。父亲惊诧地看着饭桌上的麦秸屑，它无辜地躺在那里，细，而且小，简直微不足道。然而，我分明感觉到父亲刹那间的震颤。我是说，父亲的内心，剧烈地摇晃了一下。灯光也倏忽间亮了，也只是一瞬间的事。那一根麦秸屑，衬了乌沉沉的饭桌，变得那么的触目。那一刻，似乎一切都昭然若揭了。母亲抬眼看了一下电灯，咕哝道，这电压，不稳。一只蛾子在灯前跌跌撞撞，显得既悲壮，也让人感到苍凉。

夏天过去了，秋天来了。秋天的乡村，到处都流荡着一股醉人的气息。庄稼成熟了，一片，又一片，红的是高粱，黄的是玉米、谷子，白的是棉花，这些缤纷的色彩，在大平原上尽情地铺展，一直铺到遥远的天边。还有花生、红薯，它们藏在泥土深处，蓄了一季的心思，早已经膨胀了身子，有些等不及了。芳村的人们，都忙起来了。母亲更是脚不沾地。父亲的学校不放假，我们兄妹又帮不上忙。收秋，全凭了母亲一个人。那些日子，母亲简直要累疯了。她穿着干活的旧衣裳，满脸汗水，疲惫、邋遢、委顿。然而，周末，父亲回家的时候，他看到的，却是另外一个母亲。母亲已经仔细洗了澡，头发湿漉漉的，还没有完全干透。米白的布衫，烟色裤子，浑身上下，无一处不熨帖得体。她把饭菜端上来，笑盈盈的。转身的时候，就有一股雪花膏的香气淡淡地散开来，芬芳而馥郁。父亲看着她的背影，在刹那间，就怔忡了。他在想什么？或许，他是想起了当年。那时候，他们还那么年轻。他最不能忘记的，是她那一头黑发，在颈后梳成两条辫子，乌溜溜的，又粗又长，一直垂到腰际，走起路来，一荡一荡，简直要把他的心都荡飞了。那一回，也是个秋天吧，他们在通往镇上的乡间小路上，一前一后地走。忽然，一只野兔从田野里跑出来，把她吓了一跳。那是他第一次拉她的手。玉米正吐缨子。青草的气息潮润润的，带着一股温凉。风很轻，拂上发烫的脸颊。这一晃，多少年了。母亲把一双筷子递过来。父亲默默接了，半晌，叹一口气。

一直到现在，我都无法明了，我的母亲，是如何独自走过了那一段艰难的岁月。那个年代，物质上，当然是贫乏的。她也曾经为了柴米而犯愁，忍受过旁人的轻侮，也尴尬过，带着两个年幼的儿女，捉襟见肘。然而，那个时候，她还想不到，物质上的贫乏，到底不能把人打倒，同精神上的磨难相比，它简直不值一提。那个时候，她更想不到，人生更大的不如意，还在后面。她还远远没有触及。这是真的。多年以后，母亲老了，坐在院子里，偶尔，抬头看一眼树颠，一片流云轻轻飘过去了。蝉在叫，忽然之间，就恍惚了，这还是多年前的蝉声吗？她也不知道，当年，自己怎么会那么——那么什么呢，她抬手拢一拢头发，微笑了，非常难为情了。父亲这个人，怎么说呢，自己的男人，她怎么不知道？当年，那么多、那么多的磨难，她竟然都一一承受了。有时候，想起来，她自己都不免要惊讶。这惊讶里有得意，也有疼惜。当年，她竟然去找那个女人——四婶子，主动同她交好。她若无其事地叫她，同她说笑，约她一道赶集、下地。请她到家里来，在周末。她和四婶子坐在一处，叽叽咕咕地说着女人间的体己话儿，忽然就哧哧笑了。阳光从侧面照过来，给四婶子镀上了一层淡淡的光晕。她脸颊上的绒毛微微颤动着，说话的时候，偶尔一摆头，眼波流转。母亲从旁看着，心里感叹一声，难怪。现在想来，那个时候，四婶子也不过刚满三十，也许，还不到，正仿佛清晨的花朵，经历了夜雨的洗礼，纯净而娇娆，也成熟，也单纯，也宁静，也恣意。母亲入神地看着，不知道想到什么上去了，忽然就红了脸。这两年，也可能，是有些委屈他了。然而——母亲在心里恨一声，自己的男人，她怎么不知道？当然，也不止这些。她知道。她不识字。可是，这怪不得她。在芳村，有几个女人识字？四婶子，也不过是勉强能写写自己的名字罢了。然而——母亲在心里暗想——也许，这都不是最重要的。阳光在院子里盛开，满眼辉煌，也有些颓败。母亲坐在椅子上，隔着几十年的时光，静静打量着当年的一切。她叹了一口气，然而也微笑了。她是想起了那一天，想起了父亲。她小孩子一般，得意地微笑了，眼睛深处，却分明有东西迅即无声地淌下来，她抬手擦一把，看一眼四周，自己也不好意思了。

那一天，母亲和四婶子，在院子说话。父亲不出来，他在屋里看书，眼睛紧紧盯着书上的一行字。那些字密密麻麻，像蚂蚁，一点一点细细地啃噬着他的心。院子里传来两个女人的轻笑，弄得他心神不宁。他的一只手握着书本，由于用力，都有些酸麻了。他盯着眼前的那一群蚂蚁，仿佛什么都没有看见，他看到虚空里去了。母亲在院子里叫他，扬着声，他这才猛然省过来，答应着，却不肯出去。母亲就派我叫，妮妮——。父亲无法，慢吞吞地站起身，他来到院子里，从小井里提出水筲，把冰镇的西瓜拿出来，抱着，去厨房。他从四婶子身旁走过，轻轻地咳一声，把容颜正一正，他在掩饰了。四婶子呢，她坐在那里，半低着头，一团线绕在她的两个膝头，她的一双手灵活地在空中绕来绕去，眼睛向下，待看不看的。我母亲从旁看着这一切，微笑了。她把一牙瓜递过来，眼睛却看着父亲，问道，甜不甜，这瓜？父亲搭讪着走开去，心里恨得痒痒的。她这是故意——简直是——然而——父亲眼睛盯着书本，黯淡地笑了。

四婶子一辈子没有再嫁，也没有生养。我一直不敢确定，四婶子，这么多年不肯再嫁，是不是为了父亲。在她漫长的一生中，尤其是，当她红颜褪尽、渐渐老去的时候，在无边的夜里，或者昏昏欲睡的午后，我不知道，她是否还会想起我的父亲。想起当年，那一个意气风发的青年，英俊、儒雅，还有些羞涩，如何见识了她的嫣然百媚。那些惊诧、狂喜，轻怜蜜爱，盟誓和泪水，人生的种种得意，如今，都不算了。

关于我的父亲和我的母亲，他们的婚姻，他们的爱情——如果还称得上的话，他们之间的种种纠葛，物质的、情感的、肉体的、精神的，他们之间的挣扎、对峙、相持，以及妥协、和解，其实，我并不比芳村的任何一棵庄稼知道得更多。我单知道，他们携了手，在那个年代，在漫长的岁月中，相互搀扶着，走过了许许多多的艰难、困厄，也有悲伤，也有喜悦，也有琐碎的幸福，出其不意的击打，然而，都过去了。记得倒还是记得的，然而，大部分差不多都已经忘记了。当然，或许，他们是不愿意再去想了。他们的时代，早已经远去了。而今，是我们，他们的儿女的天下了。他们风风火火，来了又去。他们活得认真，没有半点敷衍。这很好。

院门开了，想必是孩子们回来了。他们在躺椅里欠一欠身，就又不动了。他们是懒得动了。

选自《红豆》2009年第10期

离　婚

胡学文

秦月娥是赵不忘的妻子，赵不忘是秦月娥的丈夫，他们是夫妻。这一点，甭说整个宋庄没人否认，就连曾在宋庄插过队的尹知青也还记得。别人说起秦月娥，他马上接过去，那不是赵不忘老婆吗？那女人可不好对付，我偷她一棵葱，让她追出二里地。叽嘎大笑，肉把眼睛都挤没了。

秦月娥确实不好对付，有例可考。光棍马五趁秦月娥独自挖猪草，欲行不轨，差点让秦月娥捏烂蛋子。马五落下后遗症，走路大叉腿，一迈一弹，像负力过重的蜘蛛。只有遇见秦月娥，他才兔子一样奔逃。秦月娥跟货郎买了几卷线，回家发现找给她的钱缺了角。货郎腿快，早没了影儿。秦月娥寻了一天，硬是在另一个村庄寻见他，可货郎不认账，秦月娥挑起他的担子就走，货郎撕拽几下，乖乖给秦月娥换了。

但秦月娥作为宋庄名人绝不是因为她不好对付，也不是因她有什么奇特之处。她长相普通，不好看也不难看。她腿长气力大，可宋庄的女人长腿的短腿的哪个力气也不小。秦月娥出名与赵不忘有关。出嫁那天，赵不忘几乎让她成了废人。按宋庄风俗，娶亲新郎是不能去的，须在门口守待。可赵不忘猴急猴急的，悄悄溜出去。娶亲车进村，赵不忘从隐身的树后闪出来，嗨了一声。娶亲车是马车，相当于现在的悍马，规格相当高的。马突然受惊，狂奔不止。秦月娥被甩出来，连同她的惊叫。新婚之夜，秦月娥和赵不忘是在公社卫生院度过的。宋庄自此多了个歇后语，赵不忘娶老婆——急红眼了。

那桩事故让秦月娥没少出名，各个村庄流传好几个版本。但真正让秦月娥出名的也不是这个，而是与赵不忘的离婚大战。

秦月娥第一次闹离婚还没出月子。什么好的都由着她吃，上顿小米粥馒头，下顿面饼小米粥，中间冲碗鸡蛋汤。秦月娥哪有过这样的日子？她胖了不少，脖子上能看见赘肉了。正当她喜滋滋地盘算怎么过满月时，赵不忘出事了。他睡了三条的女人。三条是车把式，常不在家，那天恰好回来了，堵个正着。赵不忘溜得快，三条没出够气，拎块石头登上门。赵不忘哪敢回家？三条里外寻个遍，怒冲冲地骂个遍，一石头将锅砸塌，还拎走半篮鸡蛋，扬言这事没完。

最终，赔了三条一口半大的猪。秦月娥不过了，要离婚，必须离，坚决离。秦月娥铁了心。刚结婚一年，赵不忘就乱搞，这日子还怎么过下去？赵不忘跪在那儿，又是掌嘴又是掴脸，骂自己鬼迷心窍，不是东西，恳求秦月娥原谅。秦月娥理都不理他，半夜，秦月娥被孩子哭醒，见赵不忘还跪着，恨恨地骂，你就是跪出坑儿也白搭。秦月娥开口了，赵不忘看到希望，说你摔断胳膊都没和我离，这么一个错误就过不去了？秦月娥骂，你把我的心摔碎了。赵不忘检讨，我该死！你怎么惩罚我都行，可不能离婚呀，离了婚，孩子就没爹了。秦月娥说，满街的男人，还怕给孩子找不上个爹？赵不忘说，找是能找，但不是亲爹呀，你就不怕孩子受委屈？孩子再次哭出声，仿佛已经受了委屈。秦月娥把奶头塞进孩子嘴里，恨恨地骂，后爹也比你强，你个骗子，你不是给她送簸箕吗？怎么把自己也送进去了？赵不忘垂下头，我不是骗子，她才是，她说后背钻了树毛，让我够够，谁知——秦月娥打断他，够了！没廉耻的东西！你赔进去还不算，连猪也赔进去，我……我……秦月娥呜呜起来。赵不忘这才站起，又是哄又是劝。

秦月娥说她原谅了赵不忘，但婚还是要离。她甚至等不到月子满了，收拾包袱要回娘家。母亲劝，公婆劝，赵不忘还搬来秦月娥舅舅。他们怎么劝，秦月娥只一句话，这日子没法过了。婆婆说，你要离就离吧，不过咋也要出了月子，落下病可是你自己的。公公说，离婚也得先出了气，你下不去手，我来。他捆了赵不忘，一下一下地抽，边抽边骂，让你贱！让你贱!！秦月娥流泪了，还能说啥呢？

夜里，秦月娥看赵不忘背上青一条紫一条的，已经心疼了。赵不忘龇牙咧嘴，仍不忘开玩笑，看到了吗？找后爹就这个下场。秦月娥扑哧笑了。

赵不忘保证见到女人眼睛朝天，再犯一次她割了他。她恨恨地，喂狗都不吃。

第二次离婚，秦月娥正怀着第二个孩子。赵不忘老毛病犯了，对方是宋庄的寡妇。秦月娥听到信儿，挺着肚子跟踪两次，人赃俱获。她和寡妇打了一架，将寡妇的脸抓成地图。其实赵不忘本名赵步旺，此事发生后人们就叫他赵不忘了。赵步旺与赵不忘，宋庄的发音几乎一样。狗不改吃屎，秦月娥对赵不忘绝望了。赵不忘自是没少检讨，将自己猪狗牛羊轮番过一遍，还发誓没给寡妇任何东西，倒是寡妇给他不少。那二斤黄豆并不是他捡的，是寡妇的。秦月娥抓起柜上的鸡蛋砸赵不忘脸上。砸完又心疼了，当然是心疼鸡蛋。可想接住已经来不及，蛋清流到地上，碎蛋壳和蛋黄还在赵不忘脸上糊着。赵不忘连叫打得好，秦月娥跺着脚吼，离婚离婚离婚!

这次，谁也劝不动，秦月娥咬定，不离婚除非太阳从西边出来。谁有那么大的魔力让太阳从西边出来？秦月娥防着公公故伎重演，公公没张口，她就让公公先捆了他，想怎么抽怎么抽，反正她是离定了。公公叹息一声，人就矮下去。

赵不忘躲了几天，以为秦月娥消了气，打消了离婚的念头。可秦月娥没有丝毫动摇。赵不忘要赖皮，让秦月娥自个儿去。秦月娥怒火顿生，揪着赵不忘耳朵出了门。赵不忘瞧出秦月娥吃了秤砣，说，离就离吧，错的是我，你别扯我的耳朵。

离婚需要大队开证明，没证明离不了。书记是忙人，哪会整天坐在队部等人开证明？秦月娥候了两个晌午，才等着书记。书记姓宋，脸盘子大，又黑，绷着的时候像年久色深的锅盖，让人发怵。但秦月娥不怕。她说明来意，书记瞄着她的大肚子，快要生了吧，离哪门子婚？秦月娥说实在过不下去了。书记说谁家不闹别扭？宋庄都像你这样，闹别扭就离婚，我这个书记还怎么当？秦月娥急了，我和赵不忘都同意的呀，你开了吧，非离不可了。书记沉吟片刻，说得开会研究一下，研究完再答复她。秦月娥有些生气，但人家毕竟是书记，她不敢骂，只是声音提高几度，你是书记，你说了不算吗？书记的脸越发嘟噜了，宁拆一座庙不毁一家人，你要是结婚我就批了，你离婚，就不能我一个人说了算，我不背这个罪名。秦月娥拦住欲离开的书记，书记说，我是宋庄的书记，不是你一个人的书记，你是讲理的人对不对？秦月娥便侧了身子。秦月娥难缠，但讲理，她不是那种糊涂蛋，她最忌别人说她不讲理。

秦月娥等书记答复，数日不见动静，只好找书记询问。书记说人凑不全，会没法开。秦月娥问什么时候能凑齐，书记说我也说不好，不是这个有事就是那个有事，你再耐心等等，离婚又不是打仗，有啥急的？秦月娥瞧出书记在推诿，冲劲儿上来了，说，宋书记，你今儿不给我开，我就粘上你了，你去哪儿我追哪儿。书记说，愿意跟你就跟。走了没两步，书记退回来。秦月娥干过什么，书记当然知道，身后跟个大肚女人，传出去不好听。出乎秦月娥意料，书记并未发雷霆，而是给她倒了杯水。他说你明事理，我给你分析分析。你为什么和赵不忘离婚，不就因为他和别的女人发生点关系吗？可你想想，你离了，总不能拖着孩子过，你得再嫁，嫁个后生不大可能，也只能找个二婚的。问题也就来了，你知二婚的男人和多少女人有过关系？就算你找个后生，能保证他不犯赵不忘的错误？你怎么办？再离？秦月娥的身子不像刚才那么起伏了。书记的话触动了她，只是仍有点不甘心，依宋书记的意思，我由着赵不忘？书记忙道，我可没那么说，但你得给他改正的机会呀！秦月娥说，已经给过他了。书记晃着锅盖脸，给一次不行，再给一次，知道诸葛亮吧，擒孟获七次，放了七次，那是什么肚量？你得向人家学。事不过三，赵不忘再犯，不用开会，我自己就做主了，你想开几张证明我给你开几张！书记的语重心长终于使秦月娥回心转意。

几日后，秦月娥和寡妇在街上走个迎头，寡妇伤痕未愈，却毫无愧色，仰着头从秦月娥面前走过。你折腾半天，还能怎样？秦月娥似乎从寡妇朝天的眼里拎出这样的话，压下去的念头又冒出来。她觉得被书记绕了。赵不忘有第一第二次，就会有第三第四次，到时再离和现在离有什么区别？早离早痛快！

秦月娥咬咬牙，把那个留籽的南瓜摘了，抱着去了书记家。书记女人哎呀着，这么大，你咋就抱过来了。秦月娥说麻袋我都搬过。书记女人做饭，想切开秦月娥送去的瓜，怎么也切不动。那颗瓜金红色，又大又圆。秦月娥二话不说，替了书记女人，稍一用力，瓜分成两半，一股香气漫开。书记女人惊叹，你可真会种，闻着就好吃。秦月娥说，你吃瓜，把籽给我，明年再种。秦月娥靠在那儿看书记女人将瓜切成小块，扔进锅里。书记女人说，你想开就对了，男人偷个腥吃个零食又能咋的？总有吃不动的时候，离婚正好便宜了那些不要脸的。秦月娥说，便宜她们吧，我必须离。心想就冲这颗瓜，也离定了。

书记上县开会去了，秦月娥一天一趟，终于将书记堵在家中。秦月娥先声夺人，你不给我开，我就不走了。书记女人紧张地看书记，书记却不慌不忙，直到把饭扒拉完才放下碗。书记说早几天她还能离，现在肯定不行了。他带回了新精神，全县要评“五好大队”。“五好”有一条就是风气好，好的标志之一就是没有打架离婚的。给秦月娥开证明，宋庄评“五好大队”就没了指望。秦月娥问，评“五好大队”和我有什么关系？书记语气重了，怎么没关系？和宋庄每个人都有关系。那天给你讲的是小道理，今儿给你说的是大道理。人活脸树活皮，宋庄也要争荣誉。别以为只是发个奖状的事，年底发救济粮要参考这个呢，评上“五好”发的自然就多，评不上发的自然就少。发多人人分得多，发少人人分得少。所以，离婚不是你个人的事，事关宋庄的前途。你是讲理的，你可以和赵不忘斗气，不能和宋庄作对，你说呢？

秦月娥还能说什么？她是讲理的，可惜了那颗籽瓜。

日子一天天过下去，孩子一个个生下来。

秦月娥生了三个孩子，老大叫冬子，老二叫二冬，老三是个女孩，叫三夏。名字都是秦月娥起的，赵不忘没有任何异议。他习惯了看秦月娥脸色。赵不忘还算长记性，虽然毛病不断，但没再跳过别人墙头。

当然，和秦月娥看守得紧大有关系。三个孩子活蹦乱跳，秦月娥心里喜眉梢也喜，特别是三夏的出生，秦月娥说不出的如意。

三夏五岁那年，赵不忘又出事了。那个晚上，宋庄放电影《火车司机的儿子》，秦月娥记得清清楚楚。中间换片，场面漆黑时，爆出一个女人的尖叫。女人被摸了屁股，换一种说法，有人要流氓了。若是宋庄女人，骂骂也就过去了，毕竟没造成更大的伤害。可那女人是来宋庄走亲戚的，她是公社某副主任的小姨子。那个女人自是不吃亏，不依不饶，非要书记揪出那个流氓。书记不敢压，向副主任汇报了。于是，两个戴大檐帽的公安进驻宋庄，不是摸屁股那么简单了，而是一桩案件。公安没有别的破案方法，筛选出有前科的男人，一个一个询问。其中就有赵不忘。

那个女人的尖叫，秦月娥听见了。尽管当时不知发生了什么，秦月娥却不由自主地哆嗦了一下。待知道发生了什么，秦月娥战栗起来。他们一家五口是坐在一起的，中间赵不忘要撒尿，离开了一会儿，换片恰恰在那个时候。那就是说，赵不忘具有作案可能。

回到家，秦月娥顾不得孩子在场，大声问赵不忘是不是他干的。赵不忘矢口否认。秦月娥问他一泡尿咋撒那么久，赵不忘一脸哭相，说他撒完就往回走，可黑咕隆咚的，他怎么也寻不见她和孩子。秦月娥说要是他干的，趁早自首，还能从轻发落。赵不忘急得眼珠子都要裂了，说要是他干的让他全身烂掉。秦月娥审视赵不忘一会儿，相信了他。可是，她相信不行，得让所有人相信。在这点上，秦月娥比赵不忘有头脑。她叮嘱赵不忘，不管谁问，都必须咬定他和她及孩子们在一起，赵不忘敬佩地点头。秦月娥将三个孩子嘱咐个遍，口气从未有过的凶，谁要是说错，撕烂谁的嘴！

公安已经知道赵不忘做过什么，审问得比别人时间长。赵不忘遵照秦月娥的叮嘱交代完，公安并没找秦月娥和几个孩子对质，而是盯着他冷笑。一盯一笑，赵不忘发毛了，更要命的是他尿了裤子。据在场的书记说，他没见那么长的尿，湿了裤子不说，流出有四五米。公安突拍桌子，赵不忘结结巴巴交代了。

赵不忘没判重刑，那时县上正好办了一个关于这类人的学习班，赵不忘学习了十天。秦月娥没少花，一块布、一篮鸡蛋——是送给书记女人的，卖了唯一的一口猪，赔偿给那个被摸了屁股的女人。还有，赵不忘上学习班，得交伙食费。一里一外，家底折腾光了。秦月娥够仁义了，若她什么都不管，赵不忘被判刑是极有可能的。

十天后，赵不忘灰头灰脸地回到家，秦月娥第一句话就是离婚。赵不忘冤枉地说，不是我干的，我真的没摸呀。秦月娥气得脸都白了，不是你干的你承认什么？赵不忘，你隐藏得真深呢。赵不忘说，他们硬说是我干的，还说承认了认个错就没事了。秦月娥的牙都要碎了，你就承认了？你是傻子呀。赵不忘说，我站不住，腿都麻了，你要相信我，我真没干。秦月娥大吼，我相信你有屁用！究竟是不是赵不忘摸的，秦月娥也拿不准了。但不管真是他干的，还是他背了黑锅，不重要了。赵不忘因耍流氓上了十天学习班，已是铁板钉钉。秦月娥可以忍，可不能让三个孩子跟着她忍。因这种羞辱，冬子已经打过好几架。赵不忘不死心，问，非离不可？秦月娥声硬如铁，这么多年了，你让我瞧起你一回！

书记没再和秦月娥讲道理，不，话都没说，叹息一声，重重地盖了章。

终于要如愿了，秦月娥却高兴不起来。两人去公社的路上，她想和赵不忘说点什么，可赵不忘落她几米远。她站住等，他也站。她就不再等，那话翻腾着，慢慢静下去。

婚是能离，但那个长着马脸的中年男人让他们把孩子跟谁的事说清。秦月娥脱口说，三个孩子都跟我。这还用说吗？她绝不能让哪个孩子跟流氓父亲。马脸看赵不忘，赵不忘说依她吧。马脸身子往后一仰，婚没这么个离法，从照顾妇女的角度考虑，女方可以要两个孩子，但不能全归女方。秦月娥有些不满，他没意见，你管这么宽干吗？马脸生气了，我就是管这个的，不让我管，行呀，你们去别处离吧。公社挂牌的房间不少，可管离婚的只有这里。秦月娥软下来，说了不少好话。马脸说，我代表的是法律，既要给女方做主，也要给男方做主，一个孩子可以归女方，两个孩子也可以归女方，三个孩子就不能全归女方了，男人一个孩子没有，老了怎么办？那不是社会的麻烦？社会的麻烦就是政府的麻烦，你们可以乱来，我不能。秦月娥咬咬牙说，那就分一个给他。可是给哪个呢？秦月娥半天拿不定主意。马脸要去吃饭，跟俩人说先回去商量，商量好了再来。

回家后，秦月娥一个一个问，如果她和他们的父亲不在一起了，他们愿意跟谁，他们都说跟秦月娥。秦月娥看看冬子，舍不得，看看二冬，舍不得，看看三夏，更舍不得。那时，赵不忘就在旁边蹲着，蔫头耷脑。

秦月娥抹抹眼，和赵不忘说，等孩子大一大吧。

冬子考上了大学，二冬考上了县一中，三夏在镇中学读书。

宋庄依然叫宋庄，但不再是大集体，土地承包了，牲畜也分到各家各户。秦月娥分到一头母牛，又能下犊，又能耕田，当然，这要归功于秦月娥，抓阄时，她让赵不忘靠边站。三个孩子念书花销很大，除了这头牛，他们养了羊、鸡、兔，还有一头母猪。再加上三十多亩地，两人从早忙到晚，从春干到冬。虽然磕碰不断，但秦月娥没再提离婚。秦月娥的心思都扑在孩子身上，赵不忘退到次要地位。

那年春天，秦月娥打发赵不忘去县酒厂买喂猪的酒糟。青黄不接的季节，酒糟是最好的猪饲料。赵不忘已买过一趟，没出差错。秦月娥挺放心的，但仍没忘叮嘱他住正规旅店。宋庄离县一百多里，牛车慢，当天不能往返。

赵不忘在酒厂下班前买了酒糟，赶车到城外的旅店住宿。城里的旅店不留赶牛马车的客人，只有城边的车马店可以。正规不正规，谁也说不上，反正天天有住的。赵不忘仍住上次那家。据赵不忘事后交代，他住下不久，那女人就进来了。女人的长相他已经记不得，她给他唯一的记忆是眉间长个痦子。女人就在附近住着，想借他的牛车去城东拉趟东西，她给十块钱。闲着也是闲着，赵不忘觉得挺划算，便卸了酒糟，随女人去了。结果钱没挣上，反把牛弄没了。他被长痦子的女人骗了。至于怎么没的，赵不忘红着脸，死也不说。翻来覆去只那一句话，他让长痦子的女人骗了。反正牛是没了。赵不忘丢了牛，急得脑袋冒水，先是想碰死，后想到酒糟还在店里，横着胆子窜进一个村庄。牛也偷上了，但没出村庄就被揪住。

赵不忘被判了三年。

秦月娥气得两天没吃饭，活儿却不敢耽误，结果晕倒在路上。赵不忘不是偷女人就是偷牛，反正干不出好事。先前是流氓，现在又戴上贼帽子，她还能过下去吗？不是她要离，是赵不忘逼她离婚啊。没有赵不忘，她照样供孩子们念书。她走不开，花两个晚上给赵不忘写了封信。她识字不多，写信还是没问题，个别不会写的字，她空下了，相信赵不忘看得懂。秦月娥想在孩子们放假前离掉，那样，他们与做贼的父亲就没关系了。

约一个月后，穿着公安制服的一男一女找到秦月娥。他们是赵不忘服刑的那个监狱的狱警。秦月娥看着他们，揣测赵不忘是否又干了下贱勾当。男女都很和蔼，拉家常一样问这问那。秦月娥没了耐心，说，别绕弯子了，你们直说吧，我还要喂猪呢。两人对视一眼，说赵不忘企图撞墙自杀……秦月娥吃惊地啊一声，急急地盯住他们。男的说，你别着急，抢救过来了。秦月娥的心犹怦怦乱跳，什么时候？女的说，一周前。秦月娥嘘口气，恨恨地骂了一句。男的说，虽然抢救过来了，但情绪一直不稳定，我们做了不少工作，弄清他自杀的原因是你要和他离婚。就为这个？秦月娥冷笑，她甚感诧异，离过多少次了，也没见赵不忘寻死觅活的。女的说，服刑的人往往脆弱，经不起打击。秦月娥明白了他们的来意，仍问，你们什么意思？男的说，请配合我们的工作。秦月娥追问，别和他离婚？女的说，别在他服刑期间离，如果你们确实有矛盾，也要等他服刑期满。秦月娥斩钉截铁，那不行，我就是要乘这个机会离，早晚有这一天，他比谁都清楚。

男女轮番劝说，什么要给服刑者一个机会啦，什么他们是模范监狱六年没出过类似事件啦，秦月娥和赵不忘既要解决家庭矛盾又得照顾大局啦。从宏观到微观，从政策到家庭，许多词秦月娥都是第一次听说。他们说一声，秦月娥唔一声，末了还是那句话，离定了，雷打不动。

男的稍有不悦，说如果赵不忘因此有什么意外，秦月娥就有杀人嫌疑。秦月娥说，你的意思是，他寻了短，我还得坐牢？坐就坐，豁出去了！秦月娥可不是吓唬大的。女的赶紧说，你不至于坐牢，但可以说，是你把他逼到绝路上的。秦月娥叫，怎么是我逼他？是他在逼我！男的说，他没把你逼到坐牢。秦月娥叫，比坐牢还难受！女的给男的使个眼色，我们还是希望你配合，你考虑一下，如果你不同意……秦月娥不客气地问，那要怎样？女的笑笑，我们不会把你怎样，但也不会撒手不管。说实话，一千多号服刑人员，我们上门做家属工作的没几个。做不通，我俩交不了差，只能找当地妇联。秦月娥说，妇联也没用。女的仍然微笑着，还有你的孩子们，他们是有文化的，他们……。秦月娥急了，不能找他们。除了三夏，老大老二还不知道家里出了事。秦月娥叮嘱过，不让三夏告诉两个哥哥。女的点头，我理解，请你也理解我们。秦月娥叹息一声，离婚的火还没燃起来，就被浇灭了。

狱警的意思是让秦月娥去一趟，当面给赵不忘定定心。秦月娥说走不开，他们便让秦月娥照先前的办法写封信，他们带回去。秦月娥的第二封信写得很完整，不会写的字狱警都教给她了。狱警走后，秦月娥忘了喂猪，痴痴地坐了半天。

宋庄不是没有离婚的，但快六十的人还闹离婚，只有秦月娥和赵不忘。

不是秦月娥念念不忘，许多时候秦月娥强迫自己忘记，可怎么说呢，赵不忘偏要往她眼里揉沙子，偏要给她脸上糊泥巴。秦月娥的忍耐是有限度的，尤其涉及女人。赵不忘这头老牛，竟然啃到尼姑身上。

赵不忘到邮局取冬子寄回的一千块钱，在镇上遇到一个尼姑。满街的人尼姑只喊赵不忘一个，赵不忘哪能不站呢？尼姑说赵不忘有卦相，她算准了给钱，多少都行，算不准一分不要。光天化日，吃了几十年咸盐的赵不忘还怕被骗了不成？尼姑说得头头是道，连他揣的钱是远方寄来的都能算出来。赵不忘又惊又服，便给了尼姑五元钱。尼姑说远方那个子女近日有灾，她给赵不忘一块红纸，让他把钱包住，儿女的灾难即可化解。赵不忘吃过亏，很警惕的，可万一真是那样呢？赵不忘不后悔死？赵不忘怕有什么陷阱，眼珠子瞪得鸡蛋一样，一切都在赵不忘眼皮下进行，尼姑没做什么手脚。赵不忘喜滋滋地跑回家，想和秦月娥邀功请赏——哪个儿女都是她心头肉，可打开红纸包，赵不忘傻眼了。

秦月娥抽了赵不忘一扫帚，搭车追到镇上，哪还有尼姑的影儿？年轻时，秦月娥可以三里五村地追寻，现在已没那么好的脚力了。旧恨未消，新怒又生，秦月娥再次提出离婚。赵不忘发誓和尼姑没任何关系，连她的手都没摸，倒是她攥着他的手瞅了个遍。秦月娥让他闭嘴。到了这份上，他还有脸说。为什么骗他的不是和尚，而是尼姑？说到底是赵不忘想占便宜。他说什么她都不信了。赵不忘赶紧给三个儿女打电话，让他们救火。他们问清原因，说这怨不得父亲，到处是骗子，以后注意就行了。一千块钱，就当捐了香火。秦月娥说她不单是因为这个和赵不忘离婚，这只是由头，没这码事照样离。她忍了多年，已忍无可忍。儿女们一个个拉长了脸。

冬子说，这么大岁数还离婚，传出去我们的脸往哪儿搁？

二冬说，大半辈子都过来了，一下就不能过了？你得为我们考虑考虑。

三夏说，你们乱折腾，以后我咋回来？

他们从未敢用这样的口气和秦月娥说话，秦月娥心惊不已。可秦月娥不怵，她没怕过谁，到老难道会怕她一个个养大的孩子？她脸色硬硬地说，不是为了你们，我早离了，现在我管不了你们，你们也甭想管我。害羞害臊是我一个人的事，与你们无关。

冬子说，你把我们养大为了什么，还不是让我们活得风风光光？

二冬说，有关无关你说了不算，我们正是干事的年龄，你看着办。

三夏说，我神经衰弱，睡不好觉，就别再给我添堵了。

秦月娥腮帮子渐渐瘪了。三个孩子虽不是什么了不起的人物，可都是有头有脸的。冬子在省城当处长，二冬在县城当校长，三夏是县医院医生。他们的风光就是她的风光，要是离婚有损他们的名誉，还真是她的罪过。

三个子女毕竟孝顺，既然父母合不来，就让他们分开。这和离婚无关，不离婚，照样可以谁也不见谁。秦月娥去省城住，赵不忘去县城住，三个月或半年两人对调。这个方案好，秦月娥和赵不忘均无异议。

冬子家住楼房，秦月娥不大习惯。上上下下不是问题，主要是没有说话的。一家三口上班的上学的，中午都不回来，整个白天，只有秦月娥一个人。冬子天天有应酬，回来差不多就该睡了。孙子呢，忙着写作业，儿媳忙着上网。秦月娥不是个藏着掖着的人，可委实没有说话的机会。在宋庄，和谁都可以说。这儿不行，楼道里碰见人，她想打个招呼，人家冷若冰霜，她连个眼神都够不到。还有就是闲得慌，除了做晚饭，没有任何可干的，这顿饭还是她争取来的。儿媳父母在省城，过去，她在父母家吃完饭才回来。做了几次，儿媳皱了眉头。儿媳让她切肉一定要削皮，秦月娥怎么也舍不得。她可以不吃，秦月娥吃啊。儿媳的话软软的，却带着刺，妈，咱又不是吃不起，让你吃皮，传出去别人怎么说我？孙子干脆说秦月娥做的饭不好吃。没过几天，儿媳又在父母家吃了，秦月娥只做自己的饭。越闲越想找点干的，硬是从那个扫院的人手里夺过扫帚。恰被儿媳撞见，她生气地说，妈，你这是干吗呢？秦月娥说，我想干，你甭管。儿媳跟冬子说了，冬子又是批评又是讲道理。秦月娥明白，这活儿她干不得，与她离婚一样，丢儿子的脸。冬子劝秦月娥多去公园逛逛。

那个公园距冬子家不远，秦月娥去过两趟，说是公园，还没两个场院大。不大也是公园，秦月娥没别的去处，只能去那里。公园里多是老人孩子，秦月娥坐在椅子上，看电影一样看他们从她面前一圈一圈地转。若是两个老人，她就想，他们是一对；若是一个人溜达，她就想，是不是离了婚的。秦月娥不提离婚了，但并不等于不想。尤其到了省城，空闲下来，想得最多的就是这件事。在宋庄，秦月娥的能干是出了名的，可这么能干那么能干，离了多半辈子婚也没离了。秦月娥不知赵不忘是不是像她一样闲，不是想他，而是不甘心，若离了婚，她就不用躲在儿子家了。儿子是自己养的，可怎么说呢，总归没有在宋庄那么自在。一天，一个老太太在她旁边坐下，秦月娥冲她笑笑，老太太也冲她笑笑。秦月娥很想证实自己的判断，问老太太是不是离了婚。老太太被烫了似的，往斜里一偏，随后站起，走开几步又回头瞅秦月娥一眼。再见到老太太，老太太的眼神就有点那个，秦月娥走过去，听她和旁边的人说着什么。若在宋庄，秦月娥早就骂开了，毕竟这是省城，秦月娥横着脸离开，再也不去了。

秦月娥回到宋庄。没想到赵不忘比她先回，赵不忘呼噜打得厉害，二冬三夏两家被他折磨得都快神经衰弱了，他没法待下去。他说一阵，秦月娥笑一阵，笑完再骂，该，你以为你是个宝呢。

两人就这么过了，没多久又吵起来。起因是看电视，秦月娥爱看婆婆儿媳、家长里短的电视剧，赵不忘爱看男女情感方面的。秦月娥骂赵不忘老不正经，现在干不动了，还要过眼瘾。赵不忘说秦月娥拿捏他一辈子，难道不能让他一次？秦月娥再次提出离婚，她不是气冲冲的，从未有过的软，她让他别再跟儿女说，两人悄悄离掉。她打听过了，现在离婚很简单，不再用什么证明。她说，我一辈子没向谁低过头，今儿向你低一次，求你了。五次三番，赵不忘也被秦月娥折腾烦了，答应得异常痛快。

那个管离婚的女孩问他们带没带结婚证，两个都愣住了。没结婚证不行吗？女孩回答得相当干脆，当然不行。两人回到家，将柜里柜外坛坛罐罐寻了个遍，哪里有影儿？他们早忘了还有结婚证，那么一张纸，谁在意呢？谁想到结婚证还有这样的用途？两人挖空了脑袋，终究什么也没挖出来。不得已，跟女孩说结婚证丢了。女孩说，那就不能离。秦月娥央求女孩，我离了一辈子婚，你就了却我的心愿吧。女孩不应，秦月娥撒泼，你不给离，我就不走了，死也要死在这儿！女孩紧张地站起来，不是我不给你们办理，违反程序我要丢工作。我上班才半年，你们得替我考虑考虑。秦月娥便僵在那儿。她知道现在大学生也很难找工作。张五家的儿子毕业找不上工作，女朋友告吹，他想不开，竟然刺伤了女朋友的父母。赵顺的女儿大学毕业，听说给人当了保姆。秦月娥不好惹，但她是讲理的人，她怎能让女孩因为她丢了工作呢？

赵不忘笑得左歪右倾，秦月娥恨恨地瞪他，你称心了？赵不忘说，我不是因为这个，你咋还不明白，没有结婚证，咱俩就不是夫妻了，结婚证丢那天，咱俩就不是了，不是夫妻还离什么婚？秦月娥怔怔地，随即大声质问，谁来证明，你倒说说，谁来证明？

选自《江南》2012 年第 1 期

疯　迷

裘山山

一

冉仕科跟在母亲后面，往山上走。雨还在下，虽然不大，也架不住持续时间长，把一条山路泡得稀烂。尽管他特意换了双运动鞋，还是哧溜哧溜滑了好几下，小腿肚子不由得发紧。他看了眼走在前面的母亲，手上提溜着一个大编织袋，一走一碰腿，但依然很稳当。这让他不好意思，看来自己的确是在城里待得太久了，久到不会走山路了。

母亲忽然说，你把伞拿出来打起吧。他说，打伞更不好走了。母亲不高兴地说，不打伞我脑壳淋了雨就发痒，我才洗过没两天。冉仕科才知是母亲需要打伞。他不敢再违抗。今天上山扫墓是他坚持的，母亲说又不是祭日又不是清明，扫个啥子墓嘛。他说好不容易有空回老家，怎么也得去祭拜一下父亲嘛。他不敢说他就是为了扫墓才回来的，怕母亲心寒。母亲说那就等雨停了再去嘛。他说不行，他只有三天时间。母亲这才很不情愿地陪他上山来。

冉仕科侧身，斜过背后的背囊取雨伞，不料雨伞拿出来的同时，插在背囊旁边的水杯滑了出来，那是他临出门前泡好的一杯热茶，茶杯咚的一声，不偏不倚地砸在了母亲的脚背上，母亲哎哟哟地蹲下去。

冉仕科连忙弯腰问，怎么了怎么了？母亲没好气地说，怎么了？你砸到我脚杆了，哎哟哟，痛死我了！

冉仕科不吭声，只能让母亲抱怨。因为下雨，母亲穿了双很旧很旧的胶鞋，鞋面薄得快成网了，一点儿保护作用没有。不想母亲没抱怨他，转而抱怨起死去的丈夫来，你个死鬼，冤家，死了那么多年了还不让我安生?！我到底是哪一点欠了你嘛？你要折磨我到啥子时候嘛！我硬是霉到头了。

冉仕科很意外，不知母亲这思路是怎么走的，转眼拐到父亲那儿去了？而且，他一直以为，母亲和父亲感情很好。他几次提出接孤身一人的母亲进城去住，母亲都拒绝，拒绝的理由就是我走了，哪个守你老汉？不曾想她会说出这样的话。听那语气，是真抱怨，真生气。看来，母亲和父亲感情好，是自己一厢情愿臆想出来的。

到了父亲坟前，荒凉的程度超出冉仕科的想象，如果不是母亲指认，冉仕科肯定找不到。野草茂密高深，几乎遮挡住了坟头。显然，母亲已经很久没来扫墓了。现在是七月，若清明扫过，也不至于如此。

母亲一句话不说，开始蹲下去薅草，冉仕科收起雨伞，也跟着一起薅，很快，手心就有了血丝。冉仕科暗想，算是一种弥补吧，父亲走了三四年了，下葬之后，他还是第一次回来扫墓。

清理干净坟头，雨也停了。冉仕科拿出热茶，很惬意地喝了几大口。母亲则从拎着的编织袋里拿出塑料袋，塑料袋里装着纸钱，又取出个旧脸盆。旧脸盆旧得不能再旧了，底子锈得洞洞眼眼的，还有火烧火燎的痕迹。还在冉仕科很小的时候，就见母亲用它给爷爷奶奶烧纸钱了，感觉那盆子从出世起就是用来烧纸钱的。

母亲又拿出几个橘子、两块豆腐干，一一摆在坟前，再拿出一瓶酒和一个杯子。冉仕科接过来，把酒杯倒满放在坟前，又点了两支烟插在土里。然后两个人默契地蹲下去，把叠好的纸钱拆散松开，再点火烧。尽管空气湿度很大，纸钱也极易点燃，一串串的，十串纸钱很快就烧完了。

冉仕科在飘荡的烟灰前，很认真地跪下去给父亲磕头，心里默念道，老汉儿，你在那边还好吗？我那天梦到你，说没钱花了，今天我跟妈来给你烧了钱，你尽管用就是了。喝点儿酒，割点儿肉，再找个婆娘，好生自在地享受……老汉，跟你说点儿实在话嘛，我这一年很不顺，公司做不起，屋头也不顺，你见过的那个媳妇儿，跟我吵了两句就带起娃娃回娘家了。不是你儿无能，是那个女人欲望太强烈，我没办法满足她。她看我挣不到钱了，就拍拍屁股走人了。老汉，你在天上要保佑我哟，你跟爷爷祖爷爷都说一下嘛，保佑一下你们的后人嘛，保佑一下你的孙子，你的儿挣到钱了，孙儿的日子才好过，还可以再找个媳妇生两个……

父亲在世时，冉仕科很少跟他说话，现在却好像有说不完的话。其实他心里明白，他不是在跟爹说话，是在跟祖坟说话，跟冥冥之中的命运之神说话，真希望能把祖坟说来冒青烟。

冉仕科在那里念念叨叨时，母亲一直蹲在一边儿，跟墓地旁那些大石头一样无声无息。风吹过她满是皱褶的脸庞，头发扫在眼睛上，她也没去捋一下。冉仕科念叨完了，起身，让到一边，意思是该母亲拜了。母亲还是蹲着不动，一只手在脚背上默默地揉着。

冉仕科很奇怪，只好喊了一声，妈。

母亲忽然说，我不想拜，我不想搞这个假。

冉仕科问，你啥子意思呢？

母亲突然大怒，啥子意思？就是这个意思！我不想给他磕头！他在的时候对我就不好，好吃懒做的，害我做牛做马，还要被他打，他走了我还要拜他吗？懒得！我才不想假模假式地给他烧香磕头。今天只是陪你来，给你带路，以后找得到了你自己来，我不来。

冉仕科大惊，简直无法相信这是自己母亲说出来的话。如果刚才母亲抱怨父亲，还可以理解是一时有气，现在这番话，就完全是字字血声声泪的控诉了。

他结结巴巴地说，咋个这样说呢？我觉得我们老汉对我们还可以的嘛。

母亲说，你晓得个屁，你就晓得读书，找家里要学费。学费是咋个抠出来的你根本不管，我做了田头做屋头，腰杆累断几回了！你老汉逮到机会就溜到镇上打麻将，还把你学费拿去输光。好不容易把你和你妹儿供大了，他就病了，还得个富贵病，啥子活路都不能做，还吃那么贵的药，生生把家里的钱全部造光了，留一屁股债。我上辈子做了啥子孽哦，嫁给这种男人……算了不说了，说起都是气！真的，说起都是气！要不是为了你和你妹妹，我早就喝耗儿药了！

母亲说的事，冉仕科倒是知道，他老婆之所以对他不满也有这个原因，工作几年好不容易攒下点儿钱，都拿回家给父亲治病了，不得已才辞职做生意的。

但冉仕科还是想不通，母亲竟然对父亲这么大怨气。父亲死的时候她哭得很伤心啊，一把鼻涕一把泪的，看来那伤心是为了她自己，为自己白白受苦那么多年。

冉仕科心里不痛快，又无法埋怨母亲。回想起小时候，的确是母亲在忙里忙外，父亲爱闲逛，还振振有词，说是要和村干部搞好关系。有一回母亲做好了饭去叫父亲，大概抱怨了几句，父亲竟勃然大怒，说母亲不给他面子，一回家就拿起手上的烟杆扔向母亲，母亲躲闪不及，打到了额头，流了好多血，吓得妹妹哇哇大哭。

可是，村里不少男人都这样，还有把老婆打断腿的，打流产的，相比之下，冉仕科也没觉得父亲特别过分。冉仕科把茶杯递给母亲说，你喝不喝？母亲一摆手，没好气地说，苦巴巴的，有啥子喝头？一会儿回去泡蜂糖水喝。

母亲一直都忍气吞声，是个不敢高声说话的人。现在好像变了，开始有脾气了。是不是那次生病，差点儿丢命那次，在昏迷中转了世？这次回来，冉仕科感觉母亲并不像他想得那么凄苦，家里也打整得干干净净。而且，并没有像以往那样，见面就问他孙子如何，而是谈起了她自己的计划，她想把家里的几棵柚子树卖了，把自留地转租出去，再让儿子再赞助点儿钱，在村里开个网吧。“我做不动地里的活了，开个网吧，我可以坐着挣钱。”母亲的想法很让冉仕科吃惊。

见冉仕科在瞪他，母亲恼怒地说，你老盯着我干啥子吗？我就不能发牢骚吗？

冉仕科没有说话，把茶杯收起来插回到背囊里，伸手扶母亲站起来，母亲却甩开他的手，自己费力地挪到坟前，将脸盆、酒杯、橘子、豆腐干什么的，一一捡进布袋。母亲不过五十出头，但干燥花白的头发，粗糙褶皱的脸庞，还有很不灵活的腿脚，都让她看上去像个老太太。自己那个丈母娘不过比她小一两岁，看上去却像四十来岁的人，成天穿得光鲜亮丽，跳坝坝舞。

人和人，真的太不一样了。

二

就在冉仕科和母亲上山扫墓的时候，警察王小进和刘大兴冒雨来到了冉家坳。他们是骑电瓶车来的，弄得身上又是汗水又是雨水。冉家坳藏在川北的大山里，交通非常不便，幸好现在有电瓶车了。放过去的话，只能搭乘那种突突突冒着黑烟颠簸不已的货三轮。

镇派出所一早接到电话，说冉家坳的疯子死了，脑袋上有血，怀疑是非正常死亡，所长就把他们两个派过来，做现场勘查。

冉家坳很多年没出刑事案件了，偶尔有人告状，大不了就是偷鸡摸狗，或者男女勾搭之事。严重的刑事案件，要倒回去几十年前才发生过。那是二十世纪七十年代，乱，有外面的人跑来斗地主，不是游戏，是真斗。乱起来，打死了地主。因为乱，也就不了了之。改革开放后，家家户户都忙着发家致富，做小买卖的，出门打工的，有点儿血气的青年壮汉都去山外面了，剩下些老人孩子，村子里太平得了无生气。

这次不一样了，这次疯子忽然死在这么平静的年景里，对冉家坳这样的山村来说，是大事。冉家坳因交通不便，一直比较封闭，说得好听点儿是民风淳朴，忽然有人死于非命，惊动了众人。

两位警察到现场勘查后，初步确定死者属于非正常死亡。头部流血，倒毙户外。虽然下雨，额头上的血还是清晰可见。尸体旁的泥土里，也有血痕。

他们便开始在冉家坳走村访户，摸排线索。这样封闭的穷山村，肯定是一个摄像头都没有，查案只能靠老办法，一家家走访，查找蛛丝马迹。不料却很不顺，一向热情助人的村民都不愿协助两个警察，他们要么不说话，要么顾左右而言他。连那个当了三十多年的老村长都打哈哈说，不好查就不查嘛。说不定是他自己活得不耐烦了，喝了耗儿药嘞。

警察很奇怪，尤其那个年轻的，刚从警校毕业没多久的刘大兴，他不解地问他师傅王小进，哎王哥，你不是说这里的村民特别淳朴，特别有正义感吗？怎么这么不配合嘞？

王哥，虽然叫王小进，却比刘大兴大个六七岁，加上常年在基层工作，长相也显老，已经像中年人了。他说，那绝对热情。上次有人在山上偷猎，全村老老少少都协助我们去围捕，那个阵仗，都让我担心他们出问题了，拦都拦不住，好家伙……

刘大兴知道师傅一说起过去的案子话就多，连忙打住他的话头，可是今天咱们连着问了几个，都不言语，要么傻笑，要么摇头。刚才那个光头老汉居然说，反正是个疯子，整那么清楚干啥子吗？这叫啥子话哦？每个人的生命都是珍贵的，不能因为他是疯子就该死嘛。

王小进笑起来，他是笑刘大兴那个学生腔。

两人从光头老汉家出来，打算去下一户人家。雨停了，但空气依然湿热。村里的路泥泞不堪，两边的房屋也显得破烂，柴草乱七八糟地堆在墙边，不似从前那样垛得结结实实，再盖上油布，一副得过且过的样子。这十来年，村里的年轻人都进城打工去了，挣钱之后，也没人回来建新房，只是接了孩子去城里过。村子渐渐有了被遗弃的破败迹象。王小进的老家也是如此，地也成片成片地荒了，也许有一天，这样的山村会彻底消失。

刘大兴没有这样的感慨，他家在城里。他一门心思在想案情，他琢磨着说，刚才那光头老汉说，疯子一天到黑骂人，村里人个个都讨厌他，怕是被全村人咒死的。你说，人真的可以被咒死吗？意念真有那么强大吗？

王小进说，这个还没有科学证明哈。不过这个疯子的确是招人嫌，去年就有村子里的人来我们派出所告过状，说他扰民。但是我们有啥法呢？他只是骂人，又没动手，又没偷东西，够不上犯法，只能是说服教育，可是哪个会去说服教育一个疯子嘛，完全是对牛弹琴。你要是把他弄来关起，只能是自己找麻烦。

这是个地道的山村，村庄依山势而建，弯七弯八，地形复杂。到处是石块垒起的平台和阶梯。要一家家走过来，至少得两天。刘大兴说，唉，这案子要放城里，调取几个监控录像，坐屋里就能查清楚。

王小进说，越是缺少科学手段，就越能检验我们警察的侦破能力，你晓得不？靠大脑还原作案过程，晓得不？要动脑子。

刘大兴说，是不是像大侦探波罗那样，调动灰色小细胞？

王小进没理波罗，轻描淡写地说，不过也没必要太担心，因为越是落后的地方，作案手段也就越简单，我估计费不了好大个事就能查出来。

刘大兴说，为什么？

王小进说，因为社会进步了法制健全了，犯罪手段才会复杂。你想嘛，他不提升作案能力，不是太容易被抓获了吗？而这种地方，根本不用太复杂的手段。

刘大兴频频点头，很崇拜地摸出一支烟递给王小进，那这次我可得跟王哥好好学学。

他们走到一户人家，还没踏上台阶，就惹得院子里的大柴狗无比兴奋，仰天狂吠。

王小进点了烟，眯着眼说，我现在琢磨的是，这个疯子骂人已经骂了两年多了，一直平平安安的，全村人都习惯了，权当他是更夫，是个巡夜的，咋个会突然想起要弄死他呢？一个是，有人忍耐到了极限，另一个是，有人头一回听到这样骂受不了。总之，此事必有蹊跷，元芳你怎么看？

这后两句，他是用普通话念白的，把刘大兴逗得哈哈大笑。刘大兴的笑让柴狗生气，吠声更猛烈了，一个老太太开门出来，笑眯眯地迎候他们，来，进屋来。就好像有人来走亲戚般地高兴。

刘大兴压低声音说，王哥，依我的看法，是你说的前面那个原因，有人忍耐到了极限，一时间鬼火冒，恶向胆边生，果断下手！所以我敢肯定，是熟人作案。

你咋个能确定呢？王小进问。

刘大兴说，你想嘛，不是熟人的话，跟他无冤无仇的，他又无财无色的，杀他个疯子干啥子？

刘大兴为自己的总结感到得意，又复述了一遍，无冤无仇，无财无色，哪个会杀人？再说，这个村子也没有外来人嘛。

王小进说，恐怕现在还不能下结论哦。我告诉你，绝对有外人，我一进村就发现了，村子里有外人，不是我们两个，是其他人。

刘大兴吃了一惊，真的哇？是哪个？

王小进说，你说是哪个？肯定是城里人嘛。

你咋个发现的？

我看到有人拎了个家乐福的购物袋，还蛮新的。家乐福，是很大一家超市，我们县城都没有，要成都才有。

三

疯子死去的那天，村长起得特别早。他当然不是起来杀疯子的，虽然他也厌恶他，恨不能他去死（死了才会闭嘴）。村长起得早，是因为头天夜里他翻来覆去睡不着时，忽然想到要做一件事，一旦想到了就急不可耐，恨不能马上起床去找人，于是起了个大早。

村长想把自家院子到路口的那个台阶，安一个门。夜里他听见疯子在外面叫骂时，忽然有了担忧，那疯子会不会哪天突发奇想，走上台阶到他家门口来叫骂呢？即使不给他开门，也够心惊胆战的。他儿媳妇马上要生了，可不能受那种惊吓，还是拦一下为好。

这么一想，他越发地恨这个疯子，本来安安静静的一个村庄，被他搅和得夜夜不宁。而且疯子每次骂人，还从他村长起头，似乎在他那个疯癫癫的世界里，这个秩序依然要维持。

“你这个狗官，你这个流氓，你多吃多占，你霸人妻女……”

疯子骂人有唱戏的风格，押韵，尾音略微拖曳。据说是早年跟着县剧团跑过，虽不会唱戏，只是给人家搬道具拉幕布，也还是受了些熏陶。他喜欢上一个女演员，迷得不得了，每天跟在女演员屁股后面，挣的那点钱都给女演员买小吃、买花、买擦脸油了。可女演员都不正眼看他，还骂他骚扰她，找团长撒娇哭诉，剧团就把他开了。

疯子回村时还基本正常，虽然疯癫癫的，但不乱来，就是迷女人。迷女人也正常，三十多了还没老婆，见了女人肯定如饥似渴的。只是他表现出来的样子很不雅，眯着眼，流着口水傻笑，并且明目张胆地往女人身边凑，夜里还爬过人家的窗户。但女人们并不特别讨厌他，除了村里男人太少外，还有一点，他总是无条件地帮她们干活儿，脏活儿重活儿，路上遇见了，笑一笑，就能把自己肩上的重物往他肩上放。为此他总是在村里晃荡，四处献殷勤。他哥哥气死了，好好的身板，却放着家里活路不做。万般无奈，咬咬牙，给他娶了一个老婆。哪知那女人体弱多病，娶过来就病倒，三天后就呜呼哀哉。疯子受了刺激，便彻底疯了。

估计疯子把死老婆这事，怪罪到了全村人头上，从那时起就开始骂人了。他家住在山坡上，他吃过晚饭就出门，如同城里人饭后散步那样，遛着弯儿往坡下走，边走边骂，指名道姓。

你说他疯吧，他骂的还基本靠谱，哪家儿子不孝顺，给老娘吃剩饭剩菜；哪家公公欺负了儿媳妇；哪家经常把邻居的鸡捉回自己家；哪家的娃偷别人地里的菜是她妈指使的；哪家的老公出去打工，在外面采了野花；哪家媳妇喝农药寻短见，是婆婆咒的……坏人坏事一箩筐。连自己都不放过，叫着自己的名字说，你这个狗日的倒霉鬼，女人见了你都会吓死……

有时耍起横来，他还会跑到人家家门口去大小便，把尿撒到柴火堆上，把牛粪扔进做豆瓣儿腌咸菜的缸里，村里人不恨他是不可能的。有时气不过，追出来打他，他跑得飞快，转眼就不见了。脑子虽然有毛病，腿脚却来得个利落。

据好事者统计，全村没被骂的就两家，一是他嫂子（他哥哥气死之后嫂子还是天天给他做饭送饭），二是他三叔（据说小时候父亲死了三叔一直关照他和哥哥）。连大家公认的老实人，冉家的寡母，他都要骂，说她偷男人，装贤惠。村里人都觉得好笑，冉家大妈都五十多岁的人了，偷什么男人嘛。

虽然私底下大家承认，疯子骂的大多“事迹”是沾边儿的、靠谱的，但面子上绝对否认，一致对外。因为如果你跟他认真，就等于承认被他骂痛了（骂对了）。比如村长，他心里就明白，疯子骂他的事儿不是没影的，他挪用过几次村里的提留款，也睡过几个老公在外打工的妇女。可那都是前些年的事了，自从儿子娶了媳妇，他感觉自己是做长辈的人了，便收刀检卦，开启了稳重正派的新模式。可疯子却不依不饶，骂个没完。村长便摆出很大度的样子跟村里人说，一个疯子，狗嘴里吐不出象牙来，莫去理他。有时候又说，我们村子太安静了，他出点儿声也算添点儿人气嘛。

于是乎，疯子骂声经久不衰。

村长天不亮就起床了，匆匆吃了碗面，就去找村里的水泥匠，打算在自家台阶下面修两个墩子，然后安个门。因为没睡好，他感觉脑袋有点儿发沉，脚下有点儿轻飘。早上的村子很静，静得能听见山对面孙家村的鸡叫声，空气湿漉漉的，一点儿不像七月的天气。

刚下了个坡，就遇见一个学生娃惊诧诧地边跑边喊，死了死了，村长他死了！

早上的雾气罩在他流着冷汗的脸上，让这张小脸看上去像死神身边的小鬼。村长生气地拦住他，喝道，谁死了，说清楚！

学生娃一脸惊恐地说，疯子，疯子死了。

村长心里一凛，但还是很淡定地说，在哪里？带我去看。

村长的脚步越发地轻飘，下坡时有些软。怎么才想修个门拦住他，他就死了？这也太奇了。莫非老天爷听见自己的祷告出面帮他了？还是媳妇肚子里的娃是个小天使，阻挡了魔鬼？不管怎么说，这事儿来得太突然，即使是件好事儿也让人惊悚。

村长跟着学生娃走了没多远，就看见三五个人围在一条坡道上，路边倒着衣衫褴褛的疯子。疯子摊手摊脚地躺着，仰面朝天。

村长走过去，围着他转了一圈儿，不能确定他是不是真死了，因为他经常很随意地躺在路边或者地头或者树下睡觉。他夜里骂人，白天睡觉，虽然有个家，但很多时候他找不回他的家。大部分时候村民见到他的样子，就是倒在地下的样子。他把整个村子都当他家了，想睡哪儿就睡哪儿，自在得如同天人。

可是，这么躺在湿乎乎的雨地里还是头一回。

村长蹲下去，用手在疯子鼻子底下挨了挨，果然没有气息了。村长站起来问，咋回事？

学生娃的惊恐已经散去，亢奋还在，是我发现的，我发现的。我上学晚了，一直跑，差点儿被绊倒了，我就骂他挡路，他不动。我踢了他一脚他也不动，肯定是死了嘛，我就跑去叫你了。

村长又盯着疯子看了一会儿，疯子的嘴微微张着，焦干，几颗黄牙齿露了出来。牙齿之间，曾源源不断地冒出恶言恶语，现在却被锁定了，再也不会一开一合了。就在昨天夜里他担心他上家来的时候，他死在了路上。肯定不是冻死的，现在是夏天。那么是饿死的？也不像，疯子从来不缺吃的，他嫂子总是定期地给他放一盆饭在他小屋门口。何况，前半夜他还很正常地巡夜，高声叫骂。

忽然，村长发现了血迹，在疯子蓬乱的头发下面，隐约可见。再细看，头的下面也有血，虽然被雨水冲过，还是能看出来。莫非是夜里走道不小心，摔死了？

村长开始发布指示：学生娃都赶紧上课去，不要再围着看了。你，去叫他嫂子来，你，用你那电话，给派出所报个案，就说疯子死了。

被分派报案的，是路边杂货店的女老板，女老板不动，说这个也要报案啊？他自己摔死的，寿期到了嘛，让他嫂子侄儿来收尸就行了。

村长说，那么多血，不好说嘞！前半夜我还听到他在骂人，咋说死就死了？他天天走夜路，咋个会突然绊倒？

村长说这话的时候，恍惚觉得疯子嘴巴又动了起来，心里一惊，随手从路边捡了一片编织袋，盖在他的脸上。

正说着，疯子的嫂子来了，毕竟是自家人，脸上的表情比众人要悲戚几分。疯子父母早亡，哥哥在他发疯那年走了，就一个嫂子，带着俩儿子住在村子下面路口上。

咋回事？疯子的嫂子惊恐地问。

村长如此这般地跟嫂子学说了一遍，然后商量地问，他家嫂子，你看，咱们给派出所报案不？

嫂子有些没主张，迟疑着说，昨天还好好的，我傍晚放在他窗台上的一大盆饭都吃光了，今天早上我去送面，屋头就没人了，咋个突然死了呢？

村长说，谁知道呢，是不是寿期到了？本来这话是学刚才杂货店女老板的，但一抬头看见疯子的嫂子正死死盯着他，心里忽地发虚，连忙说，报案。我已经让人报案了。

他指指杂货店女老板，杂货店女老板无奈地转身，去家里打电话。

村长想，如果按疯子骂人的顺序来排，他的嫌疑最大。因为每次疯子都是从“你个该死的村长你个流氓村长”开始骂的。即使是在他疯癫癫的世界里，他的地位也是不可动摇的。但是骂了快两年了，他已经不生气了，听习惯了，肯定不会去杀他。自己心里没鬼，干吗不报案？万一是凶杀，埋了再让他们挖出来就麻烦了。这种事，他可是在电视上刚看到过的。

四

冉仕科搀扶着母亲，一瘸一拐地下山，在村口遇见一个男人。

男人是个瘸子，真瘸，不是受伤了。冉仕科当然认识他，村里人都叫他瘸子三叔，三叔不但瘸，还是个鳏夫。

几年不见，瘸子三叔老了很多，脸上的皱纹像核桃皮，面色也发黄。在冉仕科的记忆里，小时候瘸子三叔常来他们家，地里的活帮不上，但手很巧，编个篮子修个桌子椅子什么的，特别在行。还会理发，有一套理发工具，时常背着，上东家去西家的，挣点儿盐油酱醋钱。每次来他们家，母亲都要给他煮两个荷包蛋。这很让冉仕科嫉妒。母亲说，他帮我们做了那么多事，从来不要钱，吃两个鸡蛋算什么？吃一篮都不过分！哪天我还要杀只鸡给他吃呢。

说是说，母亲始终也没舍得杀鸡。但冉仕科的记忆里，瘸子三叔每次都埋头把荷包蛋吃完，从来没让过他一个。而且父亲脾气再大，对这个瘸子还是客气的，因为他的脑壳，也是指望三叔剃的。

三叔见母子二人搀扶着走过来，就问，咋个了？受伤了？

冉仕科点点头，正想说句什么，母亲却立即反问道，你咋个了？把脸盘整成那个样子？冉仕科这才注意到，三叔脸上有伤，还挺明显的，颧骨那儿蹭掉一块儿皮，发黑。

瘸子三叔摸摸脸，小声叽咕说，没有啥子，在门口绊了一跤。那个，你脚受伤了，还走啥子路呢？喊科娃背起嘛。

冉仕科说，她不让我背。

母亲说，他那个身子板儿，背我还不得一起摔地下。

三叔转脸冲着冉仕科笑，科娃，回来啦？辛苦哈。

冉仕科应付道，不辛苦不辛苦。

昨天夜里睡好没有？三叔继续问，一脸的讨好笑容。

还可以。冉仕科不想跟他多说，可三叔还是不走，他动手动脚的，想去接母亲手上的编织袋，母亲不松手，生硬地说，你不用管我们，我们一会儿就到家了。

三叔收了手，忽然对母亲说，来了两个警察，刚刚。

母亲有些诧异，咋个了？

三叔说，疯子死了。

母亲一愣，疯子死了？好久死的？

三叔说，昨天夜里。

咋个死的？母亲似乎非常在意。

嗯，可能是摔死的，他们说脑壳上有血，躺在杂货店下面那条路上，一个学生娃早上发现的。

母亲愣了一会儿，说，该遭！死疯子，天天夜里出来骂人，看来阎王爷都看不过去了，收了他。

三叔又嗫嚅地说，警察怀疑，是遭人打死的。

母亲没好气地说，哪个半夜起来打他哦？肯定是自己绊死的嘛。

冉仕科扶着母亲继续走，刚挪两步，母亲又回头对三叔说，他三叔，我们科娃从城里头带了云南白药，还有创可贴，你来家里拿嘛，那个很管用的，把你脸上的伤敷一下，不要感染了。

三叔连连点头，嘴上说谢谢喽谢谢喽！但依然站在原地没走。

冉仕科再笨拙，也看出母亲和三叔之间超出常人的关系了。他们说话的语气，他们的眼神，既有自家人的默契，又有不是自家人的暧昧。尤其是母亲，刻意用生硬的语气说话，但眼神却是关切的，甚至有少见的温柔。

冉仕科简直想不明白，他老妈怎么会跟这个瘸子好？

他忽然想起，父亲去世后的第一个春节，自己把母亲接到城里过年，母亲只住了几天，就心慌慌地要走，冉仕科怎么留也留不住。临走前的晚上，母亲吞吞吐吐地跟他说，有人要给她介绍个老伴儿，她想征求一下他的意见。冉仕科大吃一惊，死死盯着母亲，好像母亲说她打算杀个人似的。是哪个？冉仕科问。母亲眼睛看着别处说，还没说是哪个，只是问我想不想找一个，互相有个照应。冉仕科想也不想就说，不行，像啥子话嘛。过了一会儿又说，你要是孤单，就到我这儿来住。母亲说，城里我住不惯。过了一会儿母亲又说，我问了你妹妹的，她说随我的意愿。冉仕科以长子的口吻再次明确表态说，不行。我不同意。你也不想一下，全村人都认得我爸，你又去找一个，羞死先人了。母亲不再说话，从此不再提。

难道人家介绍的所谓老伴儿，就是这个瘸子三叔？幸好自己没同意，一个瘸子，怎么照顾母亲？母亲照顾他还差不多。万一以后母亲先走了，自己还得赡养这个莫名其妙的继父。

转念又想，母亲一个人确实孤单，只要不结婚，他们两个要咋样都行，自己就当不知道。

他问母亲，哪个疯子死了？我怎么不晓得村里有个疯子？

母亲没说话，冉仕科以为她不打算回答，走了两步母亲却忽然说，就是那个一天到黑骂人的疯子，昨天夜里你不是也听到他骂人了。

哦，就是那个半夜唱戏的？

母亲说，唱啥子戏哦，他是在骂人，满嘴的狗屎。

冉仕科想起了，昨天夜里，具体说是前半夜，他的确是听见外面有个男人的声音，又像唱戏曲，又像喊口号，在那么安静的山村里显得非常突兀。他很疲惫，刚想入睡，就被这个声音吵醒了。竖起耳朵听了一会儿，也没听清，四言八句的，有点儿像唱戏。

“你以为我不晓得，我啥子都晓得……”

后面的意思就听不清了，他对家乡的土话已经有些隔膜了。他好奇，起身出门想看看。刚开门，就看见母亲正站在院门口，朝外面大声呵斥，那感觉有点儿像呵斥要饭的，又有点儿像呵斥野狗。

母亲回头看到他说，你睡你的，不用管。

冉仕科太疲倦了，没心思再问，就回屋里倒头睡了。今天起来光想着扫墓的事，也忘了问。

他咋个疯的呢？为啥子要骂人呢？骂哪个呢？冉仕科按捺不住好奇，一一问道。

母亲一言不发，好像有点儿心不在焉。

回到家，冉仕科让母亲脱掉鞋袜，一看，脚背居然肿了。没想到那一杯热茶有那么大的杀伤力。冉仕科问，要不要去镇上医院看看？母亲说，二十几里路，你背我呀？冉仕科想想也是不现实，除非是搭人家的拖拉机，昨天他就是搭了一个拖拉机回来的。母亲又说，哪有那么娇气，我又不是头一回受伤。

冉仕科只好把毛巾浸了冷水，给母亲敷脚背，然后再喷了些云南白药。回来之前他打电话问母亲要带些什么，母亲说，买点儿创可贴，买点儿外伤用的药。他很意外，后来一想，在乡下劳动，肯定会经常伤到手脚的，就买了两盒创可贴、两盒百多邦膏药、两瓶云南白药的喷剂，没想到马上派上了用场。

冉仕科原计划第二天就走，现在看来只有多待两天了。虽然母亲一口一个没关系，你走你的。冉仕科还是下不了这个决心，尤其看到母亲那个苍老的样子，心里有些难过。看来那个算命先生还真是说到点子上了，自己的确是尽孝不够。“先生你要想转运，须先尽孝。不在世的长辈要经常烧香磕头，在世的长辈要好生经佑（侍候）。”

他让母亲躺床上歇着，母亲不肯，说要做饭，要洗菜，还要去杂货店买豆瓣酱。他发火说，你想当瘸子啊？这些事我不会做啊？

母亲这才靠在床上歇息，但依然是不安宁的样子，蹙眉、发愣，看着窗外。

冉仕科想，自己实在是不了解母亲。

五

村长领着两个警察到冉仕科家时，已临近黄昏。

冉仕科和母亲端起碗正要吃饭，听见外面有人招呼。他放下碗，走出门去，看见村长带着两个警察在院门口。村长说，科娃，这两位是镇派出所的王警官和刘警官，他们来调查案子。

尽管冉仕科早已是城里人了，村长还是习惯按从前的叫法叫他科娃。冉仕科只能重新习惯这叫法。村长又转头对二位说，这个是他们家儿子，刚从省城回来看他妈妈的。

刘大兴跟冉仕科握手时忍不住笑说，哦，原来你就是那位从大城市回来的外地人啊。家乐福，哈哈。

冉仕科奇怪，不明白他啥意思。

王小进连忙岔开话说，他是听村长介绍说，你在城里做生意，是个老板。

冉仕科讪笑，啥老板，就是混口饭吃。

村长说，科娃，你晓得不，我们村子那个疯子死了，昨天夜里死的，这两位警察是来查案子的。

王小进说，不要老说疯子，要说名字。死者叫冉仕祥。

村长只好说，就是，冉仕祥死了。

冉仕科想，看来这疯子还和自己同辈呢。他说，我听说了，是不是摔死的？

刘大兴说，现在还不能下结论，还要仔细调查。所以来请你们协助。不好意思耽误你们吃饭了。

冉仕科晃晃筷子说，要不，你们将就在我们家吃点儿？

王小进说，不不，我们要抓紧时间查访，还有好几户人家没去。

刘大兴直截了当地问，你昨天什么时候到家的？夜里听到外面有什么动静吗？

冉仕科说，我下午到家的，夜里刚睡下，就听见外面有人大声喊，有点儿像唱戏。我爬起来去看，我起来的时候，我妈已经把他撵走了。我就回去睡了。所以也没听到什么。

王小进说，哦。这么说，你妈昨天夜里见到疯子了？

冉仕科说，我也不清楚，我就看到她站在院门口，好像是在撵人。

刘大兴立即说，那我们进去跟你妈聊聊吧。

冉仕科说，我妈脚受伤了，在床上睡呢。

两个警官不再跟他多说，撇下他，直接进屋去了。

冉仕科只好坐在院子里陪村长。村长低声道，未必你妈昨天夜里出来骂了疯子。

冉仕科说，我妈是害怕疯子吵到我瞌睡，赶他走。也就是喊了几嗓子，不可能把他喊死嘛。再咋个怀疑也不能怀疑到我妈身上嘛。

村长说，肯定不能嘛。唉，说句不该说的话，这疯子早该死了，弄死他的就是为民除害，全村人都感谢他。

冉仕科说，他有那么可恶啊？

村长说，两年前他刚娶的老婆死了，病死的。也不晓得咋搞的，他给他老婆下葬后就疯了，跟着没多久，他哥哥也死了。我看是他们那家人风水不好。他疯了以后就开始骂人，每天晚上天一黑就开始骂，而且是指名道姓地骂。除了他嫂子和瘸子三叔，哪个都要骂。

冉仕科忽然问，那我妈呢？他也骂？

村长迟疑了一下，点点头。

他骂我妈啥子呢？我妈有啥子好让他骂的？冉仕科愤愤地追问。

村长说，唉，反正就是那些话，偷男人啥子，都是乱说的，你不要当真，哪个当真哪个就气死。

冉仕科在一刹那想起了村口的三叔，又想起了母亲在山上对父亲的抱怨，两点连成一线，挑开了脑中的疑惑，他不再说什么。想想也是，村子里一个疯子，每天挨家挨户骂人，全村人吐吐沫都要淹死他。

那警察调查了大半天，找到啥子线索没有？

村长说，警察说，疯子是从上面那条路，就是你们家门前这条路摔下去摔死的，警察怀疑是有人故意推了他。

冉仕科说，不会吧？是不是他自己摔倒的？半夜三更，坡坡坎坎的，太容易摔倒了。

村长说，我也这样认为嘛，但警察不相信，他们围着疯子的尸体看了好长时间，坡上坡下来来回回好几遍，就跟在数蚂蚁一样。他们说坡上那条路有打斗的痕迹。就是说，疯子死的时候不是一个人，是有人跟他打架，把他推下去了。他们还把疯子的血取了样，找人送到城里头去化验了。

两个人正聊着，听见院门口有咳嗽声，抬头一看，是瘸子三叔走了进来。三叔小心翼翼地问，警察在你们屋头？

冉仕科点点头，起身招呼他，哦，三叔，你是来拿药的吧？

三叔说，嗯，我来拿药。不不，我来找警察。

这时，屋子里忽然传来母亲的声音，喉咙很响很响，是，是我打死的！你们把我抓走嘛！

冉仕科连忙冲进屋子，见母亲正要下床，他连忙按住，然后问警察，咋个回事？咋个回事？

刘大兴也有些回不过神来的样子，他解释说，我们就是问你妈昨天夜里的情况，你妈说，她听见疯子骂人，很生气，就轰他走，轰不走，就扔了根柴棒出去。我问她打到疯子没有，你妈忽然就发火了。

冉仕科说，不可能哦，我妈哪有那么好的身手？

刘大兴说，我也没说就是她打的嘛，但我们肯定要问清情况嘛。哪里晓得她老人家突然就冒火了。

王小进接过话说，我们的确在你家门前这条路上发现了血迹。人命关天，每一个疑点都必须查清楚。

这回轮到冉仕科回不过神了，他看着母亲，希望母亲赶紧撇清自己，母亲却丝毫没有害怕的样子，继续嚷嚷说，他平时骂人都算了，我儿好不容易回来一回，也被他骂得睡不成瞌睡，老娘就是想打他。打倒了正好为民除害，死疯子！

冉仕科瞬间鬼火冒，上前猛地推搡了一把母亲，你乱说啥子？在警察面前都能乱说吗？你以为警察是你儿，你随便说啥子都无所谓？我看你简直是疯了！不想过了！

瘸子三叔跨进了门，用少有的大声音说，警察、村长，不是她打的，绝对不是她打的，不要相信她乱说。

几个人又把三叔盯着，三叔顿了一下说，那个疯子，就是我那个疯侄儿，是我打死的。我来坦白。

冉仕科目瞪口呆。同时目瞪口呆的，还有村长和两个警察。

只有冉仕科的母亲，有些哀怨地看着他。

接下来，瘸子三叔一五一十地交代了案发时的情况：

昨天黑夜，我在路上遇到疯子了，他又在骂人，我好言相劝，不要再骂人了，回去睡瞌睡。疯子不但不听我劝，还突然骂起我来，从没有过的事……

王小进问，他骂你啥子？

三叔迟疑了一下，说，反正就是那些难听话嘛，我懒得学。我从小把他当儿待，他居然这样对我，我简直是气惨了，就扇了他一耳光。哪晓得这个疯子疯凶了，连我也不认了，回过头来扇了我一耳光，他力气大，一下把我打翻在地上，他也不管我，自顾自地就走了，还是边走边骂。

王小进问，又骂哪个呢？

瘸子三叔说，骂哪个？哪个都骂，反正挨着骂。我一摸，脸上都是血，老子也毛了，就爬起来去追他，揪住他，想把他拉回家。我哪里打得过他嘛，他又把我推倒在地下，我都不晓得他咋个掉到路坎下去的。黑乎乎的，我也没看见。我听没声音了，就回家去了。今天早上才听说他死了。算我倒霉。

刘大兴说，你咋个不早说？

三叔说，我一直在屋头等着，你们没来找我嘛。

王小进说，我们一家一家排查，很费时间，但肯定要问到你的。不过你主动来坦白，是对的。

其实他心里明白，他们的确把他排除在外了，因为想到疯子是他侄儿，疯子从来不骂他。没想到会出现这样的意外。

不过他还是有很多疑惑，据村长说，瘸子三叔住在村子上面，他为啥子要半夜走到冉仕科他们家来呢？第二，疯子从来不骂他，昨天夜里却开骂了，到底骂了他啥子把他惹火了？第三，刚才三叔进来之前，冉仕科的母亲为啥要把事情揽过来，说自己用柴棒打了疯子？

他还来不及说什么，村长就忍不住说话了，他三叔，你老人家住在上面，三更半夜的，咋个会在这里遇到疯子呢？

瘸子三叔看了一眼冉仕科的母亲，小声说，我听说科娃回来了，我想过来看看。我怕疯子吵到科娃睡觉。

冉仕科的母亲恨恨地盯着三叔说，多事！要你管！我自己晓得撵！

冉仕科也很恼火，时而盯一眼瘸子三叔，时而瞪一眼自己母亲，显然他在克制自己。

事至此，算是基本明了了。

刘大兴合上本子，关了手机录音键。他想，这案子，最多也就是个过失杀人吧，或者连过失杀人都算不上。实在是让他意外，意外中还有些小小的遗憾。真的像王哥预测的，一点儿技术含量都没有。从现场勘查的情况看，三叔所说的基本符合事实，疯子掉下去，脑袋磕在了路边的石块上。三叔自己，脸上也的确有伤。

刘大兴还是不能释怀，他跟王小进嘀咕说，王哥，你说真就这么简单吗？

王小进说，你还想把它搞复杂吗？

刘大兴说，那倒不是，我只是觉得，有点儿奇怪。

王小进道，要说复杂，不是案情，是人心。先带回去，再慢慢讯问吧。

村长在一旁结结巴巴地说，王警官，刘警官，能不能宽大他三叔？他三叔肯定不是故意的，他三叔是个厚道人。

王小进说，我们会酌情考虑的。

六

所有的人都离开了。屋里归于平静。

冉仕科重新热了饭菜，端给母亲。母亲说，我吃不下。冉仕科就端着碗站在那儿不动，母亲只好接过来，扒拉了两口，嚼木头一样地嚼，就两口，又放到了床边。

冉仕科没滋没味地勉强吃了碗饭，站在院子里吸了根烟，再回到屋里时，母亲还是那个姿势靠着，眼神空空洞洞、冰冰凉凉。天黑透了，很静。冉家坳终于有了安静无比的夜晚。

冉仕科坐在母亲对面，看着母亲。母亲却不看他。

冉仕科实在忍不住了，终于说，你跟三叔，到底怎么了？

母亲眼睛盯着漆黑的窗户，很清楚地说，他是我的男人。

冉仕科虽已料到，还是有些恼火，妈，你也是，找谁不行，干吗跟他裹一起？一个村里的，还是个瘸子……

母亲一字一句地说，我不跟他裹一起，我跟谁裹一起？你倒是说说看？我告诉你，这辈子对我最好的人，不是我爹妈，不是你老汉，不是你和你妹子，是他！只有他把我当个女人看，他怜惜我，对我好，他就是我男人。

冉仕科听出了母亲的哽咽，有些心疼，他知道母亲说的是实话。母亲在家里是老大，又能干，外公外婆就不让她读书，八九岁开始上山下田，样样做。那次母亲跟他进城，因为一个字不识，连公交车都不敢坐，就曾经抱怨过父母，为什么不让她读书。

母亲转过脸来，眼里已经有泪水了，说起来还不是怪你！你那个时候坚决不让我再婚，如果那个时候我正大光明地跟他在一起了，就不怕疯子骂，就不会有今天这些事。

冉仕科不满地嘟囔说，咋个怪到我身上了？

母亲说，当然怪你！他还不是怕你听见疯子骂我们两个，怕你不高兴我，怕我为难，才去拦疯子的！要不哪里会有这些事！

冉仕科低头，不敢再顶撞。母亲索性哭出声来，呜呜咽咽的，透着伤心委屈难受绝望。冉仕科第一次有了深深的内疚。他起身，递了毛巾给母亲，拍拍母亲的肩膀安抚说，好好，是我不好。你还是跟我一起进城吧，以后我照顾你。

母亲擦了把眼泪说，不去。

冉仕科说，都这样了，你还要待在这里吗？

母亲说，他会回来的。他又没杀人。

停了下母亲说，真坐牢了，我就给他送牢饭。

长久地沉默。

冉仕科想到了自己的婚姻。奇怪的是，回家这三天，母亲都没问过他媳妇怎么样。母亲不喜欢这个媳妇，他早看出来了。媳妇对母亲更是过分，母亲不习惯用马桶，用了没有冲水，她居然写了个“请注意卫生”的条子贴在厕所门口，幸好母亲不识字。但还是把冉仕科气得够呛。

冉仕科忽然说，那个，宝宝她妈，回她娘家去了。你跟我去的话，就咱们俩住，你要是愿意，我就把宝宝接回来你带。

冉仕科拿出手机，翻出儿子的照片递给母亲。母亲接过去，脸上总算有了点儿笑容，乖孙儿，我的小乖孙儿。

母亲把手机还给了冉仕科，温和地说，你看你好久方便，就带他回来看看我嘛。

冉仕科再无话，只好点头。

睡吧，那么安静，可以好生睡一觉了，有啥子事都明天再说。

母亲说完，衣服也没脱，就那么侧身躺下去，闭上了眼睛。

选自 《作家》2015 年第 5 期

出　门

温亚军

这里把出嫁叫出门。看到谁家的闺女长大，就问还没出门呀，闺女大了不能留，留来留去是冤仇。

秋霞早到了出门的年龄，婆家也寻下好几年了，可被她爹拖着，一直出不了门。秋霞的爹三年前放羊时，喝多酒失足从崖畔掉下去摔断了腿，以后再没站起来过，行走全靠手臂撑着两只小板凳，一点一点地往前挪，农活干不成，心里憋屈，整天和老婆怄气，动不动骂老婆嫌他没死干净，影响了她改嫁。秋霞的母亲起初会回骂几句，老头子腿脚残了，所有的活都压在她身上，还要她受气，谁受得了？后来吵得多，累了，渐渐就不骂，发誓今生不再与老头说一句话，到非说不可时，也不直接跟老头说，而是拐个弯，当着老头的面问秋霞。秋霞当着爹妈的传话筒。比如，晚饭时，因为经常停电，一家人围着煤油灯边吃饭边说今年的秋种计划，母亲做不了主，对秋霞说，问一下，今年留多少地种玉米，多少地种豆子？父亲就坐在桌子边，把母亲的话听个一清二楚，却不回答。秋霞把母亲的话对父亲重复一遍。父亲这才对女儿说，今年雨水少，看来天旱定了，少种点玉米，七亩吧，豆子耐旱，种十五亩。秋霞再重复给母亲，母亲点点头，迅速喝完稀饭，收拾碗时，突然又想起一件事没问，对秋霞说，再问一下，到镇上去买种子呀，还是到村头张大牙的店里买？秋霞还没来得及重复，父亲已勃然大怒，冲秋霞吼道，告诉你多少遍了，又想到镇上去发骚，张大牙店里的种子不是种子啊？还少花两块钱车票呢，就在张大牙店里买！母亲把碗筷摔得乒乓乱响，丢下一句，秋霞，你眼睛瞎啦，不知道张大牙的种子比镇上每斤贵五毛钱啊。没等到父亲再骂，母亲已端着碗走了。秋霞看看母亲的背影，又看看满脸怒容的父亲，一句多余的话都不敢说，悄悄跟母亲去厨房洗碗。

这个家，离了秋霞怎么能行！除过调和父母关系，秋霞还是收种庄稼的一把好手。这都是给逼的，村里的强壮劳力全在外打工，农忙时想找人帮忙都难。摇耧耙地，收割碾打，这些本该男人干的活路，秋霞全学会了。尤其是碾完麦后扬场，完全是男人们干的一项技术活，用木锨铲起麦粒麦糠，迎着风头往空中扔，必须撒出去成扇面，风才能吹走麦糠，沉甸甸的麦粒落到地上。扬场看似简单，做起来非常难，手臂掌握用劲的大小，木锨扬起的角度，都有讲究。扬场也是力气活，秋霞为学扬场，一遍遍地练，把胳膊都练肿了，晚上疼得睡不着觉，趴在被窝里偷偷地流泪。一个夏天过去，秋霞终于学会扬场。扬完自家的麦子，她还得去帮喜庆家扬场。喜庆就是秋霞的未婚夫。本来，喜庆的爹是扬场的一把好手，但他看到秋霞能扬场，一直给娘家扬，觉着亏得慌。按规矩，秋霞和儿子订了婚，没有出门，也算自家的媳妇。

像秋霞这么大的闺女，大多都出门好几年了，小两口亲亲热热去城里打工挣钱，在外受苦受罪，逢年过节回来一次却风风光光，大包小包往娘家拎，红的绿的、花的洋的，都给爹妈买回来了。过年时，一帮老娘儿们凑一起，穿着闺女买的羽绒服、保暖内衣，比谁的成色靓，比谁的价格高。末了，还要骂顿儿子，骂他们娶了媳妇忘记娘，钱全花在了丈人、丈母娘身上。

看来，养闺女还是比养儿子强。实践证明，养儿子已经防不了老，不但防不了，到头来，还不知道谁养谁呢。像秋霞的堂哥秋林，就由他的父母养着。前些年，秋林去城里建筑工地打工，到头来要不上工钱，一伙人到建筑公司静坐示威，被老板带人围住用棍棒暴打一顿。秋林只顾护头，两条胳膊被打折，腿没受大伤，能跑，从人家裤裆下钻出，捡了条命回来。钱没捞着，还落了个残废。秋林的丈母娘没穿上秋林买的保暖服，看人家做丈母娘的光光鲜鲜，轮到自己，只能穿自个儿买的衣服。女婿靠不住，双手又废了，秋林的丈母娘心疼闺女，怕拖着秋林这个累赘，苦闺女一辈子，唆使闺女离了婚。秋林两只手臂失去劳动能力，成了摆设，只得靠他爹妈养着。

前些年，父亲腿没摔断时，秋霞盼着早点出门，与喜庆亲亲热热，一起到城里打工挣钱过自己的小日子。喜庆早几年就去城里打工了，每次过年回来，他给秋霞买回城里时兴的羊绒衫、松糕鞋，有一年还给秋霞带条弹力牛仔裤，牛仔裤也不是啥稀罕物，秋霞穿过好几条呢。可这条不一样，腰又低又细，是紧紧绷在腿上的那种。秋霞第一次穿，费很大劲才提上去，还提不到腰部，裤腰就挂在屁股上，腰部空荡荡的，感觉裤子随时都要向下掉，她时不时得用手拽两边的裤腰。从来没穿过这样的裤子，像受刑，勒得秋霞连路都不会走了，她要脱下来。喜庆不让，说就要这个味，城里女人全穿这个，胖的瘦的，都喜欢这种低腰的，说是韩国版，进口的。还进口呢，穿着像没穿裤子似的，露着大半个腰，把屁股蛋勒得像两只熟透的桃子，能羞死人。喜庆把嘴贴在秋霞耳朵上小声说，城里好多女人就靠勒出来的两个屁股蛋子骗男人的钱呢。他们这些民工收工后到超市门口、天桥上，跟在女人后边专看她们的屁股，免费的。只是，看着心里怪难受的，不知那些女人的屁股都给哪些狗日的男人准备的。秋霞推开喜庆，骂了句流氓。喜庆说，你太落后，流氓这个词早已不用，城里的字典上已经取消了，我一时都想不起城里人把这种事叫什么了。秋霞，你还是早点出门，跟我一起去城里感受新生活吧，你再不去，我可熬不住，要学坏了。城里诱惑太多啦，好多女人都养鸭子呢。秋霞从去城里打过工的姐妹那儿知道城里人说的鸭子是什么，但她不怕，城里女人眼界高着呢，才不会养民工的，人家养也得养那些细皮白肉、身体壮、能干技术活又养眼的男人。喜庆太黑，身体挺壮实，但太笨，至今没学过哪种技术，在工地上，只是个干体力活的小工，笑起来还喜欢龇牙，牙也不白，城里的那些女人谁会稀罕他呀。于是，秋霞赌气拧过身，丢下一句，那你给城里女人当鸭子去，别碰我。喜庆用嘴堵上秋霞的嘴忙了半天，才气喘吁吁地说，你以为我不敢呀，你再不出门，我真去当鸭子了，有人养着，有吃有住，还给钱花，比他妈的皇帝还滋润，龟孙子才不想当呢。喜庆这句话说得有些认真，秋霞听着不舒服，真生气了，推开喜庆说，就凭这句，我一辈子都不出门。

话是这么说，秋霞心里还是想着早点出门，到城里去管着喜庆，免得他真学坏。男人孤身在外，面对那么多的诱惑，不受影响也是不可能的。秋霞还听说城里的那些下岗女工为了养家糊口，专门找出苦力的民工卖淫。其实，农民工也想尝尝城里女人的味道，是甜还是咸，再说，价钱相对也便宜些，他们挣的可都是辛苦钱。

可自己家里的情况，使秋霞脱不开身出门。喜庆怨恨秋霞，说她只知道顾她父母，顾她自己的家，却不怜惜他，他都是二十六七的大小伙了，再拖上几年，他的那股劲就过去了。

到底是什么劲会过去，秋霞搞不太明白，她只知道，家里现在的情形，她绝对不能出门。她要一走，这个家就彻底完蛋了。父亲残废，等于一个家塌了半边，母亲老了，全靠秋霞撑着这半边呢，她不能扔下这半边，出门去过自己的小日子。最关键的，家里头还有个受气的妈呢，如果没有秋霞从中调和，爹妈的日子肯定得分成两个家过不可。

秋霞不愿看到这种结果。她也不知道该怎么办才好。今年，喜庆回家过年时，给她啥也没买。她知道喜庆心里不舒服，没敢怪他，还讨好他似的，鼓足勇气，不顾爹妈刀子似的目光，专门为喜庆穿上那条牛仔裤，上身套件长点的毛衣，不然，半截子腰虽在衣服里面，可仍觉得空荡荡，怪难受的。过年那几天，两家天天都有人来，乱哄哄的，两人也说不上几句话。等到空闲一些，喜庆也不说话，样子很烦躁，盯着秋霞腿上的牛仔裤发呆。秋霞的腿长，紧绷绷的牛仔裤穿在她腿上，更衬得她的腿修长。秋霞以为喜庆在欣赏她穿牛仔裤的样子呢，故意在喜庆面前走来走去，可喜庆的眼里仍没显出多少喜色来。

正月十五那天晚上，喜庆第二天就要回城了，他说有话给秋霞说，家里人多不方便。秋霞跟着喜庆走到村外，把电视的喧闹和村庄的灯火扔到身后，越走越远，喜庆拉着秋霞的手走到麦田里。过了年，天气已转暖，虽有点春寒，但麦苗已经起身，在干净的月光下，油汪汪地泛着亮色。秋霞深深吸了一口，冷冷的空气里带着点淡淡的清香，是麦苗散发出来的。秋霞踮着脚尖跳着，月光很亮，她能看清脚下的麦地哪儿的麦苗要稀松些，才好落脚，这样不至于踩倒太多的麦苗。喜庆被她的蹦跳弄得心烦，叫她不要跳来跳去，抓她的手却不松开。

秋霞要喜庆从麦地出来，她怕踩断麦苗，影响收成。喜庆很生气，说操啥闲心，又不是你家的地，影响你收麦子了？秋霞顶了句嘴，不管是谁家的，少收麦子都不应该。喜庆不高兴，满嘴怨气地给秋霞说，如果你还不出门，我扛不住了，我爹我妈整天骂我没本事，四年了，还把你弄不进家门。

一个闺女家，寻下婆家收了彩礼，过了出门的年龄还不出，在娘家干活，婆家会觉得吃亏。但是，这几年秋霞每到秋夏收种麦子和玉米的季节，她两家跑，帮喜庆家干活，喜庆和弟弟在外打工，地里的活全是秋霞帮公公婆婆收种的。秋霞从没偷过懒，就这，公婆还不满意，觉得秋霞早该是他家的人，就应该在他家忙活，可她的力气都给了娘家，就算她过来帮忙，可那种帮是蜻蜓点水式的，能干得了多少？家里活那么多，还不都叫他们自己做了。他们彩礼送过了，过年也少不了拿些礼物到秋霞家，可人却迟迟不出门，还不跟没定过亲一样，这个亏不是吃得太大了。

秋霞也清楚公婆的心思，她不言语是有点愧对的意思。喜庆的怨气使她心里很不舒服，但明天喜庆就要走了，她不愿叫喜庆生气。喜庆还问她怎么不辩解了？秋霞仍不说话，只是垂着眼望着脚下。月下的麦苗看不清绿色，是团团的黑，她能想象得到，脚下的这团团黑在白天是多么喜人。喜庆冷笑两声说，理亏了，没话说了吧。一阵寒气袭来，秋霞忍不住打了个寒战，她抱紧自己的胳膊，不理喜庆，自顾往麦地外面走。这下，惹恼了喜庆，他稍稍愣了一下神，冲上来把秋霞扑倒在地，压在她身子上面直喘粗气，他还强解秋霞的衣服。秋霞不让，俩人在麦地里翻滚。起风了，绿色的麦浪一层挨着一层，在他们身边卷动。秋霞心疼身下的麦苗，同时，她也知道自己的劲小，拗不过身强体壮的喜庆，便放弃了抵抗，承受了钻心的疼痛。迟早都是喜庆的，啥时给他都是个给。再说了，她一直觉得亏欠他的，二十六七的男人，还没搂女人睡过觉呢，给他算了。秋霞把眼一闭，不看天上洁净的月亮了。

喜庆劲头很大，疯了似的，把秋霞差点捣进土地里。秋霞不敢吭声，咬着牙承受，她心里明白，喜庆气没地方出，发这么大狠，是撒气呢。叫他撒去，撒完就完了。谁知喜庆撒起来没完，冻得秋霞的屁股蛋子像两块冰，喜庆用手使劲搓着，慢慢地，秋霞感觉不到冷了，心里紧张，还觉得热呢。

第二天，喜庆要回城里工地，秋霞去送，看到喜庆的目光变得很温柔，不像刚回家时那么冷。告别的话不多，喜庆只说年底回来后，再不去城里打工，只要秋霞出门，他可以帮着照顾她家。秋霞不赞成也不说好，用含情的目光望着喜庆，恋恋不舍。

这次喜庆走后，秋霞心里慌慌的，一直不踏实，有时候莫名地心跳加快。去年前年，这种感觉也有，但没今年这么强烈、这么持久。晚上，秋霞开始失眠，一个个夜晚，都是瞪大眼熬到鸡叫时，才迷迷糊糊有点困意，睡不多久，就得起来下地干活，整天打不起精神。一个月下来，人没瘦，倒胖了不少，都是晚上睡不着，半夜起来吃夜食惹的祸，而且半夜的时候，她的饭量还不小呢。秋霞担心这样下去会变成大胖子，她还没出门呢，要是胖得像猪，出门那天喜庆咋背得动呢，而且胖了穿上嫁衣肯定不好看。秋霞不敢想象自己变成胖子的样子，她开始忍着，晚上哪怕饿得头晕，肚子被掏空似的也不再吃东西，硬撑着，就是白天，也吃得不多，想迅速把体重减下来。谁知她的体重一点没减，反而在慢慢上升。秋霞怕了，以为是患了什么病，她听人说过，电视里报道的，有人患奇怪的病，一顿能吃十几个人的饭，却枯瘦如柴，莫不是她也患上了怪病？吃得这么少，还发胖，秋霞跑到镇卫生院去看。医生简单问了一些情况，说句，是不是有喜，也就是怀孕了，叫她去妇科做个检查。我的天啦，秋霞心里大叫一声，脸唰地一下白了，吓得掉头就跑。她还没出门，哪敢去妇科，一旦查出真是怀孕，她可咋办呀？可真是一句话点醒梦中人。秋霞年龄不小，对生理知识却懵懂无知，村里年纪相仿的姐妹都出门去城里打工，没人可以交流，家里家外，除了父母和喜庆的爹妈，平时跟村里的人也只说几句咸淡话，谁会把话题说到身上来呢。怪不得她这段时间心神不安，原来是有预感的，想想这个月，她的那个玩意儿一直没来，怎么就没往这方面想呢。

秋霞等不到喜庆的电话，没人能帮她出个主意，她试过几次想去问母亲，可话到嘴边又吞了回去，怕母亲受不了这个打击。

秋霞也曾想过，偷偷到远一点的医院去打胎，可心里又害怕，且不说她一个未出门的闺女，要鼓足勇气一个人面对打胎这种令人胆战的事，很难。她以前曾听人说过，打胎弄不好会把子宫刮坏，以后再不能怀孕，那可就麻烦大了。可是，她又不能把胎儿生下来，没出门就生子，她，还有爹妈的脸往哪儿搁呀？

秋霞不敢声张，心里乱成了一团麻，骂喜庆不得好死，自己快活后拍屁股去了城里，把累赘给她留下。她一个未出门的闺女家大了肚子该咋办呀？

秋霞想在喜庆那里讨个主意，或者叫他赶紧回来，她立马就出门，到了婆家，肚子大了也就大了，谁也不会拿另一种眼神看她。到了这种时候，不能光顾爹妈，再说，出了门，喜庆说了，会和她一起照顾他们的。可喜庆没手机和传呼，平时都是他从城里把电话打到张大牙家的商店，叫她去接。张大牙自开商店做生意后，人变得六亲不认，眼里只有钱，接次电话得交一块钱。接电话还要钱，没道理嘛！张大牙却说，接电话虽不费他的电话费，可有座机费呢，占着话机，别人打不成电话，他不损失吗？秋霞觉得这不是理，她每次接电话也没见有人过去打电话，何况，就讲那么几句话，哪里妨碍了别人打电话？她不愿无故多掏一块钱，叫喜庆没啥事轻易不要打电话，所以，喜庆一月半月才会打个电话。秋霞家没闲钱装电话，就是装了，她爹天天守在跟前，也不能和喜庆说啥话。这会儿，秋霞真有事要给喜庆说，却等不来他的电话，急得她天天往张大牙的商店那边跑，也不买东西，守在一旁看着电话机。有时电话响了，铃声把秋霞吓一跳，涨红着脸伸手就捞话筒，却没一个是喜庆打来的。后来张大牙看着都烦了，离好远看到秋霞往这方向过来，就说没你电话，有了我肯定会叫你。言下之意，他也希望有电话来，还能挣一块钱呢。

等不到电话，秋霞快烦死了，老有要哭的冲动。她一个人躲在屋里，拉下裤子看肚子，肚子看上去平平的，可她却觉得这肚子都快成一座山了，她要驮着一座山，怎么能不怕呢！因为心事重，人就显得恍惚，老是做事做一半就扔下做另外一件，还不断做错，给爹妈当面传话也常常出错，把妈问中午吃啥饭，说成中午种啥饭，气得爹妈合起来，难得一致地骂死闺女叫鬼缠住了，有一搭没一搭的。秋霞不还嘴，保持沉默，也不给他们传话了，爹妈干瞪眼，还不能打破常规直接说事，两人连连叹气，说闺女已经留成冤仇了。

他们哪里知道，自己闺女这阵子无援无助的茫然。

秋霞这边心急火燎地盼喜庆的电话，城里那边的喜庆呢，也并不比秋霞好过多少。以前在外面干活虽然苦点累点，但和一帮工友在一起，荤话素话都往外掏，喜庆没有经验，嘴上功夫却因为听得多了，也不赖。苦日子也一天一天打发了。但这次从家里出来就不一样了，喜庆再也不是嘴上功夫，他和秋霞有过肌肤之亲，算是实战过，有经验了。难怪工友们说起女人来总是一脸地向往，女人果然神奇，像一部神奇的书，开头就充满了诱惑。只是他打开书的日子太晚，实践太少，书里好多内容还没品出味呢。浅浅地尝试已让喜庆深陷其中，要深层次阅读的念头比以前更加强烈。这时候，他已经无心和工友们说笑，那些用嘴说的话有什么用？与具体的女人比起来，太浅薄、太缥缈了。他想秋霞，主要是想秋霞的身体，那是多么柔软而奇妙啊！喜庆想秋霞想到骨髓里去了。但想也白想，只能徒生焦渴，却得不到解决，他简直被这份念想折腾得快疯了。要不是怕爹妈，喜庆早就卷起铺盖回家，就是生拉硬拽，也要把秋霞拽出门，他受不了这份煎熬。喜庆奇怪这之前自己是怎么过来的，一个二十六七的男人没有和女人那档子事，居然生活得平平坦坦，而体会了女人，他反而坚持不住了呢？

到了二月，天气慢慢转暖，城市的灯火并不受节气的影响，一年四季都是一样的繁华热闹。但对喜庆们来说，天气的寒冷跟他们还是有着直接关系的，刮风下雨，他们出不了工，这一天就浪费了。出来打工，为的就是多挣点钱，浪费一天，就惋惜一天。城里比不得农村，诱惑多、消费高，出门就要用钱，挣一个月的钱，出趟门手稍稍松点就没了，他们舍不得。这种时候，工友们只能窝在一起谈天说地。喜庆没那个心情，一个人出去走。天气不好，步行的人不多，马路上的轿车却一点没减，流水似的。城市的生活就这么淡定。喜庆淡定不下来，他想到电话亭给秋霞打电话，可拿起电话号没拨完又赶紧放下，他们有过约定，没啥正经事不能打太勤，挣的这点血汗钱，别花在不该花的地方。喜庆想秋霞，不知道这算不算正经事，应该是正经事吧，想自己的未婚妻，应该的。城里人不都把情啊爱的整天挂在嘴边嘛。但秋霞不会这样认为的，每次打电话说不了几句话她就催他挂电话，长途电话费贵呢。没办法，喜庆只好重新回到工地，窝在自己的铺上，离工友远远的，兀自回味离家前夜与秋霞在麦地里的那一幕，越回味越模糊，喜庆很懊恼。平时收了工，喜庆匆匆吃过饭就去大街上、超市门口、天桥人多的地方，挤来挤去就为看女人。他把那些女人都想象成秋霞，心里嘀咕，秋霞要是有城里这些女人的打扮，肯定不比她们差。喜庆胆子再大，也不敢正眼看城里女人，高的矮的、胖的瘦的、俏的丑的，只能从背后偷偷瞄人家的屁股，碰上屁股圆的、翘的，被裤子包得桃子似的，他的目光粘上去就扯不下来，看得他喉头发紧，会跟人家走很远的路，经常被骂成神经病。但他没办法控制自己，每次从外面回到工地，像刚参加完长跑比赛，累得一身汗水，气都喘不匀，心却快乐得突突乱跳。

一到晚上，工地周围有不少来打游击的下岗女工，她们年龄大点，可价钱便宜，适合民工阶层消费。离家的男人，没有女人的世界很孤寂，之前的喜庆体会不到这种感觉，对找下岗女工的工友难以理解，累死累活，有时还冒着生命危险，挣的这点钱，只为一时痛快太不值当。可眼下，有了人生新体验的喜庆不那么认为了，钱挣再多，还不都是要花出去，看看城里人，花钱穿衣，再好的衣服不也是身上一层可以剥下来的皮吗？坐公共汽车一块钱想到哪儿就到哪儿，城里人偏偏要买小轿车，贷款都买，开着车到处乱闯，把马路挤得快爆炸了。他们在城里，是最底层的打工者，没法跟城里人比洒脱，但他们也是男人，不能太亏自己。既然赚钱是用来花的，为舒服一回，花点钱有何不可！看的女人多了，喜庆也动了心思，却不敢正面问工友，毕竟这种事不光彩，谁都偷偷摸摸地干，至于干完光明正大地说又是另外一回事。喜庆拐弯抹角地跟工友打听价格，有反应快的笑话他，是不是听大伙说得多，动了心思？喜庆心里有鬼，赶紧掩饰，说不过是好奇而已，城里的女人都看不起咱，就算是下岗女工也是城里人呢。有个工友很不屑说，还是咱们自己的媳妇有劲有味，她一心为你快活着想呢，城里女人，也就担个女人的名声罢了。大家哄笑起来。工友们的这些话冷却不了喜庆躁动的心，但他有贼心没贼胆，迈不出这一步。说到底，喜庆心里还是惦记着秋霞。可远水解不了近渴，一到夜里，喜庆就熬不住了。

张大牙终于来喊秋霞接电话了。秋霞像囚徒终于听到赦令，拨开张大牙，以百米冲刺的速度跑到他家的小商店抓起话筒，张嘴就冲着话筒说，喜庆你个死鬼，怎么才打来电话，我都急死了。没想到，电话却不是喜庆打来的，而是和他一起出去打工的建国，他告诉秋霞，喜庆出事了。至于出的什么事，秋霞已经听不太明白，她的脑子被“出事”两个字击蒙了。她想到了堂哥秋林，秋林就是在城里出的事，她以为堂哥的悲剧又在喜庆身上重演了。喜庆是断了胳膊还是腿脚？

好不容易从晕乎中被建国喊醒过来，建国在电话里却断断续续地说，其实……秋霞你在听吗？我怎么听不到你的声音。秋霞你别害怕，其实，喜庆也没出啥大事，就是太想你，干下了傻事……

秋霞的心回到了肚子里，只要人没事，傻事就傻事吧，人这一辈子谁还能不干几件傻事呢。她想喜庆恁大的人了，他干的傻事大概也就是叫人骗走一些钱吧，也不知骗走了多少，要是太多，她还是很心疼哩。秋霞这样想着，心里还是轻松下来，因为她知道喜庆走的时候并没带多少钱，就是冒傻气做了傻事，估计也没太大的损失，没啥大不了的。秋霞心里踏实了，一踏实，就觉得建国有些大惊小怪了，她甚至还对着话筒轻笑了两声，这轻笑一定传到建国的耳中。她问建国，到底喜庆做了什么傻事。

建国吭吭哧哧地说，就是……耍流氓……被公安逮了……

一下子，秋霞浑身的血液冲到了头顶，大脑缺氧般空白了。她的手下意识地按在肚子上，她现在正愁得不知怎么办才好，喜庆不但不考虑她，还玩到外面去了。秋霞生气了，握着话筒半天没说一句话。

秋霞！建国在电话那端喊声很大，震得秋霞的耳朵嗡嗡直叫。

别跟我说，丢死人了！秋霞要扔电话。

建国急了，又喊道，别别别挂，秋霞，喜庆现在被关起来，要交五千块钱才能赎出来，不然就得判刑。他不想叫别人知道，包括他爹妈，只叫我给你说，你……

秋霞打断建国，没好气地说，给我说干什么，我又没出门到他家，与他没关系！

秋霞，喜庆正眼巴巴地等你去赎他呢。

对不起，我没这个钱，也丢不起这个人！秋霞挂断电话，见张大牙竖着耳朵一直在旁边听，便没好气地掏出一块钱扔在柜台上，转身就走。

张大牙在后面喊道，不够，还差一块，你打这么长时间，一块钱连电费都不够……

秋霞回身又扔过去一块钱，气鼓鼓地说，你骗谁呀，挣昧良心钱，别拿电费说事，电话用的不是你家的电，多少次都是停电的时候来的电话，别把我当傻子。

秋霞这回不想当这个傻子，真生喜庆的气了。她想，你在我这里已经耍过流氓了，还到城里去耍，被公安抓了活该，谁叫你吃着碗里，还看着锅里的。这个时节，出这种丑事，真丢死人了，这要传开，肯定得搭上自己，她还有脸见人吗！

回到家里，父亲也不看秋霞的脸色，一个劲地追问，喜庆打电话来说了些啥，是不是又催你出门呀？

秋霞在气头上，一改往日的顺从，怒冲冲说道，出门，出门，出鬼的门。从今儿起，我不跟喜庆了，我要和他解除婚约！

父亲一下没反应过来，也不知道女儿这话是冲着喜庆去的，还是她对自己厌烦了呢，心里有些不平，顺着女儿的话头说，不跟就不跟，解除婚约好，不要拿这种话吓人。我是吓大的？

秋霞吼叫道，谁拿大话吓你了！你们明天，不，今天就去给喜庆的爹妈说，我要退婚！

秋霞从来没冲父亲嚷过，她不敢。父亲猛一下被秋霞呛得不知说什么了。

母亲丢下手中的活计，冲过来道，秋霞你疯了，尽说胡话，这种事能胡说吗？

父亲反应过来，气得不轻，骂道，退婚吧，退了清净，免得整天吵吵着出门，烦死了。

母亲骂道，秋霞，你这个老不死的，就不会说句人话？尽干些煽风点火的瞎事。

秋霞知道母亲这句话骂的是父亲，但她还是忍不住，转身回自己房间，关上门痛痛快快地哭了一场。

纸里包不住火，喜庆在城里嫖娼被抓的事，悄悄在村里传开了。

秋霞没答应赎喜庆，她也没这个钱，最主要的，还是她嫌丢人。一个未出门的闺女，未婚夫在外嫖娼，她却拿钱去赎，谁听了不笑话？喜庆没别的办法，只好托建国给他爹妈打电话，除此之外，没别的办法，他们在工地干活，到年底才能拿到工资，包工头不可能开恩提前付给他工资的，建国他们也凑不够这么多。

喜庆的爹妈气都快气疯了，哪有心思去赎儿子。就是有，也没这个能力，五千块钱啊，捏在手里得有砖头那么厚，可不是个小数目，怎么能叫儿子不明不白就弄没了。喜庆的爹妈气得直骂儿子，干这么丢人的事，别人愧得掩还掩不及呢，他还有脸问家里要钱，让他在监狱关着去，监狱还管吃管住呢。

拿不到罚款，喜庆赎不出来，被嫖的那个女人也不想掏罚款，突然改口说，喜庆强奸了她，要上诉。强奸就是罪名。公安立案，移交给司法机关。就是说，按照法律程序，喜庆如果败诉，就得判刑坐牢。

压力最大的，还是秋霞。她哪儿都不敢去，怕别人戳她的脊梁骨。多丢人的事，虽然事是喜庆做下的，可她是喜庆的未婚妻，村里人瞅不见喜庆，却能瞅见她，不戳她戳谁？她逃不脱的。秋霞把喜庆恨死了，他出的要是别的什么事，比如贪污、偷盗，哪怕杀了人，也比耍流氓好听啊。而且，喜庆的官司要打不赢，强奸罪名一旦成立，就要坐几年牢狱，她可怎么办呀？

秋霞非常苦恼，身上的那个玩意儿还不见来，快两个月了，看来怀孕是肯定的了，这可怎么办？她窝在家里，三四天吃不下睡不着。秋霞也想过，嫁给喜庆丢不起这人，但是，她肚子里怀了他的孩子，虽说可以偷偷去打掉，可万一出个啥意外，把子宫刮坏了，她今后怎么办，生不了孩子，谁还会要她？就算不出意外，她打过孩子，不再是闺女了，去哪里找能接纳她的男人？她跟喜庆订婚都好几年了，一直没出门，谁又会像喜庆那样耗着日子等她？

眼下的事，是未婚先孕，她对父母怎么说？

没等秋霞开口跟父母说，父母已听到了喜庆的丑事。这次，他们的想法居然惊人的一致，他们相互难得地看了对方一眼，长吁一口气。为了闺女的后半生，竟然打破了多年来不直接对话的习惯，不经过秋霞传话，两人直接商议起来。

父亲说，看来秋霞前几天已经知道了喜庆的丑事，她想解除婚约是对的，咱可是清白之家，不能叫孩子出门去背这个丑名。

母亲说，绝不！我就这么一个闺女，出门到那样的人家，就是秋霞愿意，我这张老脸往哪儿搁呀？何况那种男人，年轻时就犯事，保不定日后还要出多大的丑呢，最后还不是苦了咱闺女。她爹啊，趁闺女有这心，咱赶紧把婚退了吧，再拖下去就有大笑话看了。

父亲直点头，是呀，咱闺女又不赖，也不是非他喜庆不嫁，干吗守着那个流氓犯？是得赶紧退，别叫人家以为咱闺女嫁不出去。我是走不成，秋霞她妈，这事你可得抓紧点。

母亲说，我肯定想抓紧，但还得跟秋霞说一声，听听她的音吧。

那快问啊，还等啥呀。

母亲把秋霞叫过来，与父亲一起给女儿谈话。他们你一句我一句，一唱一和地说利害关系。父母两人这时说话的状态很自然，一点也看不出他们平时根本不直接对话的影子。习惯了当传话筒的秋霞听着却有点别扭，心里更加烦躁，差点失口说出肚子里的秘密。话到嘴边，又拐了个弯，她说，和喜庆解除婚约，是迟早的事，可是，她心里还有个结没解开，想问一下喜庆，他为什么要干那种丑事，害得她难做人。

母亲说，还问他干什么？退了婚，一了百了，和他没啥关系了，管他啥原因。咱是清白人家，凭闺女你的能干、长相、人缘，还怕找不到比喜庆家强的婆家？

父亲也说，就是就是，几年前要不是喜庆不断托媒人纠缠，咱能看上他家？你瞧喜庆他爹那熊样，咱闺女还没出门到他家，就觉得吃亏了，把咱闺女当媳妇使唤，大热天扬场，一个大老爷们儿耍懒，叫咱闺女扬场，和我较劲呢，我是个废人，他少啥了？我早就憋着这口气呢。

母亲说，秋霞，你要是没啥说的，我就叫媒人去回话了！这事早结早清净，免得叫人在背后嚼舌头根子。

秋霞没听到母亲说的话，她还在想肚子里有了孩子的事。她突然产生一个想法，说，我想去一趟城里。

去城里干什么，难道去找喜庆不成？

秋霞说，就是去找他，我想问个明白。

父亲说，不能去！

母亲说，傻闺女，你真是气糊涂了，这个时候，还问他什么呀？明摆着嘛，你在家也留不多长时间，很快就要出门到他家去的，可他还出去犯流氓，这样的男人哪还敢要噢！

秋霞却不听，坚定地说，你们不知道我们之间的事，城里我非得去不可。不然，这个婚约我就不解除，让你们跟着一起丢人。

秋霞坐汽车，再坐火车，好不容易来到省城。省城是高楼大厦钢筋水泥堆砌的天下，大马路又宽又长，可到处是车是人，车像水一样流淌着，人也是流淌的，但这样的流淌中，显得很拥挤，有一种叫人喘不过气来的压抑。秋霞没敢乱走，省城看不清方向，她怕在一群高楼大厦里走丢了，这可不是乡下，大嗓门一喊，一个村子都听得到。秋霞没出过远门，但并不害怕，她也曾向往过城里的生活，虽然一进到城里，这儿的喧闹使她明白自己与城里的区别。她站在路边仔细打量着方向，然后一路打听找到喜庆原来干活的工地，找到建国，叫建国带他去见喜庆。建国比喜庆大得多，看上去比喜庆老成，他说，人家看守所有规矩，每周只有星期六探望，不是随便想见就能见的。

这可怎么办？秋霞傻了。今天才星期三，还得等两天时间呢。

建国说，既然来了，就等等吧，花这么多车票钱呢。这样吧，先找个地方住下，你没来过省城，这两天也到处逛逛。

从喜庆出了事，秋霞对省城就没了好感，进了城，更是不理解这样一个喧腾的地方，怎么会有那么多人喜欢钻进来。她哪有逛的心情。

工地上是没地方住的，考虑到城里住宿太贵，建国在离工地不远的地方找了个月租八十元的学生床位，好说歹说每天按三十块钱算，才给秋霞找个住处。秋霞没想到是地下室，她扶着墙壁沿着昏暗的台阶往下走时，一股霉味刺得她鼻子痒，她站住揉着。建国说，没办法，宾馆咱住不起，凑合几天吧。就这，比我们的工棚不知强几百倍呢。

后来，秋霞去看过建国住的工棚，的确非常差，根本算不上房子，是用脚手架搭的窝棚，顶部盖着破烂的石棉瓦，缝隙大得能看到外面的天空。四面的墙壁也是用石棉瓦围起来的，瓦与瓦之间的缝隙更大，风从缝隙中堂而皇之地钻进来，张扬地在窝棚里到处乱窜，掀着秋霞的衣角。秋霞很吃惊，问建国，你们就住这儿呀？这要是下雨，还不漏得像筛子？建国说，下雨倒不可怕，下雨时用帆布盖上，天晴嫌闷再揭开，最怕的是夏天和冬天，夏天热蚊子咬，也还好过点，冬天那个冷啊，真不知是怎么熬过来的。现在好些，天气越来越暖和。春天是最好过的季节。

建国带秋霞来看喜庆的床铺。

那基本上不能算床铺，在离地一尺多高的砖垛上，搭着竹架板打的通铺，上面铺着民工们自己带来的被褥。秋霞看到了喜庆的铺盖。如果不是建国给她说，真看不出卷成一堆的东西是被褥，太可怕了，像一堆烧过的煤渣，黑灰相间，根本看不出是什么布料，更别说具体颜色了。秋霞都不敢相信，这堆东西就是喜庆用过的。

建国看到秋霞发呆，就说，整天在泥水里搅和，累个半死，也懒得洗，钻进被窝就睡着了，为省钱，脏就脏吧。

秋霞的鼻子酸了。被褥实在太脏，被泥水糊得都僵硬了，可以想象，躺在这样的被窝里会是什么样的心情。秋霞知道出门打工赚钱不容易，可人这一辈子，天生的命，打工苦，在家干农活不也一样又苦又累嘛，却没想到喜庆他们会苦成这样。村里人人想往外跑，都以为外面的钱好挣，可有多少人知道，挣钱的背后竟是这样艰苦！想想喜庆给她买的那些衣服、礼物，都是喜庆在这样的环境下苦熬出来的。秋霞终于没能忍住，上前去抱砖垛上那堆黑灰灰的被褥。喜庆被关在看守所，用不着这些被褥，自己给洗洗也算对得起以前的喜庆了。被褥好几天没用过，走近仍能闻到散发出的一股酸臭味，秋霞皱皱眉，手上松了劲，枕头掉在地上散开，从中蹦出几个避孕套，软塌塌地落到秋霞的脚上。秋霞偏头看一眼，吓了一跳，连连跺脚，叫道，这是什么？

建国脸色白了，慌忙去捡。秋霞知道那是什么，小时候，乡里的医院给每村每户都免费发放。村里人并不把这些免费的计生用品当回事，随手扔掉，小孩们捡了玩耍。秋霞小时候就捡来当气球吹过。这个时候在喜庆的枕头下发现这种玩意儿，秋霞当然知道不是当气球吹的。她非常气愤，抱着被褥直盯盯地看着建国捡起避孕套，见无地方可扔，塞进了自己的口袋。秋霞觉得自己抱着被褥的样子很滑稽，扔回到砖垛上。

这个……你别，建国红着脸，期期艾艾地说，秋霞，这不是喜庆的……不……它是喜庆的。我是说，这玩意儿是街道给我们发的，说是……为了防止那个……病……唉，我们要这玩意儿干什么……

秋霞转身就走。

建国跟上来说，大妹子，你别生气，这确实是城里给人发的，不信你可以去问其他工友。

秋霞站住，脸像红布，埋下头望着脚尖，狠狠地一下又一下踢地上的一堆沙子，像要把鞋子上刚沾过的秽气蹭掉似的。

建国有点恼，冲秋霞又说道，信不信由你，我还恼呢，这玩意儿发给我们，不是……叫人想入非非，难免要耍流氓嘛……

秋霞咬着嘴唇，突然想起什么，打断建国问道，不是流氓这个词儿已经不用了吗？喜庆说城市的字典里已经取消了这个词。

建国难过地说，那是针对城市人的，这个词他们对农村人还用，咱们的字典里一直没取消。

秋霞不语。

建国似看到希望，紧跟上说，大妹子，也不怕你笑话，我们这些人出门在外就是一年的男人，大多单身，工地边上到处是下岗的老娘儿们，她们也为混口饭吃，工友们有时犯浑……唉，我都怀疑，人家是不是串通好，专门来罚我们这些民工钱的……大妹子，喜庆……

别说了。秋霞的眼泪控制不住，喷涌出来，她哽咽道，你不要替他说话了，我能想到你们的难处，可这不是喜庆犯错的理由。我……喜庆对不住我……你怎么说，我也不会原谅他的！

那你要怎样？建国急了。

太丢人了，我爹妈要我和他解除婚约。

你也想这么做？

秋霞没正面回答，含泪点了点头。

星期六，建国陪秋霞去看喜庆，坐了两个多小时车，一路上，建国很冷漠，一句话也不说。秋霞明白，昨天他说的那些话，没能引起她的同情，他心里窝着火呢。

到了看守所，人家说没判刑的不让探望，秋霞还呆呆地站在那儿，等狱警开恩呢。建国冷冷地说，走吧，这个社会，同情这个词才被字典取消了呢。不见也好，见了说什么，解除婚约？饶了他吧，让喜庆这个傻瓜在里面还留有一份念想吧。

秋霞没说话，她回望着看守所的大门，大门关了，中间的一扇小门却开着，从中间小门望进去，是看守所空荡荡的院子。秋霞想，喜庆在里面，是埋怨她还是在想她呢？

怎么办呢？回来的火车上，秋霞一直呆呆地坐在窗前，看着外面一闪而过的田野发呆。来一趟省城，什么问题都没解决，她的脑子里空空的，像什么东西都没装，可分明又装进去了一些，她眼前老闪过喜庆肮脏的被褥，还有大街上那些穿着牛仔裤，屁股包得像桃子般的女人。她的心里很乱。火车咣当咣当的声音在提醒她，她离省城越来越远，她不能再犹豫了，离家乡越来越近，也就预示着，她离选择越来越近。

脑子是木的，秋霞的肚子却不麻木，她感觉肚子一直在动，或者是疼，在火车的颠簸中，突然感觉下身热乎乎的。秋霞脸色大变，她吓坏了，以为肚里的胎儿在作怪，赶紧跑进厕所，关上门拉下裤子一看，原来是那个玩意儿又回来了。秋霞没带卫生巾，也没带纸，她提着裤子，透过厕所脏兮兮的玻璃，看到火车正经过一片麦子地，外面绿油油的麦苗像河流似的，快速地从她的眼前淌过，她的眼睛有点承受不了。她闭上眼睛，泪水顺着脸颊慢慢地往下爬着。

选自《作家》2007 年第 7 期

黑暗里的火光

曹永

一

迎春社最著名的木匠马三元正在院子里拉着锋利的锯子，努力对一根木头进行肢解。这根木头是一个叫李化学的家伙送来的，李化学的儿子再过两个月就要结婚了，李化学要求马三元给做几张结实而好看的桌子。就在马三元挥汗如雨的时候，院门忽然叫了起来，他抬起头，看到院门口站着一个叫王玉兰的姑娘。马三元晓得，这个姑娘原来是野马冲的洗头妹，后来攒了点钱，跑到迎春社村口开了一个发廊。现在，这个开发廊的姑娘穿着一件绿色衣服立在那里。看到绿色的衣服，马三元就觉得王玉兰像一棵树，一棵漂亮的风景树。现在，这棵“漂亮的风景树”说话了，她说马三元，你不请我进屋里坐吗？

马三元忽然回过神来，放下手里的锯，红着脸请王玉兰进屋，又让她在板凳上坐下。王玉兰一边喝着马三元递过来的白开水，一边在屋子里左看右看，好像对他的屋子感兴趣。马三元不敢抬头看王玉兰，因为她太漂亮了，漂亮得像电视里的女明星。马三元一看到漂亮的姑娘，脸就会发红，像喝了很多酒。现在，他晓得自己的脸一定红得像猴子屁股了。

王玉兰在屋子里看了一阵，然后说，马三元，你给我做几样家具吧。马三元问她做什么家具。王玉兰说一个碗柜、一个衣柜，还有几把椅子。马三元说碗柜要做多大，衣柜又要做多大？王玉兰放下水杯，站起来对着墙壁比画几下，然后把柜子的尺寸告诉马三元。

王玉兰说这些家具对我很重要，你一定要好好做。马三元说你尽管放心，我做出来一定让你满意。王玉兰说如果到时候我不满意呢？马三元说那我就给你重做，做到你满意为止。王玉兰咯咯地笑了起来，她说好，如果到时候不满意，你就给我重做。马三元觉得她的笑声像画眉鸟的声音一样好听，他说你啥时候来拿？王玉兰说当然是越快越好。马三元说李化学的儿子要结婚，我把他的家具做完，接着就做你的。王玉兰皱着眉头说不行，我要先做。马三元有些为难，说李化学急着用呢。王玉兰嘟着嘴，说不管，我就要先做。对于王玉兰这样动人的姑娘，无论提出什么要求，男人都会尽量满足的。马三元也是男人，所以他在短暂地犹豫之后，最终还是答应了。

王玉兰就像个可爱的孩子，一下子笑了起来，她说还好你答应了，不然我今天就赖在这里不走了。马三元也笑了一下，他感到自己的脸像被火烤一样烫得厉害。他想王玉兰真好看，她会不会是天上的仙女下凡啊？

马三元说你先回去吧，做完我会通知你的。这个像仙女一样的姑娘不高兴地说，你是不是赶我走？马三元赶紧摇着头，说不是，我不是这个意思，我是怕你有事。王玉兰说，我最重要的事就是监督你把家具做好。马三元诧异地说，现在就做吗？王玉兰说，对，现在就做！

马三元于是搬来几块木材，那是几块上好的木材。马三元砰砰——只几下就改变了它原本的造型，接着就像蓬头垢面的女人脱掉了烂衣裳，里面竟也润泽好瞧了。

马三元在木板上刨出很多刨花，那些刨花上有着奇怪的条纹，就像正宗的花朵。王玉兰捡起几片又薄又软的刨花，脸上挂着兴奋的表情，她觉得自己浑身上下都沾满了木头特有的芳香，她很喜欢这种淡淡的香味，她就在木头淡淡的香味之中，像监督孩子做作业一样监督马三元干活。她看到马三元放下刨子歇气，嘟着一张好看的小嘴，说不要歇了，快点干活。马三元只是喝了口水，在她的催促下，赶紧放下手里的茶杯，连称好的好的。不知为什么，马三元觉得自己非常乐意接受王玉兰的指使，他喜欢王玉兰吩咐自己干活。

王玉兰一边监督马三元干活，一边打听马三元的事情，比如收入多少，财产又有多少啊。马三元对王玉兰的话感到很奇怪，觉得她就像一个警察，一个正在办案的警察。尽管马三元对王玉兰的询问感到奇怪，但仍然如实地向她交代了。

王玉兰对马三元的诚实态度非常满意，但对他的收入感到很不理想，她说，你真的只有这么点微薄的收入吗？马三元叹着气说，是啊，现在的人都喜欢睡席梦思床，喜欢坐皮沙发，没有多少人愿意用纯木材做的家具了。王玉兰像是自言自语说，这的确是个问题。马三元没明白她的意思，问她说啥。王玉兰说没啥，我说要走了。王玉兰这么说完，转身匆匆走了。

马三元看着那个修长而苗条的背影，心想王玉兰真奇怪，是不是所有漂亮的女孩子都这样奇怪？马三元这样想完，手里的刨子就在木板上重重地刨了起来，他的刨子下于是出现一片长长的木花，那片长长的木花卷成一团，就像一朵盛开的杜鹃花。

没有王玉兰监督，马三元仍然干得很认真。干活的时候，他总是无比认真，何况是给一个叫王玉兰的漂亮姑娘干活。马三元的刨子下绽放出一朵又一朵的杜鹃花，天黑的时候，他的院子里已经堆满了杜鹃花。马三元抬头看去，发现天空灰蒙蒙的，一天的光阴，在他的面前，像子弹一样飞速而过。

次日清晨，马三元在一堆温暖的阳光里醒来，他伸了一个懒腰，然后起床。他穿好衣裳，准备打开院门干活。他拉开院门的时候，一阵凉风扑面而来，让他感到无比凉爽。和凉风一起扑面而来的，还有一股淡淡的香水味道。就算不看，马三元也晓得这股淡淡的香水味道来自一个叫王玉兰的姑娘，因为这时候这个叫王玉兰的姑娘就站在院子外面。

马三元惊讶地说，你怎么来了？王玉兰说，我来监督你干活。王玉兰这么说的时候，她的脚就跨进了院子，于是，院里的香味更加浓烈了。王玉兰对马三元说，看我干吗，快干活啊。马三元急忙收起脸上的意外，拿出工具，就像一只啄木鸟一样对着木材敲敲打打，他的头发凌乱得像一团鸡窝，上面还沾着些木屑。

马三元一边干活，一边问王玉兰，你的发廊不用开门吗，咋会有空待在这里？王玉兰脸一沉，说你是啥意思，难道你嫌我烦吗？马三元急忙解释说，我不是嫌你烦，我的意思是你就算不来监督，我也会给你把活干好的。王玉兰笑了起来说，发廊那边我请了一个四川妹看着，我有的是时间，我不放心你，就要天天监督你，怕你偷工减料。马三元也笑了起来说，只要你有时间，你就天天看吧。

王玉兰果然每天都准时来到马三元的院子里监督他干活。十天之后，那些乌黑、丑陋的板材就像暴发户那样变了模样，被马三元组合成几个柜子，那是王玉兰指定要做的柜子。当马三元完成最后一道工序的时候，已是傍晚，夜幕像一块黑色的布，从天空缓缓笼罩下来。

王玉兰看着那些崭新的家具，脸上露出生动的笑容。马三元说，这些家具你啥时候用呢？王玉兰说，我暂时不用，就先放在你这里吧。马三元爽快地说，行，先放在我这里，你啥时候用就啥时候来拿。王玉兰的笑容更加灿烂起来，她忽然对马三元说，我饿了。马三元说，那在我这里吃晚饭算了，我这就给你做吃的。王玉兰说，还是我来做吧，你做的，不晓得能不能吃。马三元更意外，好，那你去做，你多煮点饭。王玉兰说，为啥要多煮点？马三元说，你做的饭，我一定要多吃几碗。王玉兰笑了一下，然后钻进厨房开始做饭。

王玉兰钻进厨房之后，里面马上传来勺子和铁锅亲密接触的声音，跟着里面飘来一股饭菜的香味，那些香味像虫子一样钻进马三元的鼻孔。这个叫马三元的木匠在香味的勾引下，嘴里冒出许多口水。马三元吞着那些源源不绝的口水，忽然感到了前所未有的饥饿。

王玉兰炒了很多菜，马三元从来没有吃过这么丰盛的饭菜。他看着桌子上热气腾腾的饭菜，飞快地用筷子夹起几片肉塞进嘴里。肉很烫，烫得马三元不停地吸气。马三元在吸气的过程中，一下子把肉咽进了肚子里。他吃了第一筷子，又想吃第二筷子，吃了第二筷子，又想吃第三筷子。他不停地吃，没多大工夫，桌子上的饭菜就全部转移到他的肚子里了。

马三元打着饱嗝，说，太好吃了，我从来没吃过这么好吃的东西。王玉兰说，看你的样子，好像八辈子没吃饭了。马三元说，你的手艺真好，想不到你的手艺这么好。他的赞赏让王玉兰感到很高兴，她一边笑着，一边收拾碗筷。

当王玉兰把碗洗完的时候，天已经黑得看不见亮了。村子里很安静，一些昏黄的灯光像鬼火一样在远处忽明忽暗地闪烁。

王玉兰朝门外看了一下说，这么黑，我不敢回去。马三元说，没事，我送你。王玉兰说，这么晚，四川妹可能关门了，我没带钥匙，回去也没地方睡了。马三元说，我帮你喊，一直把她喊起来为止。王玉兰瞪了马三元一眼说，你是不是就这么讨厌我，巴不得我早点离开？马三元摇着早就一头雾水的脑袋说，我不是这个意思，我怎么会讨厌你呢，我不是这个意思。王玉兰盯着马三元说，那我今晚不走了，我就在这里睡了。马三元吓了一跳，失声说，你不走了？王玉兰又把她的话重复了一遍。马三元结结巴巴地说，可是……可是我这里只有一张床。王玉兰说，没关系，各睡半边。

王玉兰在床的中央比画了一下说，你睡那边，我睡这边，如果你敢越过中间这条线，你就是畜生。马三元把他的脑袋摇得更凶了。王玉兰安排妥当，然后爬到床上去了。她脱掉外衣，身体的秘密立即暴露出来。马三元忽然听到一阵响亮的声音自下面传来，他想是不是有人打鼓，怎么会这么响呢？他低头寻找声音的来源，终于发现声音是从胸腔里传来的，这个时候，他才明白那是自己的心跳。

马三元像木头似的躺在床上，一点也不敢动弹，他害怕自己稍有不慎，就越过中间那条无形的界线。马三元就那么安静地躺着，在这个漫长的夜晚，他一点睡意也没有，他试图闭上眼睛引诱睡意，可睡意就像一只狡猾的兔子，总是远离马三元为它设置的陷阱。马三元躺在床上，听到两个响亮如鼓的声音，他是其中一个声音的创作者，另一个声音，属于睡在旁边的王玉兰。两个声音就那么此起彼伏地响了一阵，后来，那个属于王玉兰的声音被她响亮的鼾声所替代，只有马三元心跳的声音孤独地响着。

马三元就那么躺在床上，王玉兰的体香和鼾声越过界线，飘荡在屋子里。马三元在王玉兰的体香和鼾声里痛苦不堪，他觉得旁边躺着的不是王玉兰，而是一盆燃烧的烈火。这盆烈火烤得他口干舌燥，浑身发热，他几次想跳下床逃跑，可是这是他的家，跑得了和尚跑不了庙。马三元无处可去，只有不停地起来喝水。在这个漫长得没有边际的晚上，他喝了很多水，那些水把他的肚子高高撑起，让他变得像一个孕妇。

如果天再不亮，马三元的肚子也许就被撑炸了。及时来临的黎明挽救了马三元的肚子，过了这个晚上，他三天也不想喝水了。这个时候，王玉兰也起来了，马三元朝她笑了笑，脸上挂着讨好的表情。王玉兰并没有接受他的好意，她狠狠地瞪了马三元一眼，说你这个畜生。马三元紧张地说我昨晚没有越过界线啊。王玉兰沉着脸，说你连畜生都不如！马三元看着王玉兰愤怒的样子，莫名地恐慌起来，他想王玉兰为啥骂我，我哪里得罪她了？

马三元试图向王玉兰打听冒犯她的原因，但王玉兰没有理会，她连脸都没洗就走了。马三元站在空荡荡的屋子里，忽然有些走神，恍惚中，他觉得王玉兰昨晚并没有出现，不过是自己做了一场梦。马三元伸手在脑门上拍了一巴掌，那是响亮的一巴掌，那响亮的巴掌声让他明白没有做梦，昨晚的事件像他此刻的疼痛一样真实。他抬头朝门外看去，天边亮晃晃的，他看到的是一个晴天的前奏。

二

李化学拥有一双斗鸡眼。现在，李化学正利用他的一双斗鸡眼，集中火力盯着马三元，问他的桌子做好了没有。马三元说没有做好。李化学一下子跳了起来，在跳起来的过程中，他说怎么还没做好，我儿子结婚要用，你怎么还没做好呢？马三元说，我会尽快给你做好的，你儿子的婚期还有一个多月，我一定给你做出来。李化学重重地推了马三元一下说，不是让你半个月做出来吗，这些天你做啥去了，怎么现在还没有做出来？

李化学很想收拾马三元，尽管他们的身量差不多，但李化学觉得自己一定能够把他打得像死狗一样趴在地上。李化学了解马三元，这个家伙小时候听到打雷都会吓得尿裤子。其实，不仅李化学知道他胆量小，差不多全村的人都清楚这个事实，有些读过书的人甚至开玩笑说，无胆鼠辈这个成语就是专门用来形容马三元的。在迎春社，马三元不仅是一个著名的木匠，同样还是一个著名的胆小鬼。能够痛揍一个和自己身体差不多的胆小鬼，李化学认为会是一件很有趣的事情，为此，他兴奋地卷起袖子。

马三元看到李化学蠢蠢欲动的样子，忽然感到危险已经把自己包围了，他开始恐慌不安。李化学恶狠狠地说，你当时不答应我，我就找别人做去了，可你狗日的答应了又不做，你是啥意思？马三元哆嗦起来，你不要着急，我几天就能给你做出来，反正最近也不用，我肯定赶在你儿子的婚期前把桌子做好。李化学不干，他揪着马三元的衣领，表示一定要收拾他。

王玉兰忽然出现了。王玉兰就像电视里的武林高手那样忽然出现了，她指着李化学说，你想干啥？李化学说，我今天要好好教训一下这个王八蛋。王玉兰说，你敢！李化学瞪着王玉兰说，我为啥不敢？王玉兰说，如果你今天敢动他一根毫毛，我一定对你不客气！李化学忍不住笑了起来，他说，就凭你啊？王玉兰从身后抽出一柄锋利的斧头说，还有这把斧头，如果你敢动他一下，我一定不会放过你。

李化学不笑了，他晓得王玉兰说得出就一定做得到。半年前野马冲有几个小混混跑到她的发廊胡闹，被她提着菜刀赶跑了。虽然没有砍伤人，但从那次事件之后，迎春社再也没有人敢惹这个叫王玉兰的姑娘了。李化学放开还不停哆嗦的马三元，说他和你又没关系，你为啥管他？王玉兰说，谁说他和我没关系，他是我的男朋友。王玉兰的话不仅把李化学吓了一跳，也把马三元吓了一跳。李化学说，他啥时候成你男朋友了？王玉兰没有回答，她朝李化学轻轻笑了一下说，这是我和他之间的私事，和你没有关系，你还是给我滚吧。李化学没想到今天栽在一个女人的手里，这让他感到很没面子，他走到口门的时候，转过身来对马三元说，你最好快点给我把桌子做好，要是误了大事，我一定找你算账。

王玉兰看着李化学，一把斧头追着他的后影丢过去。斧头在地上砸起一片灰尘，那些飞舞的灰尘听到王玉兰责怪地说，你咋就那么胆小，你怕他干啥，他又不能把你吃掉。马三元低声说，我不是怕他，我只是不想惹他。王玉兰说，还嘴硬，看你脸都吓白了，你真窝囊。

那些飞舞的灰尘听到马三元低声说，你刚才怎么说我是你男朋友？王玉兰说，你本来就是我男朋友啊。马三元吓了一跳，说原来你是说真的啊？王玉兰说，我当然是说真的了。马三元说，我啥时候成你男朋友了？王玉兰不高兴了，黑着脸说，昨晚都睡在一张床上了，你还不是我男朋友啊，你是不是想赖账？马三元红着脸小声说，我们是睡在一张床上，可我们啥也没做嘛。王玉兰狠狠地瞪了他一眼说，你还想干啥，你这个流氓。

马三元像木头似的戳在院子里，他正在努力地辨认自己是不是在做梦。他没想到，自己活了几十年，居然平白无故多了个女朋友，而且，这个女朋友是全村最漂亮的姑娘。

王玉兰没有理会像傻瓜一样发呆的马三元，她走进屋子，对着闪闪发光的镜子打扮一下，然后就像一只寻找食物的母鸡，开始挨家挨户地串门。当她在村子里串完一圈，迎春社的村民都意外地得到一个消息，这个叫王玉兰的姑娘和木匠马三元好上了。

这个消息就像一个炸弹，炸响整个村庄。所有人都感到震惊，没有人会想到，像仙女一样漂亮的王玉兰会看上懦弱的马三元，有人甚至为此愤愤不平。当然愤愤不平的，是村里的未婚青年，他们之中有不少人喜欢这个叫王玉兰的姑娘。为了追求王玉兰，他们总是找借口往发廊跑，然而，所有人都徒劳无功，王玉兰公布的消息让他们意识到自己的失败。因为不甘心，他们于是朝马三元家门口扔石头，吐口水，还在他家院墙上写一些下流话。

马三元走到哪里，都会接收到一些充满仇恨的目光，他为此心惊胆战，他想我哪里得罪他们了，他们为啥这样恨我？

马三元把自己的遭遇告诉王玉兰。王玉兰说，不要理他们。你的头发像野草一样，太长了，难看死了，到发廊去，我给你理一下。

马三元于是跟着王玉兰来到她的发廊。作为女朋友，王玉兰亲自给马三元洗头，平时她很少动手的，一般的活都由发廊里的四川妹干，因为是马三元，她必须亲自出马。她把马三元的脑袋按下去，就像把一只杀死的鸡泡进热水里，然后往手里倒了一些充满香味的洗发液，轻轻地揉搓起来。洗完之后，马三元顶着湿淋淋的头发，在王玉兰的引导下坐在一张椅子上。他看到王玉兰拿着一柄剪刀在头上游走，剪刀经过的地方，黑色的头发一缕一缕地掉下来。

理完头发后，马三元站在镜子前面，发现自己精神多了。他想镜子里那个家伙是我吗，我咋会变得这样好看了，原来换个发型会让人变得如此好看啊。

王玉兰说，不要看了，你先回去做饭，我一会儿关了门过去。幸福让马三元变得口吃，他说，好……好，我就……回……回去做饭，你快点过来啊。马三元开心地顶着一个崭新的发型往回走，他忽然发现一切都变得无比美好，天是那么蓝，花儿是那么香，鸟儿的鸣叫是那么响亮……

就在马三元感到十分的幸福时候，一只来路不明的袋子忽然从他的头上罩下来，他啥也看不见了，只是感到无数的拳脚落在自己的身上。那是一些坚硬的拳脚，那些坚硬的拳脚像铁锤一样砸在马三元身上。马三元很快被打倒在地上，他在地上不停地滚动，他感到痛苦像虫子似的爬满身体。那些拳脚每一次打在马三元的身上，都能打出一个痛苦的声音，仿佛演奏一件乐器。当那些人停止演奏的时候，马三元的皮肤已经失去了它本来的样子，青一块紫一块的，变得五颜六色。马三元就像一条死狗躺在地上。

杨红英是一个寡妇，她是一个健壮得像牛一样的寡妇。这个像牛一样健壮的寡妇从那里经过，发现了躺在地上的马三元。她跑上前去，说马三元，你怎么了？马三元说我被人打了。杨红英说，谁打的？马三元说，我也不晓得是谁打的。杨红英批评说，你真笨，居然不晓得谁打你的。马三元说，不要废话了，你快叫人来把我抬回去，我现在不能动，我一动身上就痛得要命。杨红英不屑地说，你这几斤干巴还用叫人啊，我一个人就能把你弄回去。

寡妇杨红英就像扛一条破布袋似的扛着马三元往回走。她一边走，一边炫耀自己的力气，她说，我都说能把你弄回去的，你这回总信了吧。马三元呻吟着说，你慢点，你快把我颠死了。杨红英说，好，我慢点。杨红英又说，别说你，就是一头猪，我也能弄回去，你这点干巴，我扛着可以跑十里路。杨红英当然没有扛着马三元跑十里路，她只是把他扛到他家里。

傍晚时分，王玉兰回来了。她的声音比身体先一步回来。遍体鳞伤的马三元听到王玉兰在院子里大声说，马三元，你的饭做好没有，我快饿死了。马三元没有说话，这个时候，他一点也不想说话。王玉兰没有听到回音，她怒气冲冲地走了进来。她看到床上躺着一个胖子，仔细一看，发现这个胖子是鼻青脸肿的马三元。她吃惊地说，你怎么弄成这个样子了？马三元用微弱的声音对她讲述了事情的详细经过。王玉兰大吼了起来，说狗东西！马三元被她响亮的吼声吓了一跳，说你怎么骂我？王玉兰说我没骂你，我骂的是那些打你的家伙。

王玉兰对马三元的伤势无比重视，她煮了几个鸡蛋，给马三元端来。马三元不想吃，但王玉兰不干，她要马三元多少吃一点。看到王玉兰关心的样子，幸福的感觉又回到了马三元的身上，他想要是能天天享受这样的待遇，再挨几次打也是值得的。

吃完鸡蛋，王玉兰找来一瓶药水，准备给马三元擦伤。马三元感到无比羞怯，因为自从来到这个世界上，除了他的母亲，再也没有第二个异性看过他的裸体。看到他害羞的样子，王玉兰忍不住笑了起来，说你现在是病人，害羞啥？马三元红着脸说，我没事，不用擦了，我休息一下就好。王玉兰小声地说，有伤就要治嘛，我是你女朋友，还怕我看啊？

在王玉兰的帮助下，马三元脱掉衣服，把自己的身体毫无保留地呈现出来。王玉兰拿着一团棉花，沾着药水给他擦伤。王玉兰擦着他的胸口，说这里痛不痛？马三元摇头，表示自己很好。这个时候，他感到疼痛全跑光了，浑身发热，他觉得自己变成了一堆干柴，差不多要燃烧起来了。王玉兰的手像蛇一样往下游走，游到他肚子的时候，又问痛不痛。马三元还是摇头，他的呼吸越来越困难了。王玉兰的手继续往下，然后问他同样的问题。马三元不摇头了，他再也忍不住了，他就像一头野兽，翻起身来，忽然扑向王玉兰。他把王玉兰压在身下，接着像剥树皮一样把王玉兰剥得一丝不挂。王玉兰试图挣扎，但她的挣扎也是若有若无的，只几下，就任由马三元摆弄了……

三

阳光透过玻璃，像金黄色的蝴蝶那样飞进屋子。马三元睁开眼睛，看到那些蝴蝶似的阳光落在王玉兰的身上。王玉兰还在沉睡，呼吸声轻轻地从她的鼻孔里钻出来。马三元的手举起来，在空中犹豫一下，最后还是落在了王玉兰的脸上。马三元觉得王玉兰的脸很光滑，简直光滑得像昨晚吃下的鸡蛋。

马三元看着那张睡熟的脸，忽然想做点什么，他扳着王玉兰的肩膀，试图让她睡平。王玉兰醒了，说我正睡得香，就让你弄醒了，你想干啥？马三元没有说话，他的手顺着王玉兰的肩膀往下滑去，只是不知王玉兰会不会烦他，所以滑得很小心。王玉兰拨开他的手说，你想干啥？马三元嘿嘿地笑起来，他说你晓得我想干啥。王玉兰从床上爬起来，说还以为你老实，没想到也这么坏。马三元没有说话，他的笑容变丰富了。王玉兰盯着他说，以后我就是你的人了。马三元赶紧咽了口口水说，你放心，我做的事，一定会负责。王玉兰说你就得负责，我是你的人了，我要嫁给你。马三元本来想说这句话的，没想到让王玉兰先说了，他于是问什么时候。王玉兰说，不用摆酒席了，我搬过来就行了。马三元诧异地说，你真的要嫁我吗？王玉兰说，我当然要嫁给你，事情都这样了，我能不嫁你吗？马三元还是有些不信，说你没哄我吧？王玉兰说鬼才哄你。

王玉兰开始找衣服，那些衣服昨晚上脱得草率，就像酒鬼一样趴在地上。阳光越来越灿烂，好像屋子放着一堆闪闪发光的金子。马三元觉得太阳也是一个好色的家伙，因为阳光也在偷偷抚摸王玉兰的小腿。那是一双饱满的小腿，有着细密的绒毛。马三元看着那双小腿，心里像阳光一样灿烂，因为这双小腿，属于漂亮能干的王玉兰，而漂亮能干的王玉兰，属于自己。王玉兰是自己的女朋友，这一点让马三元感到无比幸福。

马三元幸福地看着王玉兰穿衣服，他看到的是一个丰腴的后背，后背上有一根黑色的胸罩带子，那根黑色的带子紧紧地勒着她白皙的身体。那个身体穿好衣服之后又去洗脸。马三元说，中午过来吃饭嘛，回来的话我多做点饭。王玉兰说不回来了，又问他伤势怎么样？马三元拍打着胸脯说，我没事了，我的伤全好了。王玉兰这个时候正对着镜子梳头发，她的头发又黑又长，就像一条黑色的瀑布。王玉兰梳好头发，连门都没关就走了。马三元看着门外亮晃晃的阳光，心想又是一个晴朗的好天气。

王玉兰离开后，屋子里重新安静起来。马三元躺在床上，再也找不到一点睡意，他于是起床了。他走到院子里，看到李化学送来的木头，他开始想到，还有很多活儿在敞开怀抱等待自己，便在院子里伸了个懒腰，然后从屋里拿出工具开始干活。

马三元忽然听到远处有声音传来，那是一个响亮的声音，就像有飞机从天空飞过去。马三元晓得那是村里的最高领导——村长曹树林来了。曹树林走到哪里都会骑着他的摩托车，由于他的驾驶技术不好，摩托车的排气管被摔破了，所以无论走到什么地方，他屁股下那辆摩托车充满抱怨的声音总是抢先到达。

马三元抬起头，果然看到了曹树林。那个时候曹树林站在院门外面，马三元看到的，只是门后的半个曹树林，和他脸上的半个笑容。

马三元说，村长，你进来啊，你站在外面干啥，快到屋里坐。曹树林把他的摩托车放在外面，然后背着手走进来。马三元放下手里的工具，请曹树林到屋里坐。曹树林却没有到屋里去，他看着马三元，说你的脸怎么肿了？马三元把昨天的事说了，然后问村长有啥事？曹树林说，马三元，你的好运来了。马三元听到这句话，他笑起来了，因为他晓得既然村长说好运来了，那自己的好运一定真的来了。

曹树林问，你不想晓得是啥好运吗？马三元当然想晓得什么好运，所以他向村长拼命咧着嘴。曹树林说，迎春社小学要做一批课桌，我给校长王文章说了，这事由你来做。马三元一下子想到学校，想到自己小时候在学校奔跑的情景，他想那是多么快活的时光啊。曹树林看到他不说话，问他究竟做不做？马三元从往事中回过神来，他说做，有钱我能不挣吗？曹树林说那就跟我走。马三元问去哪里？曹树林说还能去哪里，当然是去学校。

马三元说你先走，我马上就来。曹树林说一起去啊，坐我的摩托车。马三元晓得，村长的摩托车轻易是不给人坐的，没想到现在村长居然对自己这样好，他无比感动。无比感动的马三元坐着村长的专车朝学校跑去，那辆摩托车跑得很快，就像一匹健壮的野马。马三元骑在上面，感慨地想，这玩意儿咋会跑得这样快，差不多飞起来了，它咋会跑得这样快啊！

他们很快就跑到迎春社小学，迎接他们的是满脸笑容的校长王文章。王文章把他们带到一间办公室，举行了谈判磋商。这次会谈十分成功，为了对此表示祝贺，王文章请他们到餐馆喝酒。

餐馆是一个叫马桂花的女人开的，名字就叫桂花餐馆。他们走进餐馆的时候，里面一个客人也没有，老板马桂花正坐在柔软的沙发上看电视，电视里有一些人在空中飞来飞去。曹树林说，不要看了，快给我们弄点吃的。马桂花站起来，问他们要吃啥？曹树林说，随便炒几个家常菜，要快。

马桂花果然很快，没多大工夫，她像变戏法一样端来几盘热气腾腾的菜。那些菜冒出的不仅是腾腾的热气，还有一些浓烈的香味，那些香味像虫子一样钻进他们的鼻孔。曹树林吞着口水，大声说还有酒，给我们提两瓶好酒来。曹树林的话音刚落，两瓶好酒就出现在他们的面前。

他们今天不仅生意谈得十分愉快，酒也喝得十分愉快。他们喝了很多酒，只见他们抬起头，张开嘴，喉咙滚动一下，一杯酒就不见了，仿佛他们的嘴是无底洞，怎么也无法填满。几杯酒喝下去，他们的脸很快就红了，就像三只熟透的螃蟹。

当他们喝到一半的时候，关系猛地亲热起来，开始勾肩搭背，说长道短，简直比亲兄弟还亲。马三元受宠若惊，因为曹树林是村长，是迎春社村的最高元首，而王文章是迎春社小学的校长，也就是村里最高学府的领导干部，两个都是了不起的人物。马三元举起杯酒，不停地给他们敬酒。

但没过多久，三个人就醉了，他们的酒量差不多，所以醉的时候也差不多。三个人就像三只蛤蟆，蹲在饭馆里吐了起来，他们吐了很多东西，把一个刚才还干净的餐馆吐得臭气熏天。餐馆老板马桂花看着地上的东西，怀疑他们是不是把肠子都吐出来了。马桂花捂着鼻子，说这么脏，你们吐到外面去嘛。曹树林红着他的一张胖脸，问她，说啥？马桂花把刚才的话重复了一遍。曹树林的红脸立即来了个太阳下山，他重重地在桌子上拍了一巴掌，把桌子拍得跳起来打激灵。晃动起来的桌子听到曹树林豪迈地说，老子是村长，想吐到哪里就吐到哪里！

然后他们像打醉拳一样东倒西歪地走出餐馆。马桂花看着他们摇摇晃晃的背影，眉头皱了起来。曹树林和王文章常常来喝酒，差不多每次都会喝醉，而且总会吐得满地都是。马桂花承认村长说得对，承认他想吐哪里就吐哪里，他有这个权力！并且她晓得，他们走了，摩托车一定是丢在外面的。他们喝醉之后总是这样，总是第二天才想起那辆像鬼一样乱叫的摩托车，当然还有一张等待他们签字的账单。

四

夜半三更，一块来路不明的石头飞进马三元家的院子。玻璃破碎时的惨叫声十分响亮，把睡梦中的马三元和王玉兰都惊醒了。王玉兰揉着眼睛问出啥事了？马三元害怕地说，好像是有人把玻璃打碎了。王玉兰推了推他，说那你还睡着干啥，快出去看看。马三元哆嗦着说，还是不要去了，黑洞洞的，如果被砸到就坏了。王玉兰掐了他一下，说你这个窝囊废。马三元辩解说，我不是窝囊废，一块玻璃值不了多少钱，但如果我出去被打伤，那就要不少医药费了。王玉兰生气地说，你的胆子咋就这么小，你能不能像个男人一样?! 马三元说，也许人家就等着我出去呢，我一出去，他们就冲进来了。王玉兰踹他一脚，说有人把你打伤的话我付医药费。

因为王玉兰已经答应给他报销医药费，马三元再也找不到更好的借口躲在屋子里，他心惊胆战地提着斧子，又顺了把手电筒往外走。打开门，一股冷风扑了过来，灌进他的衣领。马三元挥着手电筒，就像挥着一根白色的棍子，棍子一头在他的手里，另一头插进黑暗。马三元用手电筒四处扫射，没有任何异常，院子外面很安静，平安无事的样子。

马三元很想把屋子前后都仔细检查一遍，但他害怕被人袭击。自从上次被人打伤之后，马三元变成了惊弓之鸟。他生性懦弱，从来不敢得罪别人，但自从王玉兰正式和他同居后，他就没有得到安宁。他猜测，那些“恐怖分子”就是王玉兰的追求者，因为王玉兰成了自己的媳妇，他们怀恨在心。深更半夜，总有一些石头像鸟儿似的从远处飞来，那些石头有的飞上房顶，有的砸烂他家的玻璃。每一块崭新的玻璃安装不久，就会被从天而降的石头砸得粉身碎骨。这次被砸破的，已经是第四块玻璃了。

马三元返回屋子，对王玉兰说什么也看不见。王玉兰说，究竟啥人这样无聊，总是晚上跑来扔石头。马三元挥了一下手里的斧子，说要是晓得是谁就好了，我一定把他劈来当柴烧。王玉兰轻蔑地瞄他一眼，说就凭你。马三元不服气地说我怎么了，今晚要是让我捉住扔石头的人，我一定不会放过他。王玉兰说不要说大话了，记得明天早点划一块玻璃换上。马三元皱着眉头，说反正换上也要被打碎的，还不如就这样。

这些飞翔的石头，始终干扰马三元的生活。夜深人静的时候，那些石头就如轰炸机似的从远方飞来，而且总选他最没防备的时候狂轰滥炸。马三元对此愤愤不平，有几次他忍不住站在门口大骂。咒骂并没有取得应有的效果，相反，当天晚上更多的石头像蝗虫一般争先恐后地飞进来。

马三元去找村长曹树林，让他主持公道。曹树林对马三元当然很关心，对他反映的情况也相当重视。曹树林听了马三元的汇报，马上骑着摩托车，轰轰烈烈地赶往现场。他看到一地的碎玻璃，忍不住呵呵笑起来，然后才骂，这些狗东西！

曹树林大手一挥，表示一定会为民做主。马三元对此十分感动，他拿出两包好烟，要送给曹树林。曹树林沉着脸说，我们领导干部为人民服务是不讲回报的。马三元说，领导干部也要抽烟嘛。曹树林说，领导干部不拿群众的一针一线。马三元讨好地说，这两包烟我不是送给村长，是送给朋友的。曹树林还是不接，他说既然是朋友就把烟拿回去，你送我东西，就是看不起我。马三元只得剥开一盒烟，抽出一支递给曹树林。曹树林这次接了，一边点烟，一边伸着他的粗脖子东张西望。马三元还以为他在找证据，结果发现村长早已回身冲着大门谄媚地笑，原来是王玉兰回来了。

王玉兰对曹树林却爱理不睬，头也不抬，靠着门槛专心致志地玩手指甲。曹树林客气地说，有人晚上闹你们啊，我这就让他们小心！王玉兰却不抬头，半天才很不情愿地说，那是你村长大人的事啦——。

是啊是啊，我马上就去办！王玉兰的不高兴倒像一种鼓励，说着曹树林就兴冲冲地从马三元家退出来，再马不停蹄地赶到村公所。到了村公所他打开一种叫麦克风的东西开始大叫，让它把自己沙哑的声音远远地送出去。那个沙哑的声音警告听到的人不要再往马三元家扔石头，不然后果自负。

马三元听到那个沙哑的声音，觉得村长真好，简直比爹还好。但曹树林的话没起什么作用，一个月黑风高的晚上，马三元家的玻璃再次被人打碎了。曹树林对此无比气愤，他公开宣称，过去的事就过去了，他可以不再追究，但如果以后再发生这样的事，一定上报派出所，让他们立案侦查。这一次，曹树林的话有用了，他下达最后通牒之后，马三元家才恢复了往昔的宁静。

这之后，曹树林和马三元的关系也有了突飞猛进的变化。曹树林常常来找马三元喝酒，差不多每次都能把马三元喝得爬不起来，像野狗一样钻到桌子下面。曹树林不仅经常来找马三元喝酒，还常常给他介绍生意。今天他让马三元去野马冲给派出所做两张办公桌，明天又让他去给花红寨的村支部做几条板凳……马三元总是东奔西跑，忙得不可开交。

这种突然热乎起来的关系当然让人眼红，眼红的结果就是造谣中伤，虽然说啥的都有，但主要还是集中在马三元的媳妇和曹树林身上。事情是这样的，那天李化学的儿子结婚，有一个叫李文荣的木匠，因为生意全被马三元抢光了，心里很不痛快，于是借酒撒疯，摇摇晃晃地走过来要敬马三元的酒。马三元也喝多了，他感到肩膀上的脑袋十分疼痛，差不多快要裂开了。于是对李文荣挥手，表示再也喝不下去了。李文荣很不高兴，说敢不喝我的酒，这是不给我面子，是看不起我。

马三元试图解释，但李文荣根本不听，骂他狗日的。马三元说，你才是狗日的。李文荣喷着酒气说，我是狗日的，但我媳妇没被人搞，我没戴绿帽子。马三元说，废话，我也没戴绿帽子。李文荣笑着说，你这个王八蛋，媳妇被人搞了还不晓得。马三元生气地说，你媳妇才被人搞了。李文荣摇摇欲坠地指着他，说除了你这个王八蛋，差不多全村人都晓得，你以为你真走桃花运找到一个好媳妇啊？你做梦吧！王玉兰那个臭婊子和曹树林鬼混，曹树林不肯娶她，才赌气嫁你的。

马三元愤愤不平，说你放屁！李文荣说，不信算球了，反正媳妇被搞的又不是我。马三元差不多肚子都气炸了，他说，你再胡说八道我就对你不客气。他的话把李文荣激怒了。酒鬼李文荣挥着他的醉拳，凶狠地打了过来。马三元看到危险扑面而来，他想逃跑，可是来不及了，那一拳正好打在他的鼻子上。他感到鼻子先是塌了，接着又爆炸了，疼痛前的那股酸涩让他眼泪全飙了出来。

马三元摸了把鼻子，结果手上一片鲜红，鼻血出来了，他试图找纸来堵塞孔，但李文荣已经扑了过来，他就像电视里那个叫成龙的家伙一样，东倒西歪地挥着拳头不停地打过来。那些拳头像雨点一样落满马三元的脸。马三元感到脸部开始发紧，接着那些器官一个个失去了知觉，他晓得，这个时候，自己一定变成个大胖子了。马三元想不能让他再打了，再这样下去我会让他打死的。马三元这样想着，忽然扑上前去，和李文荣扭成一团。

李文荣有些醉意了，但他的拳头没有醉意，总是准确有力地打在马三元的身上。马三元没想到对手有这样大的力气，根本招架不过来，他不晓得怎么会这样，他觉得自己快不行了，他希望有人来劝阻，但他的愿望没有实现。有几个善良的妇女曾经过来劝架的，但李文荣把她们推开了，她们害怕李文荣的拳头，只得远远地躲开。而男人们，差不多都以旁观者的身份站在四周，他们就像看两条野狗打架一样，看到精彩的地方，还忍不住大声叫好。

马三元感到疼痛像蜘蛛网一样布满身上，他想，这个时候，要是下一场雨就好了。太阳高高在上，天空没有一点下雨的意思。马三元被李文荣按在地上，阳光照射着他的眼睛，让他感到十分难受。他打不过李文荣，就破口大骂。李文荣说，你这个狗东西，居然敢不喝我敬的酒，你有啥了不起，不就是有个媳妇被村长搞了吗？你算个屁。

寡妇杨红英是曹树林的大嫂，虽然男人曹树成前年病死了，但她没有改嫁，名义上还是曹树林的大嫂。李文荣的话让杨红英感到有些刺耳，于是走上前去，把李文荣从地上提起来，说不要打了，再打就让你打死了。李文荣在空中张牙舞爪，让杨红英快把他放下来。杨红英五大三粗，提着李文荣，就像提一只小鸡。她把李文荣放了下来，说你要是嘴巴再不干净，我就把你扔进茅坑。

杨红英看着地上的马三元，问他有事没有？马三元茫然地摇了摇头。杨红英说快去洗个脸吧，脸上全是血。马三元从地上爬起来，找盆洗脸。在洗脸的过程中，他感到脸上忽然剧烈地疼了起来，接着，身上每一处就像报到一样开始疼痛。杨红英给他找来一块毛巾，让他擦脸。马三元把脸擦干净，忽然说要是再让我看到他，见一次打一次。杨红英看着鼻青脸肿的马三元，咧嘴笑了一下。

五

天快黑了，村子里很安静，远处有一些人拿着锄头和镰刀从地里归来，路上，有两条狗悄无声息地走来走去。马三元披着他青一块紫一块的人皮往回走，他想今天还多亏了杨红英，不然自己就被打死了。马三元回到家，感到很累，很想好好睡一觉。

王玉兰看到色彩缤纷的马三元，吃惊地问他怎么了。马三元说，和人打了一架。王玉兰说，你又搞什么，没啥事吧？马三元说，没事，我能有啥事，有事的是和我打架的那个家伙。王玉兰问他为啥要和人打架。马三元气呼呼地说，因为那个狗东西说你的坏话。王玉兰问什么坏话？马三元说，他说你……说你和村长有一腿，因为村长不肯娶你，才赌气嫁给我的。王玉兰盯着马三元，说那你信不信？马三元说，我当然不信，村长是个好人，我不允许别人说他的坏话，我更不允许别人说你的坏话。王玉兰说，这些乌鸦嘴。马三元说，要是还有人说这样的话，我一定像今天一样，打得他们满地找牙。

王玉兰送给马三元一个笑容算作安慰，说你去休息吧，村长又给你介绍生意了，让你去野马冲，给乡政府的食堂做几张桌子。马三元说村长来过了？王玉兰说来过了。马三元说他让哪天去做桌子呢？王玉兰说你脸都青了，过几天再去吧。马三元说好，我做完就赶紧回来。王玉兰点了点头，又朝他温柔地笑了一下。那个温柔笑容像电一样击中马三元，他忽然冲动起来，他很想把面前这个带着笑容的女人剥个精光。

两天之后的早晨，马三元天蒙蒙亮就起床了，他洗了脸，就告别王玉兰上路了。晨风像冷水一样泼在脸上，让他感到一丝寒意。他迎着晨风，背着工具朝一个叫野马冲的地方走去。野马冲是政府所在地，在几十里外，马三元将用他的两条腿，一步一步地量完这段遥远的路程。在行走的过程中，马三元忽然觉得自己就像一匹老马，正驮着东西前行。这个想法让他笑了起来，然后他开始哼起流行歌曲，他一首接一首地哼着。行走中的马三元的脑子里全是一个叫王玉兰的女人，想到那个叫王玉兰的女人，马三元感到无比踏实，他差不多像疯子似的大笑起来了。

几个小时之后，马三元终于抵达目的地，他走进政府大院。一个满脸油光的胖子走出来，说你是迎春社的马三元师傅吧。马三元抬头看看太阳，觉得自己的力气被太阳给晒出来了，他大声说，对，我是马三元，我来了。胖子把他带进食堂，说先吃点东西，吃完再说。马三元跟着胖子走进食堂，他们开始吃饭。马三元吃得很快，他飞快地把两碗米饭转移到自己的肚子里去，然后抹着嘴，说木材在哪里？我要干活了。胖子说不急，先喝杯茶水再说。马三元说，不喝了，我要赶紧做完回家。

在这个漫长的日子，马三元一直站在政府大院里一刻也不停息地干活，汗水钻出他的毛孔，浸湿他的衣裳。他就像一台不肯停歇的机器，一直那么干到天黑。马三元做得很快，他从来没做过那么快，一个星期之后，马三元就做完了食堂的工程。胖子看着几张崭新的桌子，吃惊地说，难道你真的是机器人吗，你咋会做得这么快？马三元心说想媳妇了呗，但他没有说话，只是拿着胖子递过来的钞票，开始往回走。

马三元回到村子的时候正是晌午，粗暴的阳光从天上射击下来，把地面烤得发烫，树叶有些蔫巴，像破布一样挂在树枝。走到门口的时候，马三元看到一辆破旧的摩托车，那是村长的摩托车。他想村长在这里啊，村长咋会在这里呢？

马三元推开门走进去，看到的却是他意想不到的一幕：曹树林扛着一个女人的腿正在埋头苦干。那个女人自然是王玉兰了。村长把自己的屁股绷紧了，再朝女人那边送过去。马三元吃了一惊，张着嘴巴愣在那里。曹树林扭过头，看到马三元，也愣了一下，但他很快就回过神来了，他就像在村公所办公一样，挥了挥手，说你先出去。马三元正不知如何是好，听到村长的话，就像走错了屋子，赶紧退了出去。退到外面，马三元才忽然想起，这是老子的家啊，怎么出来了？

马三元变得怒气冲冲，他从工具箱里抽出斧头，准备冲进去，冲进去自然是要把那对狗男女的脑袋砍下来。他一步一步地往前走，在行走的过程中，他发现自己的腿在不停地哆嗦，他想我为啥要哆嗦呢，现在哆嗦的应该是曹树林啊，我为啥要哆嗦呢？

走到门边时，马三元停住了脚步。他忽然想，现在屋里的奸夫淫妇肯定已经做好了准备，就等我冲进去，然后结果我的性命，现在偷情杀夫的故事很多，稍有不慎，自己就会成为其中的一个。马三元开始后悔，他想自己真笨，曹树林叫出来，真的就出来了，没想到自己会中曹树林的圈套，这个狗杂种太狡猾了。这么想过之后，马三元放弃了冲进去的打算，他准备在外面守株待兔，出来一个，放倒一个。

马三元就这么站在门口，一只手紧紧地握着斧子，脑子里却飘过刚才见到的景象，当时王玉兰的腿显然是在村长的头上的，这样也行？……这么一走神，马三元脸上不禁一红，连斧把都让他握得发烫。他赶紧呸的一声，朝地上吐了泡口水。这时候，曹树林出来了。曹树林披着外衣，就像从自己家里走出来，就像是马三元来找他办事。当等他看到马三元手里的斧子时心里还是一惊，不由得往后退了一步，然后咳嗽一声，威严地说你干啥？马三元手一抖，斧子差点掉在地上，结结巴巴地说，我没干啥，我看门坏了，准备修一下。曹树林看了一下门，发现门框有些松动，于是松了口气，说你不在野马冲干活，咋跑回来了？马三元害怕村长识破自己先前行刺的意图，赶紧解释自己是做完桌子才回来的。

曹树林摸出一支烟点上，说村公所马上要翻修，我在村委会上表过态了，所有的活儿全给你做。马三元看着曹树林的脸，忽然发现这张脸很难看，他觉得自己应该挥着斧子从这张难看的脸上劈下去，就像劈一棵树那么劈下去。马三元又想，自己一斧子未必能够砍死他，如果砍不死他，也许自己还会死在他的手里。想到这里，马三元仿佛看到自己被打死的情景，他的手也颤抖得更厉害了。曹树林在他的肩膀上拍了几下，意味深长地说，以后在迎春社，所有的活儿都是你的。这么说完，曹树林就抽着烟走出了院子。门外就是那辆破旧的摩托车，它发出一声惊天动地的怪叫，然后蹿了出去。马三元看着曹树林的背影，猛抬手在脸上打了一巴掌，他想不通，自己刚才不是要劈掉他的狗头吗，怎么就软了呢？

马三元走进屋子，王玉兰正对着镜子梳头，眼睛在镜子里一眨不眨，他气愤地说不要脸！王玉兰转过身，冲他说你要脸，那曹树林搞了你媳妇，你咋就屁都不敢放一个？马三元脸迅速地一红，咬牙切齿地骂道，臭婊子，你还有理了。王玉兰轻蔑地看着马三元，说你真不是男人。马三元气得像青蛙似的蹦了起来，他扬着拳头说，你信不信我收拾你。王玉兰没有一点害怕的意思，她挺起高耸的胸部，有种你就打吧。马三元说不要以为老子不敢。王玉兰又把脸伸过来，说那你打啊，有本事你就打啊，打这——。

马三元把拳头举到半空，但就是落不下去。

王玉兰从鼻子里哼了声，说，马三元，你真不是男人，如果你有胆子把曹树林痛揍一顿，以后我就跟你好好过日子。马三元觉得一股怒火从心里冒出来，说你这个臭婊子就没安好心，你晓得我打不过他的，你是不是想让我早点死？王玉兰笑了一下，然后说马三元，你真是个窝囊废。马三元差不多肚子都气炸了，他郑重申明自己不是窝囊废。但王玉兰不信，她挖苦说，那你做件像样的事来我看看嘛。马三元提起斧子，大声说，臭婊子，你给我看好了，我这就去把曹树林的狗头砍下来。

马三元提着斧子往外走，在这个过程中，他走得很慢，他希望王玉兰劝一下，可王玉兰根本不相信他敢找曹树林的麻烦，连看都没有看他一眼。这让马三元无可奈何，只得提着斧子，就像提着一句诺言，朝曹树林家走去。

还好，走到半路的时候，有人叫住了他。叫他的人是寡妇杨红英。杨红英说你要干啥去？马三元当然不可能泄露此行的目的，他找借口说要去山上砍柴。杨红英说家里的椅子断了一条腿，你能帮我修一下吗？马三元庆幸自己有了一个不见曹树林的理由，他非常爽快地答应了，然后提着斧子跟在杨红英后面。对马三元来说，修椅子这种工作没有一点技术含量，简直就像打一个哈欠那么轻松，这也方便他一边修榫头，一边回忆刚才的事。这期间，杨红英一直都蹲旁边很有兴趣地看着。马三元注意杨红英，也因为她的头歪着，为了看清椅子下发生的事，她只好拼命把头歪着，这样，马三元就发现杨红英的胸部高高地鼓起，仿佛那里面有两只篮球。马三元忽然感到有些手痒，他很想拍打那两个篮球，这么想的时候，马三元的呼吸慢慢粗重起来。

杨红英以为他累了，给他倒了杯水，让他休息一下。马三元没有休息，他的脑子里只有一个念头，那就是怎么才能找曹树林报仇。杨红英是曹树林大嫂，如果搞了这个臭女人，无疑可以曲线救国，报仇雪恨。马三元开始走神，他在想象，自己和脱得精光的杨红英躺在床上，该是怎样一番光景。就在这时，斧子忽然划破了他的手指，指尖的疼痛把他从想象中拉了回来。

杨红英看到鲜血像虫子一样从他的伤口钻出来，吓了一跳，惊惶地找破布来给他包扎。杨红英给他扎好伤口，问他痛不痛。马三元盯着她，摇了摇头，不说话。杨红英看到马三元的眼睛里燃烧着两团烈火，她紧张地说你看着我干啥，你到底想干啥？马三元忽然从嘴里吐出一句话，他说我想强奸你。杨红英往后退了一步，说你真的要强奸我？马三元说是。杨红英红着脸，说你要强奸我，我也没办法，但我有一个条件，不能亲嘴。

马三元说我要弄死你！说着他就忽然扑了过去。杨红英没想到他说干就干，还没回过神来，就被按在床上了。马三元像只青蛙似的爬到了杨红英的身上，杨红英不停地扭动，无非让马三元更方便地爬来爬去。马三元一爬到杨红英的身上，就感觉对了，自己就像趴在一堆棉花上，四周温和柔软。那堆棉花就像吸水一样，一直将马三元吸了进去。马三元试图挣扎，但他刚脱身，马上又被吸了进去。他就像一个受了重伤的士兵，艰难地爬起来，却一次接一次地摔倒，如此数十回合，马三元大叫一声，终于像山岩一样坍塌了。接着，杨红英也发出了一声亢奋的欢呼。

马三元想，我终于报仇了，我不仅报了曹树林的仇，还报了王玉兰的仇。

他们就像两根木头那么并排着躺在床上。杨红英说，马三元，你把我强奸了。马三元想了一下，说好像是你强奸我。杨红英说马三元，你这个狗杂种。马三元喘着粗气，没有说话。杨红英说你们男人没有一个是好东西。马三元身上全是汗水，他觉得很累，需要好好休息一下。杨红英说，马三元，你这个杂种，你把我糟蹋了。马三元看着旁边的杨红英，忽然发现她难看死了，他觉得旁边躺着的不是一个女人，而是一堆肥肉。他想不通，自己咋会把家伙放进这堆肥肉里去。杨红英推了马三元一下，让他说话。马三元觉得这堆肥肉很恶心，他没有说话，只是痛苦地闭上眼睛。马三元为自己刚才的失误感到痛心不已，他估计自己这辈子都不想再睡女人了。

杨红英看到马三元从床上爬起来，然后开始穿衣裳。杨红英不晓得马三元为啥会冒出一脸的痛苦，仿佛刚刚被人抢走八百块钱。杨红英像一头母猪似的躺在床上，说马三元，你要为今天的行为负责。马三元穿好裤子，回头一看，看到的是杨红英大如南瓜的脑袋，还有“南瓜”上那张布满雀斑的脸，这让他愈发难过起来。

马三元找到斧子，垂头丧气地出门，走到院子时他就忽然有种呕吐的欲望，他张大嘴，却什么也没吐出来。他感到很恶心，恨不能把内脏都掏出来洗干净。一路上他都在后悔，自己咋就那么糊涂，咋会把家伙放进杨红英的身体里去？回想刚才的情景，他悲壮地想，完了，看起来，杨红英这个烂货好像八辈子没沾过男人，惹上她，只怕安宁的日子也过到头了。

马三元尤其想不通，今天的事咋会转这么大的弯，明明是去报仇，占便宜的，结果却好像吃了亏。他脑袋都想大了，也没想清楚刚才究竟是谁强奸了谁。马三元只晓得一点，不管是谁强奸谁，自己都将是这一事件的受害者。想到这里，那堆属于杨红英的肥肉又在他脑子里闪过去，马三元于是狠狠地皱了一下眉头。

马三元回到家时，王玉兰抱着手立在屋檐下正等着他凯旋，看到马三元，她笑盈盈地问他怎么回来了，是不是把曹树林砍了？

马三元说我没有杀人。马三元这样说的时候，把头扭到一边，朝远处看去，他一点也不想看到这个不要脸的女人。远处是种满庄稼的土地，近处也是种满庄稼的土地，他的视线被庄稼塞满了。有风吹来，那些绿油油的庄稼像波涛一样涌了起来，那些属于植物的气味，随风飘到他们的身边。

王玉兰一下子笑出了声，她说你不是去砍掉曹树林的狗头嘛，我以为你已经把他砍死了。马三元看到她脸上生动的笑容，忽然有些生气，他很想挥起拳头，狠狠地击打面前这张布满笑容的脸。这时，马三元忽然想到刚才强奸杨红英的事，尽管他攻击的效果不太理想，却具有重大的战略意义。这么一想，马三元心里就好受多了。他于是在脸上挤出一个笑容，说我不会杀人，村长那么好的人，我咋会杀他呢，我一点也不想杀他了。王玉兰知道他言不由衷，又追着问，不想杀还是不敢杀？马三元闻着她身上淡淡的香味，抽了抽鼻子说，我根本不想杀他，以后他想搞你，尽管来，只要他有兴趣，我热烈欢迎。王玉兰愣了愣，说马三元，你没有病吧？马三元说我没有病，我正常得很，你去告诉村长，以后你们想啥时候搞就啥时候搞，他来我就走，给你们腾地方。王玉兰诧异地看了一眼马三元，转身进屋去了。

马三元看着王玉兰的背影，忽然感到鼻尖有些酸楚，他抬头朝天上看去，上面空荡荡的，一点内容也没有。这个时候，一些黄色的尘土被一阵大风席卷了过来，那些风和尘土一下子就把马三元单薄的身体给吞没了。

六

一连许多天，马三元都提心吊胆，他害怕的当然是那个叫杨红英的寡妇。想起杨红英兴奋的样子，他就有种不祥的预感，马三元知道自己一定会为那天的失误付出惨痛的代价。马三元的担心并不是没有道理，他几次经过杨红英家的门口，都被杨红英拦住了。他问杨红英拦他做啥。杨红英低着头，小声地说，也没啥事，就是不想活了。马三元不明白杨红英是啥意思，后来他忽然想起，那天他扑向杨红英的时候，曾经狠狠地对她说，我要弄死你！

马三元没想到这句话居然给自己带来这么大麻烦，那天这样说，是真想把她弄死，准确地说是想把曹树林弄死的。马三元能够清楚地想起，那天他趴在杨红英的身上，十分凶狠，恨不能把力气都用上。在他的眼里，杨红英不单纯是一个女人，她是曹树林的大嫂，是自己复仇的对象。马三元是怀着报仇雪恨的心理扑上去的，当时因为用力过猛，差点从床上掉下去。马三元觉得自己不是在弄女人，而是对敌人的阵地发动进攻。杨红英在马三元的压迫下不停地呻吟，那张年深月久、腐朽的床也在他们共同的压迫下不停地呻吟。然而马三元没想到，完事之后，杨红英不但没有生气，还满脸通红，一副很受用的样子。联想到杨红英在床上的表现，马三元身上的毫毛忽然像针一样竖立起来。马三元更没有料到，自己行动前的口号居然会埋下祸根。

马三元变得惶惶不安，总是害怕看到杨红英。过去他们见面，只是打声招呼，然后各自走开，现在不同了，马三元发现，每次碰到杨红英，她都两眼放光，兴奋得像一只饥饿的老虎看到了猎物。马三元吓得心惊肉跳，在他看来，被杨红英缠上，简直比被鬼缠上还要可怕。

马三元开始躲避杨红英，需要经过她家门口的时候，也宁愿绕道而行。然而马三元的躲避没有效果，有几次，他都觉得不对，回头一看，发现杨红英像个特务一样跟着自己。马三元吓得脸色苍白，他加快脚步，像兔子一样逃窜。杨红英紧追不舍，他们于是就像猫捉老鼠一样展开了较量。

马三元当时没有料到，自己居然会由迫害者变成受害者。尽管他像地下党一样行动谨慎，但还是逃不脱杨红英的追逐。

有一天，杨红英找上门来。当时一场大雨刚刚撤退，杨红英就来了，她踩着一地的稀泥出现在马三元家的院子里。马三元的几块木板没来得及收，被雨水泡坏了，心情不好。他没想到，刚逢天灾，现在又来了人祸。他看到杨红英时，不由得倒吸了一口冷气，嘴里却明知故问，来做啥？杨红英说我来串门，不行吗？马三元着急地说，我媳妇在家咧。杨红英说我是来找你的，又不是来找她的。马三元小声说，找我做啥？杨红英盯着他说，为啥一见我就跑？马三元说那你为啥一见我就追？杨红英说你跑我就追。马三元说你在后面追，我当然只有跑了。杨红英要求马三元去她家，说有事要谈。马三元看着灰暗的天空，皱着眉头说不去，有啥事就在这里说。

就在这时，王玉兰出来了，她看到杨红英，问她有啥事。杨红英说家里的椅子坏了，请马三元去修一下。王玉兰是热情人，马上对马三元说，那你就去嘛。马三元说我有事，没时间。王玉兰责怪道，修椅子用不了多少时间，你就去帮一下忙嘛，一个妇道人家，过日子不容易。杨红英对她的话表示高度赞赏，不停地夸奖王玉兰心眼好。

马三元于是跟着杨红英去了她家，一进门，杨红英就像蒙古的摔跤手一样，抓起马三元扔到床上。马三元抓紧裤带，紧张地说你想干啥？杨红英愤愤不平地说，狗杂种，玩了一次就想把老娘甩了，告诉你，没这么容易。马三元急忙说我不是不来，是没时间来，这些天太忙。杨红英说哄鬼去吧！杨红英命令马三元脱裤子。马三元委屈地说，这种事总要讲你情我愿嘛。杨红英却像老母鸡似的尖声叫了起来，当时你咋不问我愿不愿意，像鬼一样朝我扑来，现在倒好，还像读书人一样讲起道理来了，要不要给你下个帖子？

马三元朝脑门上狠狠地拍了一巴掌，说当时我一定被鬼迷住了，不然哪会犯那种错。杨红英不管，说老娘又不是臭袜子，你想穿就穿，想扔就扔，我正式警告你，你要是把我惹急了，我就告你强奸，让你把牢底坐穿。马三元吓了一跳，让杨红英不要乱来。杨红英说你不想坐牢，以后就得听我的，现在你听好，逢单我放你的假，逢双就来我这里报到。马三元的脸一下子白了，说你这不是想要我的命吗？杨红英说我不逼你，现在你的面前有两条路，走哪条你自己选。马三元仿佛看到自己被囚禁的样子，他的心渐渐沉重起来，想了一下，还是点了点头。

杨红英问马三元，今天是单还是双？马三元算了一下，颤抖着说好像是双号。杨红英说，咦，那你还愣着干啥？马三元明白她的意思，只得把自己剥个精光，然后爬到床上躺了下来。他躺在床上，看着杨红英脱衣服，他看到杨红英身上的肥肉晃晃悠悠，就像桶里快要溢出来的水。他心里大叫一声，然后把头扭到一边，等待暴风雨的来临。

杨红英脱掉衣裳，然后甩着膀子爬上床。马三元心惊胆战地看着她，看到的是一堆肥肉正慢慢朝自己逼近。杨红英爬上床，像盖被子一样把马三元掀起来，然后把他放在自己的身上。杨红英看到马三元像纸一样白的脸，嘟着嘴让他快点。马三元就像一个听话的小学生，拿出他的如椽大笔，在杨红英身体上开始做作业。当他写完作业的时候，已经变得疲惫不堪，他觉得四肢软得像煮熟的面条，身上的力气不知跑哪里去了。

等马三元拖着疲惫的身体离开时，他就像逃出战场的散兵游勇，长长地吁了一口气。

饱受摧残的马三元变得就像知识分子，不喜欢说话，总是站在院子里，摆出一副思索问题的样子。于是，很多个漫长的日子，就被马三元那么站掉了。在院子里站了半个月之后，他的脑子里忽然冒出一个念头。他觉得不能老是这么站在院子里，一定要想办法解决当前的困难，如果再这样下去，自己总有一天会被折磨死。当他的脑子产生出那个念头之后，马三元就去了一个叫野马冲的地方。

马三元到野马冲找曾司法。这个曾司法是马三元的亲戚，所以马三元来找他。马三元找到曾司法的时候，他正坐在办公室看报纸。曾司法看到马三元，有些意外，问他怎么来了？马三元说想请你吃饭。曾司法觉得奇怪，说你为啥要请我吃饭？马三元说因为我要找你办事。曾司法一下子严肃起来，说革命不是请客吃饭，有事就说。马三元说，我们是不是亲戚？曾司法说和这个有啥关系？马三元说如果是亲戚就不要和我打官腔。曾司法愣了一下，然后说吃饭就不用了，有什么事快讲。马三元低着头，不肯开口。曾司法看到他的样子，就跑去把门关上，问他到底什么事。马三元憋了半天才说出他此行的目的。

开始的时候，曾司法并不相信。马三元急得举起手，对事情的真伪进行赌咒发誓。曾司法张大嘴，说原来你没和我开玩笑啊？马三元说鬼才和你开玩笑。曾司法对这一事件表示出深厚的兴趣，催他快点说。马三元说完事情的大致经过就把嘴闭上了，这让曾司法很不满意，他向马三元打听了很多细节。马三元有些不乐意了，说你为啥问得这样仔细，要不要我把她带到你的面前，让你观看现场直播？曾司法瞪着眼睛，说不问详细点我怎么了解案情？

马三元对此无可奈何，尽管他觉得每一次描述都仿佛是在撕自己的伤疤，但为了让这个事件彻底解决，他只得不停地撕自己的伤疤。听到精彩地方，曾司法兴奋得差点把眼珠都鼓出来了，当然他只是激动地使劲搓手。

马三元讲完事情的来龙去脉后，问曾司法他会不会坐牢？曾司法说不会，你这个构不成强奸，是通奸。马三元长长地吁了一口气，说只要不坐牢，我就放心了。曾司法激动地说，想不到居然有这样好玩的事，妈的，居然会有这么好玩的事！马三元说，其实老子才是受害者呢。曾司法拍着他的肩膀，语重心长地说，女人就是陷阱，没有掉进去以前，你永远也不晓得她有多深，当你晓得深度的时候，已经来不及撤退了。

马三元很赞同，他想自己就碰到了两口陷阱，第一口陷阱叫王玉兰，第二口陷阱叫杨红英，果然两口都深不可测。曾司法像鸭子叫一样笑起来，说我见过的事多了，吃了一次亏，你以后就晓得女人不是好惹的了。马三元忽然觉得很委屈，因为不懂法律，白吃了许多冤枉，早晓得没事，他就不会被那个叫杨红英的女人威胁了。

后来马三元果然就不接受杨红英的威胁了。他从野马冲回来之后，再也不去见杨红英。开始的几天杨红英以为他没时间，后来看他背着手在村里游来游去，终于忍不住来找他。杨红英说马三元，你晓得今天是单号还是双号？马三元肯定地回答，是双号。杨红英板着一张布满雀斑的脸，说你还晓得是双号啊？马三元挺起胸膛，说我晓得你的意思，告诉你，老子不怕你了。

杨红英冷笑一声说，你是不是想把牢底坐穿？马三元说，我找人打听过了，你告不了我的。杨红英说我就不信天下没有王法了。马三元没有一点害怕的意思，慢悠悠地说不信你就去试试，要是告得了我，我就是你孙子。杨红英看马三元不像说假话，脸色慢慢灰暗起来，她骂了几句，然后气愤地走了。看到杨红英的背影，马三元感到前所未有的轻松，他觉得该大笑几声为自己庆祝一下，这么想着，他果然就大笑起来。听到马三元的痛快的笑声，杨红英回过头来，恨恨地说，马三元，你不要得意，总有一天你会后悔的。

七

马三元站在院子里，就像一棵树似的一动不动地站在院子里。他抬起头，把目光抛向天空。这个时候，太阳正慢腾腾地往西边撤退，微弱的光线从天而降，照射着这个叫迎春社的村庄。有些地方，光线被树木和房屋半路拦截，于是下面黑乎乎的一片，就像马三元昨晚脱下来的衣服。当然，它不是正宗的衣服，在马三元的眼里，那是白天来不及拖走的尾巴。

尽管马三元像一棵树似的一动不动地站着，看起来很平静的样子，但他的脑子里，却思潮起伏。他的脑海里，装着一个构思了许久的复仇计划。媳妇被曹树林搞了，自己又被曹树林的大嫂杨红英搞了，这让马三元愤恨不已。他咽不下这口气，早就暗下决心，一定要报仇雪恨。为了给这次行动作掩护，马三元满怀屈辱地请曹树林吃过了几次饭。曹树林第一次接到邀请的时候，有些意外，说为啥要请我吃饭？马三元说你帮了我那么多，我不请你请谁？曹树林呵呵地笑着说，那些都是小事情。马三元说对你来说是小事，对我来说就不一样了，你给我介绍了那么多生意，你看，我不仅还掉了债，还买了电视机洗衣机，没有你，我马三元哪有今天啊。曹树林信以为真，拍着胸脯说，你放心，村里有啥好事，一定少不了你。马三元把脸上的笑容调整得更灿烂，他说不要说了，家里煮了鸡，冷了就不好吃了。然后他们勾肩搭背地走在消灭鸡肉的路上。当马三元像饲养员一样把鸡肉喂进曹树林的肚子里，曹树林彻底对他放松了警惕。他们的隔阂如冰块一样融化了，看起来二者就像亲兄弟一样了。

马三元已经为复仇行动作好铺垫，今天晚上，他准备动手了。马三元晓得，有几个乡干部来迎春社检查工作，作为村领导，曹树林一定会在桂花餐馆设宴款待。一般来说，这种情况下曹树林都会喝得烂醉，然后扔下他的摩托车，摇晃着满肚子的酒水往回走。马三元认为复仇的时机已经来临，他看了一下表，觉得时间走得真慢，他想时间咋就走得这么慢呢?

马三元是半夜出动的。他摸下床，然后偷偷出了门。他打开门的时候，晚风正好奔来，有气无力地从他凌乱的头发里穿过。四周黑沉沉的，一点光线也没有，这无疑增加了他行动的安全系数。尽管看不到一点光亮，但马三元对此毫不在意，他对迎春社的地理环境了如指掌，就是闭着眼睛，也能走到村里的任何一个角落。熟悉路径的马三元就像一只耗子，在夜幕的掩护下悄然无声地来到桂花餐馆。当他到达桂花餐馆的时候，果然发现了曹树林摩托车。那辆摩托车就像一条忠实的狗，一动不动地待在餐馆门口。

马三元的心跳忽然剧烈起来，他伸手一摸，发现胸脯里面仿佛躲藏着一只兔子。走向摩托车的时候，他仿佛走向刑场，速度缓慢。马三元握紧拳头，试图让自己镇定下来，但还是非常紧张，他手里冒出一层细密的汗水。马三元有些害怕了，他甚至有取消行动的念头，但想到曹树林搞王玉兰时那舒服的样子，终于还是走上前去。他走到摩托车旁边，四处看了看，这个时候，村庄早已进入了睡眠状态，周围静悄悄的，一点声音也没有。他伸出手，扯掉摩托车的油管，随即听到汽油流淌的声音，一股浓烈的味道弥漫在他的周围。他哆哆嗦嗦地划着火柴，然后咬着牙递了过去。火柴和汽油接触那一刹，一团火苗忽然冒了出来。

看到火焰把摩托车吞没，马三元一惊，发足就跑，他就像一匹脱缰的烈马，跑得很快，转眼就把火光远远地扔在后面了。

在奔跑的过程中，马三元十分紧张，他感到呼吸困难，仿佛鼻孔被什么堵塞住了。忽然，马三元感到后面有脚步声传来，他回头一看，声音一下子断了，后面黑漆漆的，什么也看不清。马三元以为自己过于紧张产生了错觉，于是继续往前跑。没想到，后面的脚步声又响起来了，他大吃一惊，停下脚步，问谁在后面。回答他的是一道刺眼的手电筒光芒，那束光芒就像一根棍子，猛然从后面伸了过来。那束光芒落在马三元身上的时候，他如被重击，两腿一软，一下坐在地上。

马三元没想到事情这么快就败露了，坐在地上不停地颤抖。在颤抖的过程中，他感到裤裆有些热，伸手一摸，里面竟全湿了。当然这时候他还顾不上尿裤子，他只是觉得那束光如芒在背，而且它就像一个活物，无论他如何躲避，那束光都跟踪过来，让他无处可逃。

马三元觉得手电筒光芒就像一只长长的手，把自己剥了个精光。他在心里绝望地叫了一声，然后颤抖着问对方是谁。后面的人就像一个哑巴，还是一声不吭。马三元带着哭腔说，你究竟是谁，你想干啥？看到对方不理会，马三元一下子趴在地上，说你就放过我吧，只要你放过我，有啥要求我都答应你。后面的人慢慢地走了过来，那个人蹲了下来，然后说话了。马三元听到那是一个熟悉的声音，那个熟悉的声音属于一个叫杨红英的寡妇。杨红英轻轻地说，马三元，你真不是男人，你的胆子这么小，你一定是耗子投胎的。马三元吃惊地说，咋会是你？杨红英说，为啥不能是我？

马三元面如死灰，问她想怎么样。杨红英说我想把刚才看到的告诉曹树林。马三元说你就不能放过我吗？杨红英说我为啥要放过你？马三元哀求说，只要你放过我，要啥我都答应你。杨红英说我啥都不想要，只想让曹树林收拾你。马三元心里一凉，说你为啥一定要把我赶上绝路？杨红英笑着说，我说过，你总有一天会后悔的。马三元说不管咋说，我们也有过那么几回交情，难道你就忍心把我交到曹树林的手里？杨红英收起脸上的笑脸，恨恨地说，老娘就想看他怎么折磨你！马三元试图用往昔的情谊打动杨红英，但她不为所动，站起来回家了。杨红英走了几步，又回头对马三元说，你还是快点回家做好准备，曹树林明天就会来找你，你晓得的，落在他的手里，一定比落到日本鬼子的手里还要悲惨十倍。

马三元趴在地上，大口地喘气，只觉得脑袋发昏，身体如同沉向水底，寒冷、无助。他想不通，怎么会碰上杨红英这个臭婊子。她太有心了，怎么就让她抓到了自己的把柄了呢？想到杨红英的话，马三元就像被活埋一样，害怕得差点哭了起来。这时候马三元最害怕的就是天亮，他希望时间停留下来，因为天亮之后，曹树林就会接到杨红英的举报，然后找上门来。在马三元看来，灾难正随着时间，慢慢地朝自己逼近，他想死掉算了。

马三元很想找一根绳子，把自己像腊肉似的吊起来。他想上吊死，总比被曹树林打死要好。如果被他打死，一定死得很难看，说不定连全尸都没有。马三元就像一个闹钟，他的躯体处于静止的状态，但思维却在不停地运动。这只闹钟运转了很久，死亡的念头还是没有消失，不但没有消失，而且越来越强烈了。马三元从地上爬起来，悲壮地往回走。

推开门，王玉兰的鼾声就钻进他的耳朵里。看来王玉兰睡得很沉，对他的举动没有丝毫察觉。他哆哆嗦嗦地伸出手，把挂在墙壁上的绳子取了下来。在摸到绳子那一刹，他心里一紧，觉得自己摸到的不是绳子，而是死神的尾巴。马三元提着绳子往门外走去，在这个过程中，他感到两条腿就像铅块那么沉重，这让他的行走无比艰难，在他看来，往前走一步，就离鬼门关近了一步。他走了几步，忽然停下脚步，他想我不能死，如果我死了，就太便宜这对奸夫淫妇了，说不定，他们正巴不得我早点死去，我不能上他们的当。

这么一想，马三元就扔下了手里的绳子。忽然间，他感到睡意像虱子似的爬满全身。马三元想，我要好好地睡一觉，不管明天出什么事，我都要先睡一觉再说。马三元掀开铺盖，在王玉兰的身边躺下。王玉兰的鼾声十分响亮，仿佛她正在吹一个喇叭。马三元想，这个三八的声音咋会这么响，简直比放鞭炮还响?!

不知睡了多久，马三元被王玉兰推醒。王玉兰说，快点起来，村里出事了。马三元像木头似的在床上滚了一下，问出什么事了。王玉兰说，曹树林的摩托车被人放火烧了。王玉兰的话把马三元沉睡的记忆全部唤醒了。马三元想到昨晚的事情，睡意一下子跑光了。王玉兰又推了他一下，问他去不去看看。马三元说不去。王玉兰奇怪地说，为啥不去，你过去不是喜欢看热闹吗？马三元声称脑袋有点疼，要休息一下。

王玉兰看出他是在做作，也懒得再理，独自走了，屋子里忽然安静下来。马三元再也睡不着了，他在床上躺了一会儿，然后开始找衣服，准备起床。因为昨晚脱得仓促，所以他的衣服东一件西一件，有的挂在床头，有的掉在地上。他穿好衣服，打开大门，发现夜色已经撤退，微弱的光线从天上倾泻下来，照射着这个叫迎春社的村庄。

马三元仿佛真的病了，他感到心里发虚。他站在门口等待曹树林来找麻烦。晨风从远处跑来，他感到一丝凉意，风里带着青草和牲畜粪便的味道。太阳就像一个醉鬼，脸红红的，慢腾腾地爬上天空。直到太阳爬到天正中，曹树林也没有出现。马三元反而有些奇怪，很想去现场看看。在他看来，自己不是去看热闹，而是去讨打，或者说去送死的。无论讨打或者送死，都让马三元感到恐惧，但漫长的等待同样让他备受折磨，经过反复思索，他最终决定选择前者。

马三元来到桂花餐馆门口，看到一群人正远远地围观，曹树林站在被烧毁的摩托车旁边，咬牙切齿地大声咒骂。马三元沉下目光四处搜索，试图看到杨红英，但他看了几遍，都没有找到杨红英的影子。马三元感到意外，他估计杨红英没有举报自己。为了证实心里的猜测，他壮着胆子向曹树林走去，说村长，你晓得是啥子人干的吗？曹树林气愤地说，要是晓得是谁干的，我早就让他像死狗一样趴在地上了！马三元长长地吁了一口气，庆幸自己没有暴露出来，他说可惜这辆摩托车了。曹树林说摩托车太破，早就想换新的了，我只是咽不下这口恶气。

马三元为了洗脱嫌疑，不惜咒骂自己，故意说，哪个王八蛋会干这样的事呢？曹树林说，总有一天我会查出来的。马三元说哪个狗东西干的，真的没有王法了。曹树林忽然想起什么似的看着马三元，说不会是你这个家伙干的吧？马三元一惊，身上冒出一层冷汗，他摇着头说，村长，你不要吓我，你就是借我十个胆子，我也不敢干这样的事。曹树林把目光收回来，说也是，你这么小的胆子，咋敢干这种事呢？马三元急忙说，就是嘛。

曹树林说，如果让我查出凶手，我一定把他宰了喂狗！马三元试探说，村长，你去派出所报案了吗？曹树林说，我才不去找那帮家伙，别人不了解他们，我还不了解啊，让他们罚款，他们跑得比狗还快，让他们破案，只怕三年也破不出来。马三元说也许他们一来就查出来了。曹树林不屑地说，他们查个屁，请条狗都比他们强，如果请他们来，案子破不了不说，我还得倒贴几只鸡给他们填肚子。听到这话，马三元晓得自己暂时还是安全的，他不由得暗暗松了一口气。

八

马三元闭上眼睛，睡在午后的一把躺椅上。几只苍蝇看到他一动不动，以为他睡着了，于是就像多情的女人一样飞过来黏着。马三元睁开眼睛，挥着手把苍蝇赶跑。尽管马三元一本正经地睡在躺椅上，可是他一点睡意也没有。这个漫长的午后，马三元在想一个叫杨红英的寡妇。他不清楚，杨红英是不是真的放过了自己。他想了很久，也没有想出头绪。终于，他做出一个决定，准备到杨红英家去问问。

马三元朝屋里看了一下，王玉兰正在睡午觉，还没有起来。他于是关上院门，放心地往杨红英家走去。这个时候，村里很多人都像王玉兰一样正在睡午觉。周围除了虫子的鸣叫之外，听不到一点多余的声音。太阳很强烈，它的光芒就像松针一样落满村庄。那些被太阳照射的枯草，差不多快烧起来了。

尽管没有夜色做掩护，但马三元一点也不怕有人发现他此行的目的，他甚至认为，现在是做那种事的最好时机。人们总会把夜晚和一些暧昧的事情联系在一起，却忽略了白天。这个时候，就算有人看到他去杨红英家里，也不会产生怀疑。马三元在杨红英的威胁下，曾多次去她家，差不多都是白天去，从来没人发现他们的不良关系。

马三元走进杨红英家，看到她正在打毛衣，一团长长的毛线，在她的编织下，初步呈现一件衣服的形状。马三元问她大热天织毛衣干啥？杨红英看了他一眼，没有说话。马三元有些尴尬，于是换了种口气挑逗说，你的椅子坏了没有，我想给你修一下。杨红英对此没有表现出特别的反应，冷冷地说，你这个流氓，快给我滚，我一点也不想看到你。马三元的笑容仍然挂在脸上，说我不是流氓，我是太监李莲英，我以后一定像伺候慈禧太后一样伺候你。

马三元关上门，走过去搂住杨红英。杨红英推了他一把，说放手，再不放手我就叫人了。马三元强忍内心的厌恶，把嘴往杨红英满是雀斑的脸上凑去。杨红英没有表现出过去的积极，而是用手推挡他的进攻。马三元想，今天豁出去了，一定要把家伙再次放进她的身体，只要把家伙塞进去，以后她就听话了，再也不会揭发自己了。

马三元只顾抱着杨红英又亲又摸，没有直接说出他此行的用意。在他看来，自己啥都不用说，说了也没用，不如让下面这个家伙来说。对付女人，男人下面的家伙无疑是最好的谈判专家，只要派它出马，比任何嘴巴都有用。

马三元没有提那件事，但杨红英提了。她说以前还以为你是老实人，没想到居然这么阴险。马三元搂住杨红英，说我本来就很老实，主要是他们太坏。杨红英说，如果不是我亲眼看到，我都不信你也做那样的事情。马三元没有说话，他觉得当务之急是把家伙放进杨红英的身体，只要把家伙放进去，就什么都好办了。

马三元进攻，杨红英抵御，和他展开一场抗日战争。杨红英表现得很英勇，她说，马三元，你这个狗杂种，你快给我滚！马三元试图扒掉她的裤子，但弄了半天没有成功，杨红英的裤子仿佛和她的那堆肥肉已经融为一体。马三元于是改变策略，就像搓揉两个面团似的搓揉杨红英的大奶子。没过多久，杨红英终于哼哼起来，她喘着气，说马三元，你的良心被狗吃掉了，你不要碰我。

虽然对面前这堆肥肉十分反感，但马三元不敢表现出来，一旦和她真正翻脸，那等待他的，将是非常严重的后果。马三元说了很多好话，差不多把肚子里好听的词汇全都用上了。他央求恢复双方过去的关系，并且表示只要和好，以后随叫随到。杨红英说，鬼才稀罕你。马三元听到她口气似乎有所缓和，急忙趁热打铁，说以后有啥要求，尽管说，只要我能做到的，我全答应你。杨红英说你们男人，没有一个是好东西，一点也靠不住。马三元不清楚她指的还有哪些男人，但他声明自己说话算数。

马三元感到手里的两个面团就像气球似的慢慢膨胀起来，他知道自己只要再努一把力，这个堡垒就要攻破了。他在杨红英挂满肥肉的脸上亲了一下，说以后，我保证好好伺候你，让你天天过神仙日子。杨红英哼哼的声音越来越大了，她说，马三元，你这个兔崽子就会折磨人。马三元嘿嘿地笑着说，以后我天天折磨你。

杨红英像虫子似的扭动起来，她含糊不清地说，还是老规矩，如果你再像上次那样拉起裤子不认账，老娘就不客气了。马三元心里又是一沉，他想这个骚货的胃口和她的身体一样吓人，简直心狠手辣，就像传说中的地主一样，打算剥削我一辈子？

杨红英发现他脸色有些难看，问他是不是不同意。马三元连忙摇头，表示没有这个意思。杨红英终于忍不住了，喘着粗气说今天是单还是双？马三元心惊肉跳地说是双号。杨红英就像一只饥饿的母老虎，气势汹汹地朝马三元扑过来。

马三元把裤子褪下来，准备把家伙放到面前的肥肉里去，可是，那个家伙就像做了亏心事，抬不起头来见人一样，怎么都软塌塌的。杨红英对马三元的表现相当不满意，指挥他向前冲。但马三元一点也不争气，总是不能完成任务。杨红英一下子坐了起来，把马三元的家伙抓在手里，发现它软得就像一根猪肠子。她把那根猪肠子扔开，痛恨地说，不行就不要浪费时间，害我躺了半天。

马三元看到杨红英有些生气，心里愈发紧张起来，他急得朝自己的家伙上打了几巴掌。让他们意外的是，那家伙忽然行了。现在社会上有些同志喜欢欺软怕硬，没想到这家伙也有这种脾气，挨揍之后，居然行了。马三元握住那个挺胸抬头的家伙，准备把它献给寡妇杨红英。

就在马三元刚要把家伙插进肥肉里的时候，蓦然听到门板叫了一声，然后看到紧闭的大门像嘴巴似的张开了。那张嘴里吐出的，是怒气冲冲的曹树林。曹树林冲进屋来，指着他说，狗日的，你不想活了，居然敢太岁头上动土。杨红英在床上愣了一下，忽然抓住马三元大声喊强奸。曹树林就像一条疯狗，捡起一根棍子，狠狠地打在马三元白晃晃的屁股上。马三元叫了一声，捂着屁股跳了起来。

曹树林怒气冲冲地说，老子看到你进来半天没出去，就晓得你没干啥好事。马三元拉起裤子，慌忙摇头，说我啥也没干。曹树林一下子跳了起来，他说狗东西，老子亲眼看到了，你还想狡辩。马三元试图解释，但他的话还没说出来，身上就落满了无数的棍子。曹树林边骂边打，他每棍子打下去，都会让马三元惨叫起来。曹树林挥着棍子，像鼓手打鼓一样打出很多种声音。当他停下棍子的时候，马三元就像一条破麻袋那么倒在地上。

马三元一动不动地躺着，感到疼痛像虫子一样密密麻麻地爬满全身。他鼻青脸肿地想，这下坏了，我有口也说不清了。

曹树林看到杨红英在一边痛哭，问她被强奸没有？杨红英捂着脸，低声说，你再来晚一步，我就被这个狗杂种糟蹋了。曹树林说，是不是他还没有得手？杨红英说，不管咋说，以后我都没脸见人了。曹树林松了口气，说只要他没得手就好办。杨红英抹着眼泪，说你要给我做主。曹树林咬牙切齿地说，你放心，我不会轻饶他的。

曹树林瞪着马三元，说老子送你去派出所，让你坐几年牢。马三元听了这话，就像落水的小鸡一样不停地颤抖。马三元像堆死肉似的瘫痪在地上，他看到太阳像一团烈火在天上燃烧，他想气候咋会这么热呢。曹树林朝他的屁股上重重踹了一脚说，起来，再不起来老子不客气了。马三元艰难地站起来，他发现自己好像忽然没了骨头，怎么也站不稳。

李化学正和几个村民蹲在路边打牌，看到曹树林押着鼻青脸肿的马三元从村子里经过，于是站起来向曹树林打听，问他为什么押着马三元，要把马三元押到哪里去？曹树林不厌其烦地解释事情的来龙去脉，并且强调：如果我再晚一步，就被这个狗东西得手了。李化学对此深感意外，说想不到这个臭小子居然有这么大的胆子。

就在村民们议论纷纷的时候，王玉兰忽然出现了，让人意外的是她拦在两人前面，让曹树林把马三元放掉。曹树林不听，声称一定要把马三元送进牢房。王玉兰说，你为啥一定要把他送进牢房？曹树林恨恨地说，这个狗日敢做这种事，就是骑在我的头上撒尿，我不能轻易放过他。王玉兰的声音忽然高了起来，说曹树林，把他放掉，我让你把马三元放掉。曹树林意味深长地看了她一眼，说这个窝囊废留他干啥，关他几年更好。王玉兰冷笑一声，说如果你敢让他坐牢，你也没好果子吃，你的根底，我全都清楚，要是我说出来，只怕你这辈子也别想从牢房里出来了。曹树林好像不认识王玉兰似的看着她，说你没事吧？王玉兰黑着她的一张瓜子脸，说你听到没有，我让你把他放掉。曹树林放开马三元，骂了一句神经病，然后愤愤地走了。

马三元看着媳妇，想说点啥，嘴唇像虫子似的蠕动了几下，却一点声音也没发出来。王玉兰没有理会马三元，甚至没有正眼看一下旁边的观众，她转身就走。王玉兰没走多远，就被杨红英拦住了。杨红英说，难道我就白白让这个狗杂种糟蹋了？杨红英的话刚从嘴里冒出来，脸上就重重地挨了一巴掌，那是响亮的一巴掌，简直就像放鞭炮一样。王玉兰冷冷地说，如果你敢再骂一句，我就撕烂你这张臭嘴。杨红英捂着脸，感到疼痛像火苗一样在手心跳动，她伤心地说，难道天下就没有公理了。王玉兰恶心地说，别人不了解你，我还不了解啊，你最好给我让开，别看你人高马大的，惹急了我，照样能收拾你。杨红英捂着她的一脸雀斑，慢慢蹲在地上，开始了迎春社有史以来最响亮的一次哭泣。

王玉兰听到那串响亮的哭声，仿佛看到面前堆着一堆大便，忽然皱起了眉头。她朝杨红英吐了一口口水，然后板着脸走了。马三元也趁机逃离现场，远远地跟在王玉兰的后面。看着媳妇修长的背影，他感动得差点流下眼泪，忽然间，他觉得王玉兰还是一个不错的女人。那个时候，风就像一个调皮的孩子，忽然从路边的树林里窜出来，它在路边欢快地打了一个旋转，然后随身携带着夏天的温暖，消失在远方。

选自《山花》2011 年第 1 期

动荤

尹守国

爷爷眯着眼睛斜依在炕头墙角上，被窗外的爆竹声吓得一惊一乍的。他开始埋怨儿子，说没有你这么惯孩子的，吉宝都十四五了，你还给他买爆竹玩，好几十块钱一圈的双响，这一晚上都两三圈了，这不是活活地糟蹋钱吗？不就是过个年吗？年年都过的事，还用得着这么兴师动众的，买一挂鞭炮留着祭神时放就行了。

吉宝爹没去理会，可能是在意料之中吧。他还是坐在炕梢，只顾低着头叠他的金元宝。吉宝爹是合庄小学的校长，虽然打小生活在农村，却没下过一天庄稼地。初中毕业后，就进学校当民办教师，没用两年就考试转正了，成了合庄第一个吃国家粮的。打吉宝出生那年，他开始当校长，一直平平稳稳地干到现在。走在合庄的当街上，他和其他的农民没啥区别，穿粗布衣，唠农家嗑。只有庄上有了红白喜事，大事小情的，他坐在炕头给人家支了事时，才能看出他的身份和地位来。平平稳稳这四个字，完全可以用来形容他走路、说话、办事，甚至他的人生。

爷爷见儿子没理他，他首先不耐烦了。他说，我知道你们孩子大人都嫌我絮叨，都不待见我，变着法地和我找别扭，你们是想气死我呀，是想让我死了都闭不上眼。

吉宝爹抬头瞅了爹一眼，向正在外屋包饺子的吉宝娘喊道，别让吉宝放爆竹了，爹都生气了。

吉宝娘放下手中的活计，站在门口冲着吉宝喊，吉宝，吉宝，别放了，都吓着爷爷了，快回来吧。

爷爷听到吉宝娘喊吉宝，他噌地坐起来了，用手遥指着儿子的脑门说，你招呼孩子干啥？这能怨孩子吗？爆竹都买回来了，过年不放，你还想留到年后放是咋地？

吉宝爹又抬头瞅了爷爷一眼，他心里想，老爷子今个咋的了？这是成心和我找别扭。大过年的，我可千万别惹他不痛快。想到这，他赶紧拎起叠完一半的元宝去了外屋，嘴里小声地叨咕，我惹不起你，我还躲不起你。

来到外屋，吉宝爹小声地问吉宝娘，今天谁惹着老爷子了？

吉宝娘说没有啊，上午还挺好的，把当院前前后后地打扫一遍，说晚上黑灯瞎火的抱柴火不得劲，把晚上煮饺子用的柴火给我抱到窗下了。晌午吃饭时你不也看到了，喝了半杯白酒，还说晚上要跟吉宝他们俩掷色子赢钱呢？下午也没有谁惹他，突然就不高兴了，无缘无故地把吉东骂了一顿。

吉宝爹问，我都一下午没看着吉东了，大过年的，他又跑到哪野去了？

吉宝娘说，吉东让爷爷骂了一顿，满肚子的委屈，又不知道是因为啥。他怕在家待着惹爷爷生气，就躲到东头大姐家去了。

这时，吉宝带着一股凉风跑进屋来，他说咋了，爷爷不让放爆竹了？

吉宝爹瞪了小儿子一眼，说去去去，净给我添乱，上大门口外放去，快放净了省心，省得我跟着挨骂。

吉宝走后，吉宝爹接着问吉宝娘，说这是多咱的事，我咋不知道呢？

吉宝娘说，就是你出去找老王头剪头那会儿。你刚走，和平媳妇抱着孩子来了，她说找一根红线绳，和平娘用桃木给孙子削了个小棒槌，和平媳妇想找根好看的红线绳拴上，给孩子戴到脖子上。她来的时候，爹还好好的，还逗人家孩子玩呢。打她走后，爹就不高兴了。

吉宝爹问，爹骂吉东总得有个理由吧，因为啥骂他？

吉宝娘说，爹骂人还能没有理由！他刚才骂你时，不也给你理由了？爹的理由有的是，随便一划拉，就可以骂你三天三宿。这不是下午两个孩子把录音机拿过来了，他们鼓捣着往电视上接，想把春节联欢晚会的节目录下来，留着以后听。每年不都接过吗？这有啥。还没等接呢，爹就骂开了，说吉东不务正业，不干正事，明天就二十五岁了，也不长个出息，录那个东西干啥，又不当吃，又不当喝的，还要把录音机给他们砸了。爹这一闹，吓得吉东跑了。后来还是吉宝把录音机拿走的，爹倒是没骂吉宝。

吉宝爹想了想，用一副观察家的口气说，问题可能还是出在吉东那里。上个月吉东拿了全国书法比赛的银奖，回来跟他汇报，爹都没瞅一眼。以前爹是很关心吉东练书法的，也不知道这小子咋把他爷爷得罪了。

吉宝娘说，这老小孩还不如这小小孩好伺候呢，他使起性子来，你急不得，恼不得，说深了不是，说浅了也不是。下午我寻思劝劝爹，大过年的，别跟孩子一般见识，刚开个头，我就没敢往下说，他倒是没骂我，可还是瞪了我一眼。

吉宝爹搓搓手，说这个家还顶数你的面子大，以后要是爹再发脾气，还真得你出面，瞪一眼总比骂一顿强得多。吉宝爹说完，在吉宝娘的肩上拍了两下，拎着他那些没叠完的元宝，去了西屋。

吉宝爹叠完金元宝，他准备到院里去找一根木棍，再做一根拦门棍。

合庄人过年时说道多，因为家家都供着神仙，祭祀是各家各户的大事。从三十这天早上开始，每天三次给神仙烧香。到了大年夜的晚上，香火要连续不断，一直持续到祭祀完毕。这里所谓的年前年后，并不按钟点说，而是以祭祀仪式为界。家里没有小孩子的，都是等到十一点后才煮饺子。孩子稍小的人家，大人怕孩子困，吃不好新年的第一顿饭，十点前就把饺子煮了。煮了饺子，就表示祭祀开始，在牌位前摆好供桌，把煮好的饺子先端到供桌上，点上香烛，全家人都要跪到牌位前祈祷，再把叠好的金元宝烧了。磕过头后，放一挂鞭炮，去年就算过去了，今年也就开始了。不过，在祭祀之前，家家都要先做好拦门棍，就是在一根与门口一样长的木棍中间，先用黄纸糊上一段，在黄纸上面，再用红纸糊上一个箍，样子和电视里孙悟空拿的那根金箍棒差不多，祭祀时横放在大门口上。目的是为了把那些不是自己家供奉的穷神恶鬼拦在门外，不让他们进院来分享供品和钱财。

吉宝爹刚从西屋出来，吉宝娘在厨房里问几点了？吉宝爹推开东屋门，看了一眼墙上的时英钟，同时也看了一眼斜依在炕上的爷爷，见他好像是睡着了，就小心地把门带上，走到厨房门口对吉宝娘说，快六点了。

吉宝娘说，你快去打个电话，让吉东赶紧回来，今年是他的本命年，一会儿出星星了，他还得避星呢。

本命年避星，也是合庄人过年时众多说道之一。他们都认为人在本命年里，火力弱、时运差，如果再让扫帚星给扫了，新的一年做什么事情都不会顺利，严重时还会带来各种灾祸，殃及生命。因此，大年夜，不管有多重要的事，本命年的人都不能出屋，屋里还要拉好窗帘。

吉宝爹又返回到东屋给吉东打电话。

吉宝爹进屋后，爷爷坐起来。他问吉东上哪去了？吉宝爹说好像在东头他大姑家。爷爷说，你还不把他叫回来，都几点了，一会儿出星星了。吉宝爹说，我这不是正想打电话叫吗。爷爷说，哪有你这样当爹的，对孩子的事，一点儿也不放在心上，白管你叫一回爹。

吉宝爹苦笑了一下，他没吱声。他心里说，要不是你骂他，孩子也不会吓得躲出去。你把他吓跑了，反来教训我了，这真是越老越不讲道理了。但他只是想想而已，真让他把这话说出来，别说今天是大年夜，就是平常日子，也得借给他一个胆子。他不知道跟爹说这样的话会是一个什么后果，他从来也没试验过，他也不打算去做这种尝试。也许说了也就说了，爹只是以后不再磨叽他了。但他怕的就是这点，爹要是整天不说话，不去经管这个家了，或者说不骂他了，他反觉得不得劲了，感觉日子中少了些什么。

不一会儿，院子里铁门响动，吉东回来了。

吉东是前年从师范学校毕业后分到黑龙镇中心校的，在那里当体育老师。合庄是黑龙镇的一个自然村，离黑龙镇十五里地，吉东每天骑自行车上班，也就大约二十分钟就到了。吉东的体格好，五大三粗的，办事也有些粗枝大叶，这点不像他的父亲。他们爷俩唯一能说到一起的是书法。吉东的父亲就写得一手好毛笔字，合庄各家各户的对联，年年都是他写。吉东打小就跟着父亲练习写字，上初中后，功力就超过了父亲。在县市几次获奖之后，就拜市书协的王主席当老师，苦练几年后，就开始冲击省和国家的奖项。在当地的书法界，也算是个小小的名人。

吉东进屋后，娘就把他叫进西屋。娘告诉他，爷爷还在气头上，大过年的，谁也不能招惹他，他骂你，你听着；他打你，你都得笑。娘还给吉东下达了任务，说要是不把爷爷哄笑了，今年的压岁钱就没你的份了。

吉东回到东屋，见爷爷直溜地在炕头坐着，耷拉着眼皮，烟袋里的烟已经抽透了很久，早就灭了，他还是不住地吧嗒着。

吉东趴在炕沿上，把脸凑到爷爷跟前，说，爷爷，你累了吧，我给你找个枕头，你躺一会儿，等一会儿演联欢晚会的时候，我再叫你。

爷爷没理他，好像没听见，只是把烟袋从嘴里抽出来，在他跟前的烟灰缸里敲几下。这个烟灰缸是用一个铁罐头盒改装的，敲起来响动特别大。爷爷敲得又很急，听起来就有点不耐烦的感觉。

吉东在地下转了两圈，随手把电视打开了，调了几下频道。他问爷爷看啥？爷爷没吱声，也没抬眼看电视。

吉东在爷爷的面前爬到炕里，紧挨着爷爷坐下来，身子向外倾斜着，头挨着爷爷的肩膀。他知道爷爷爱听戏，他与爷爷唯一能沟通的地方就是谈戏。他打开的这个频道就是戏曲频道，里面正唱着呢。他想听一会儿，假装听不懂，求爷爷给他讲讲，爷爷这么一讲，不开心的事就忘了。

刚看不到五分钟，还没等吉东实施他的打算，爷爷就挪动身子下地了。

吉东问，爷爷，你干啥去？是上厕所吗，用不用我拿手电呀？

爷爷还是没理他，从墙角拿起拐棍，走出东屋。

爷爷这条拐棍，是三年前吉东第一次去省城时给爷爷买回来的。那次吉东获省青年书法大赛的二等奖。一千元的奖金，没等拿回家，就让他花去了一半。他给家里的每个人都买了礼物。给母亲买了花镜，给父亲买了电动剃须刀，给吉宝买了复读机，给爷爷买了这条拐棍。

庄上和爷爷年纪差不多的老人，早拄上拐棍了，不过，他们拄的只是随手在山上砍来的木棍。当时全村子里最好的拐棍，当属王成他爹的那条，是用枣木刨出来的，上面又涂了亮油。王成是合庄的木匠，这条拐棍，是他爹过六十六大寿时，他用一天的时间做的。爷爷看后，便与人家商量，说他也想求王成给他做一条。王成爹说那可不成，这条拐棍他儿子做了一天，不算材料费也得三十块钱，他儿子给别人干活，每天的工钱就是三十块。爷爷听后，吓得以后就没敢再提起过。

吉东给爷爷买回来的这条也是实木的，但到底是什么木种，全村的老头鉴定后，也没达成共识。但大伙儿一致认为，这个木种要比枣木好。不然的话，是雕不出来那么精细的盘龙的。庄上的那些老头说，这种样式的拐棍叫龙头拐杖，《杨家将》里的佘老太君和《红楼梦》里史老太君拄的都是这种。这种拐杖在早先，得是官宦人家才准许使用的物件，平民百姓随便使用是犯王法的。他们说在合庄，也只有吉东的爷爷可以用这种东西，他儿子和孙子都是国家干部，他们这个家，在早先年间就相当于官宦人家了。

爷爷从有了这条拐杖后，走道时就离不开它了。即便是不拄着，他也总拎着或在腋下夹着。

吉东在炕上听着，爷爷先是去厨房，从厨房里出来，又去了西屋。不一会儿，爷爷在西屋里喊，吉东，吉东，你下地，把锅台上的那个油坛子给我抱进来。

吉东听爷爷在喊他，挺高兴，爷爷终于跟他说话了，他紧溜地下地穿鞋。

吉东才穿上一只鞋，刚好吉宝放完爆竹进屋。他听到爷爷的喊声，看到那个油坛子就放在锅台上，就顺手抱起来，边走边冲着东屋喊，哥，不用你了，我给爷爷送去得了。

吉东听了吉宝的话，把刚穿好鞋又脱了下来，重新爬到了炕上听戏。

吉东刚爬上炕，就听爷爷在骂吉宝，你个小兔崽子，谁让你把油坛子抱进来的，我是让你哥抱的。

吉宝在跟爷爷犟嘴，他说，你不就是要油坛子吗？谁给你抱进来还不一样？

在这个家中，唯独吉宝可以偶尔跟爷爷犟嘴的。并不是因为吉宝小的原因，吉东和吉宝这么大时，也不敢跟爷爷犟嘴。爷爷即便是不怪罪他，父亲也饶不了他。吉宝所以敢跟爷爷犟嘴，是因为爷爷和父亲都一直认为，是吉宝的到来，给这个家带来了福音。爷爷原来眼睛有毛病，看了很多大夫，吃了很多药，都不管用，眼看着就要变成瞎子了。吉宝出生几天后，他的眼睛突然就好了，而且这些年来，好像一天比一天还好，现在就连电视底下出的小字，都能看得到了。父亲也是在吉宝出生那年当上校长的，而且一干就是十五年，从没出现过危机和差错。爷爷有时候也骂吉宝，但骂的语气不一样，骂别人时，是沉着脸子，骂吉宝时，总是笑着。

这次爷爷是沉着脸子骂吉宝的，爷爷说，你这么点个小屁孩，抱油坛子有个屁用？你是不是成心想气死我？

吉宝还在争辩，他说，谁想气你了？是你叫抱进来的，我又没弄打，咋又气你了？

爷爷顺手抄起了身边的拐杖要打吉宝，吓得吉宝大叫着跑到了外屋。

吉宝爹正在当院挂灯笼，听到屋里有叫吵声，就赶紧跑进屋。吉宝娘也赶紧放下手中的活计，从后屋赶过来。吉东下地穿鞋，也来到外屋。

爷爷用拐杖敲打着炕沿说，你们小的不懂事也就罢了，大的也不懂事。孩子不懂事我不怪，大人也不懂事，没见过你们这样当爹妈的，啥事都由着孩子使性子，你们满庄子看看，谁家像咱们这么过日子。

吉宝满脸委屈地站在外屋地下，就快哭了。

吉宝爹不知道是咋回事，站在地当中听了一会儿，摇着头进了西屋。吉宝娘牵着吉宝的手，把他领进东屋。

吉宝问，娘，我咋的了？爷爷让我哥把油坛子搬到东屋去，正好我路过，我就替我哥搬了，我哪点做得不对了吗？

吉宝娘笑了，她摸着吉宝的头说，我的傻儿子，是你不对了，你就不该管那闲事。

吉宝问娘为什么？

吉宝娘说，我也是刚想明白，爷爷是看你哥这么大了还没动婚，他着急了，他是想让他搬搬油坛子动动荤，爷爷着急抱重孙子呗。你没听见吗？这不把我和你爹都捎带骂了，他怪我俩啥事都依着你哥，不早点给你哥说媳妇。

吉宝听了娘的话，满脸的委屈一下子没了。他扑哧一下子笑了，说，这下可崴了，我动荤了。

这两年来，吉东的婚事都成了爷爷的心病了。以吉东和他的家庭条件，登门说媒的人不少。吉东也走形式，赶过场地相看了几个，都是吉东没相中女方。每次去相亲时，爷爷都表现得异常积极，头两天就让吉东剪头，洗衣服，连吉东的皮鞋，他都给打得溜光锃亮的。吉东相亲一般都在星期天进行，到了相亲那天，吉东头脚走了，爷爷后脚就到大门口的石台上等着。要是吉东去的时间短，一会儿的工夫就回来了。吉东刚出现在庄口，爷爷就知道了，说这个准是又不成了，要么这么屁大工夫就回来了。说完，他也不问吉东，拎着小垫子就上屋去了。

有一次，也是星期天，吉东相完亲后没回来，跟几个同事喝酒去了。爷爷坐在门口等了整整一上午，他见人就说，这回可能差不多。晌午吃完饭后，又连忙去门口坐着，下午三点多，吉东醉醺醺地回来时，气得爷爷的胡子都撅到鼻子上去了。

吉东也明白了爷爷让他抱油坛子的用意，明白了爷爷这几天为啥跟他莫名其妙地生气。他噌地一下子蹿到西屋，进屋后就把那个油坛子抱在怀里，他冲着坐在炕上的爷爷嘿嘿地笑两声，对爷爷说，正好我爸也在这，让我爸当个证人，今天我表个态，明年我一定动婚，争取明年过年时，咱们家六口人，转年再过年时，咱家就七口人。

吉东刚在爷爷跟前做完保证，吉宝就跑了进来，他站在哥哥的身边，也跟着凑热闹。他说，爷爷，我也抱了油坛子了，比我哥抱得还早，我也向你保证，我一定比哥哥早动婚，等明年过年时，咱们家里就七口人，转年过年时……他还没等说完，就先自己大笑起来。

爷爷看着两个孙子站在地上一唱一和地表演，他也笑了。不过，马上又沉下脸子指着吉宝爹说，你看看，这就是你这个当校长的教育出来的孩子，没大没小，没老没少的。尤其是这个吉宝，早就欠揍了。

窗外传来阵阵的鞭炮声，一些人家开始祭祀了。吉宝爹从木凳上站了起来，走到吉宝的跟前，在吉宝的头上轻拍了一巴掌，说你个小崽子，你跟着起啥哄，走，跟我上当院生一堆火，让你妈煮饺子，今年咱们也早点过年。

走到门口，吉宝爹又回头瞅了吉东一眼，他说明年就看你的了，你可要说话算数。

吉东把油坛子送回到厨房，他跟娘说，今年我不要压岁钱了，留着那钱准备说媳妇吧。

娘说，那点钱好干啥，给你说媳妇的钱，娘早就攒好了。

选自《文学界》2008 年第 3 期

秀　琴

王威廉

小时候，每年春节，父母都会带我回西凤村，和我爷我奶奶一起过年。每回我都能见到那个郁郁寡欢的女人站在村口，嘴里念叨着说：秀琴，你哪去了，咋还不回家做饭去哇？我不敢多看她，跟着父母迈着急急的脚步往前走，但她发现我们还是赶了过来，问道：你们刚从外头回来的？看到秀琴没有？我父母默不作声继续赶路，像是没听见这急切的询问一般。就我一个人赶紧摇头说：不知道，没见到。她还是跟在我们身后追问着，我很怕她会突然从后面揪住我的衣服，我听别人说过她曾死死抱住一个女娃，说这就是她的秀琴。想到这里，我的腿有些软，像被人推了一把似的就跑了起来，越跑越快。我听到身后我父亲有些怒气冲冲地对那个女人说：

秀琴，行咧，对咧，赶紧回去吧，别跟着了，你吓到娃了。

秀琴？你看见秀琴了？那女人几乎尖叫了起来。

你不就是秀琴嘛！你就是秀琴！我父亲扔下这两句话就拉着我母亲快步走开了。我回头看，那女人呆愣在原地，嘴里也停止了念叨，我以为她会想起些什么。但是第二天大清早，天还麻麻黑，我站在屋外给老槐树撒尿施肥的时候，就看到她的身影已经塑像样安静地伫立在那里了。据我爷讲，那个位置曾经真的有座毛主席塑像。

她离我那么远，我便不怎么怕了，我撒完尿藏在老槐树后面叫道：秀琴！秀琴！我看到那死寂昏黑的塑像突然活了似的，树叶一般抖动起来。我觉得十分好笑。我继续叫道：秀琴！秀琴！那塑像开始四处移动起来，简直就是个丧失了指令的机器人。不过突然间我感到她在朝我这边张望，那眼光跟刚磨好的镰刀刃一样晃人，我的心一下子收紧了，匆忙蹿回屋子，睡回头觉去了。

我待在西凤村的时候，如果没什么事都尽量避免经过村头那地方，就是怕见到那个找寻自己的女人。可是她地处交通要道，不见到她几乎是不可能的。

我奶奶逢年过节雷打不动要去庙里上香拜佛，她还特别喜欢带着我去。尽管庙里的烟火呛得我眼泪汪汪，可是我爱吃那里的斋饭，所以每次陪她去都是心甘情愿的。我永远都记得，那里有个老尼姑做的面食真是没人能比。不过这样一来，我去和回就两次遇到秀琴了。秀琴见了我奶奶就叫：六婆，你给庙里上香去哇？我奶奶站住脚说：你还知道我是你六婆呀？你还知道我去上香呀？可你咋就忘了你自个是谁呀？秀琴就不说话了。我奶奶拉着我继续走。秀琴又开口了，小心翼翼地问道：六婆，你见秀琴了没？俺家的灶台上都积了一层灰了，家里没有个女人弄不成事情呀。

我奶奶叹口气说：造孽哩！

我奶奶对我说：秀琴是个可怜人，把自己的魂给丢了，我都跟观世音菩萨说了好些回了，让她帮帮咱可怜的秀琴。等会儿你也给菩萨磕头说说，你这个小碎娃的话可能比我这老太婆的话顶用。

我说：你和我爷的身体都不好，我爸妈有时还吵架呢，还有，我的数学成绩太差了，被老师批评了。我先求菩萨管管咱屋的事情，再管秀琴，行不行？

我奶奶笑了，说：没想到你这小碎娃这么懂事，这么聪明。行，菩萨的法力大着呢，你就是说上一百件，只要菩萨不烦就都能行。

我说：那菩萨烦了咋办呀？

我奶奶摸着我的头说：你是个招人疼招人爱的小碎娃，菩萨咋会烦你？

菩萨不烦就好，我已经开始琢磨我还要些什么东西了，能不能让妈妈同意给我买那辆想念了好久的遥控汽车呢？

在门口上高香，进大殿拜菩萨，这期间我奶奶严肃极了，谁的话茬也不接。完了后，我奶奶问我跟菩萨说了秀琴的事情没？我说：说了，说了两次。我奶奶夸我懂事，就带着我去吃斋饭。吃完饭，我奶奶喜欢和五村四乡的居士们坐在炕上，说上一顿家长里短的事情。我由于吃得太饱了，就躺在她旁边美美地睡上一觉。日头偏西了，我们才慢慢回村。大老远，我就看到秀琴还站在那里一个人一个人地询问。我奶奶上前拉住秀琴的手说：你吃饭了没有？一天到晚都立在这里，累死个人咧！秀琴低下头，被我奶奶捏住的手变得僵直。她说：六婆，我吃了，今天我嫂子给我吃的扯面，我吃了两碗。我奶奶说：多亏了你哥你嫂子了，要不然你可咋办呀。秀琴说：六婆，没事，等秀琴回来了，她天天给我做扯面，你也知道她别的不咋样，就是灶台上的事情会忙活。

我奶奶叹口气说：造孽哩！

我奶奶放开秀琴的手拉住我的手，对秀琴说：我跟小孙子都帮你求菩萨了，你也让你哥你嫂带着你到庙里好好拜拜，多烧上些香，别怕花那点钱，啊？

秀琴说：对，对着呢。

回到家，我对他们说：我和奶奶都求了菩萨好多回了，但是秀琴还是在到处找秀琴呢。

我爷说：你奶奶搞的那一套是封建迷信，不管用的，秀琴那是得病了，精神病。

我奶奶说：啥精神病，你以为是拉肚子呀，吃几服药就能好？人的魂找不着啥都是白搭。

我爷说：跟你说不通，我是无神论者。

我奶奶说：管你啥论，你能把秀琴拾掇好才算你的本事大！

见我奶奶的火气渐起，我爷便不吭声了。我父亲及时出现，作为和事佬说：秀琴这病又不是才犯下的，都好些年了，没办法啊！我母亲用怀旧的语调说：想当年，秀琴那可是漂亮死了，真是红颜薄命呀。我母亲和秀琴曾经是同级不同班的同学，她对秀琴当年的美丽至今还怀有一丝嫉妒，她不禁又追问我父亲道：当年你也是对她动过心的吧？我父亲有些气急败坏了，摇着头说：哪有的事情，怎么又扯到我身上来了！

我看到他们为了那个古怪的秀琴吵来吵去，看笑话似的高兴极了，尤其是平时一本正经的父亲遭到了母亲的调侃，我笑得肚子都痛了。后来吃饭的时候，我父亲还是借机朝我发了一通火，我仗着我爷我奶奶都在，便说：你生我妈的气，干吗朝我发火？我父亲问：我怎么生你妈的气了？我说：因为我妈说你喜欢那个秀琴！我父亲脸都紫了，连骂放屁，站起来就要打我，我赶紧钻到我爷身后躲起来了。

我奶奶比起我们都要关心秀琴，那或许是因为秀琴和她算得上是本家亲戚吧，换句话说，秀琴是我们家的一个亲戚，只不过这层关系我们家里只有我奶奶一个人承认而已。我难以想象，我要是告诉我城里的同学我有个这样的亲戚，他们会怎么看我，会不会也把我当成个傻瓜来看呢？他们起码会暗暗觉得我和那个傻瓜女人在身体的内部是有些关系的。我们已经学了自然课，知道了什么叫种瓜得瓜、种豆得豆，什么又叫作基因与遗传。所以我出了西风村便守口如瓶，从不提起。我父母更是如此，一回城便有繁杂的工作等着他们，他们哪有什么心思去想那个名叫秀琴又在找寻秀琴的女人呢？即便秀琴曾是他们童年时代的朋友或同学，那又怎么样呢？我父亲说他太忙了，从来都没有回忆的时间。他对我母亲说：我是个只有今天的人，已经没有了昨天，也看不到明天会怎样。所以我父亲在西风村的时候，是他难得的余暇，他总是显得特别放松，和我说话也比往常多一些。

有一次他看到秀琴后对我说：你知道，古希腊有个哲学家叫苏格拉底，他就跟秀琴一样，天天问自己是谁。

我知道苏格拉底这个名字，老师上课提起过，我说：他也和秀琴一样，脑子坏掉了吗？

我父亲笑得眼泪都流出来了，连连说：不不不，人家问自己是谁，那是一个哲学命题。

我搞不清楚秀琴和苏格拉底为啥有这么大的区别，不过有一天我突然知道了。

那天我们家吃火锅，西风村的人平时哪有机会吃什么火锅，都是在后院里随便揪一把绿菜下在面锅里就是很好的伙食了。那天我们家吃火锅，准备了好多菜和肉，然后放进炖了很久的母鸡汤里煮，香味飘得到处都是。实际上，这些东西都是昨日宴请亲戚后留下的剩菜，但是火锅这个东西特别能挥发出食物的香味。我们正吃的时候，意想不到的事情发生了，我们突然看到秀琴从敞开的大门走进来了，大家一时间都愣住了，只听见火锅咕嘟咕嘟的沸腾声。

秀琴对我奶奶说：六婆，你们吃啥呢，咋这么香？

我奶奶赶紧说：来来来，坐下吃。

我父亲给她搬了一张凳子，她就坐在我奶奶和我的中间，瘦干巴的手捏起一双筷子，向桌子中央的火锅伸去。我的心里像有条毛毛虫似的，有种说不出来的感受。我父母放下的筷子也没有再拿起来。秀琴慢慢吃着，很热，她的额头上满是汗，她也不去擦。我第一次这么清楚地看她，我想说，如果你不看秀琴的眼神，你一定会同意这是个相当漂亮的妇人，即便她身上穿着灰黑色的旧棉袄，也难以遮掩她身上那种独特的乡土味的秀美。

我奶奶盯着秀琴看，看久了不禁唏嘘起来，下意识地说：我可怜的秀琴，多吃点，多着呢。

秀琴却不吃了，她用煤球一样黑的眼睛盯着我奶奶看，说：六婆，你知道秀琴在哪儿了？

我从小就酷爱恶作剧，我不合时宜地代替我奶奶说：造孽哩！

我母亲笑着说：这孩子！

我奶奶却毫不理会，她又握住了秀琴的手，说：我可怜的秀琴娃，你就是秀琴啊，你天天找秀琴，那你自己又是谁嘛？

秀琴很认真地对我奶奶说：六婆，你咋不认得我了？

我奶奶有些纳闷，说：认得啊，你就是秀琴嘛，你不是秀琴还能是谁？

秀琴盯着我奶奶的眼睛一字一顿地说：

六婆，我是宝魁啊。

她这么一说，我爷的手抽筋似的抖了一下，筷子掉在了桌子上。我赶紧问：爷，你咋了，你不舒服呀？我爷朝我挥挥手，低头不语。我父母也都不说话了，我扭头看到我奶奶的脸上泛起了一层灰色，显得特别吓人。

稍后，我奶奶问道：你说你是宝魁？

我奶奶握住秀琴的手已经松开了。

六婆，我是宝魁啊。秀琴说。

我母亲突然站起来向大门外跑去，嘴里喊道：我受不了了！我父亲赶紧追了出去。这场景让我始料未及，我鼓起勇气，嗫嚅地问：爷，宝魁又是谁？

我爷明显犹豫了一下，但还是说：宝魁已经不在了，是个死人。

秀琴插话道：六爷，宝魁没死呀，我就是宝魁。

我感到全身汗毛竖立，哇地一声就哭了，我爷赶紧把我领出屋去，对我说：别怕别怕，秀琴是个稀里糊涂的精神病，别怕别怕。

我们家四个人站在屋门口的老槐树下面，都是一副惊慌失措的样子，尤其是我泪眼婆娑的样子显得相当悲情。没多会儿，村里就有好多人围了过来，对我们问长问短。我们说了秀琴的事情，众人一下子都惊异地咂嘴议论起来。不过，大家还没来得及发表什么高见，我奶奶就领着秀琴从屋里走出来了。议论一瞬间消停了，我发现大家看秀琴的脸色与平时大有不同，许多人皱着眉头大张着嘴，像是在沙漠中瞭望地平线的蜥蜴。

我奶奶对着众人只说了一句话：我原先只当秀琴是把魂丢了，现在才知道是宝魁的魂上她身在胡闹呢，这天杀的宝魁！

我奶奶的这种说法令人感到毛骨悚然，她带着秀琴继续往前走，众人虽然不知道她要去哪里，但都默默地跟在身后。我问我爷：宝魁的魂为啥要上秀琴的身？我爷这次没有纠正我的迷信错误，只是说：宝魁活着的时候，和秀琴是两口子。我点点头，原来宝魁就是秀琴那个死去的男人呀！我知道秀琴是个寡妇，是个没有男人也没有孩娃的寡妇。

队伍行进到十六婆的门前停住了，我奶奶带着秀琴走进去了，让其他人就站在门外等。她说：千万别进去，进去就不灵了。这么一说，众人恍然大悟，又热烈地议论开了。

我爷说：你奶奶找十六婆作法去咧！

我激动地问：十六婆会法术？就跟《西游记》里的孙悟空一样？

我爷恢复了无神论者的面孔说：啥法术，都是些装神弄鬼的货色！

我说：爷，我想去看看呀！

我爷说：人家不让看，说看了就不灵了。

那我奶奶咋能进去？我纳闷地问。

我爷说：你奶奶是修行的居士，在边上念佛经，据说能增加功力哩。

我央求我爷带我去看看，我说你又不信这些，干吗不带我去？我爷看了看周围的人，喃喃说道：可人家都信。然后他俯下身对我悄声说：你去后街从福生家的羊圈绕过去，就能从后窗看到了，操心着，别让人给逮住喽。我连说好，高兴极了，撒腿就跑，跑到街道拐角处我偷偷往回看，发现他们谁都没留意我这个小碎娃。

我溜到十六婆后窗的时候，才发现窗帘是拉上的，那黑乎乎一片没有任何花色的窗帘让我沮丧极了。我不甘心，重新踮起脚尖寻找着两片窗帘布之间的缝隙，终于找到了一个米粒大的小孔。我凑上前去正好看到了秀琴，她坐在那里，但我却看不清她的表情，她的脸深陷在屋内乌云样的昏黑当中。后来我看到十六婆小巧的身影飘了过去，把一把绿豆样的东西打在秀琴的身上，秀琴举起两只胳膊抵挡着豆子的进攻。我没有看到我奶奶，但凝神静听能听到她断断续续的念经声。不过她的声音太微弱了，被十六婆那很诡异很响亮的嗓音给完全遮盖了。十六婆一声声叫着：宝魁！宝魁！宝魁！后来又听到她很愤怒地骂道：滚！滚！滚！给我滚球！

本来我是非常紧张的，甚至还有点儿害怕，但我突然听到十六婆在作法的时候还骂脏话，竟然说给我滚球！我一下子控制不住笑了起来。我赶紧捂住了我的嘴，但还是晚了，黑色窗帘布哗地就拉开了，十六婆见到是我，生气地朝我奶奶说：

你快来看！看这是谁家的崽娃子？

我奶奶从一个蒲团上站起身来，走过来看到是我，满脸诧异，她密布皱纹的嘴巴翕动了几下，才说：

我的观世音菩萨呀！你在这儿干啥呀？

看到娄子捅大了，尤其是十六婆那恶狠狠的目光让我心里发虚，我不由自主地撒谎了，我说：是我爷让我看的，他说看看没事。

十六婆转过头去盯着我奶奶气愤地说：你男人在外头才当了几天官嘛，一天到晚就说咱是搞迷信，可农村这些日怪的事情，就得咱农民的土办法才能解决哟！

我奶奶赶紧一边回话道：对着呢，对着呢。一边朝我摆头，示意我赶紧走，我就一溜烟跑回家了。我钻进被窝里，浑身打着哆嗦。我被吓得够呛，但是并不是因了十六婆的训斥，而是在拉开窗帘的当口，我看到秀琴像个木头人一样僵坐在木椅上，她的眼睛尽管是睁开的，却没有在看任何东西。那种迷离恍惚的眼神让我心惊胆战，似乎是宝魁的魂灵就躲藏在那双眼睛后面。那眼睛已经不再是眼睛，而就像是几分钟前我找到的窗帘缝隙一样，是一个裂口或是通道，另外那个阴森可怖的世界就从这个裂口往外窥探和张望着。

我大病了一场。那天还没等到晚饭的时间，我就已经高烧不止了。我奶奶回家后把我爷狠狠骂了一通，说怎么能让娃去看作法呢，没点修行的人看了都伤神呢，何况是个小碎娃！我病了，我爷自然理亏，他就不吭气，兀自捋着白胡须去哼他的戏曲小调了。我奶奶对我父母说我的魂给惊散了，她得马上叫回来。她的手在我头顶一圈一圈旋转着，嘴里不断轻声叫着我的名字。她的手指摩挲得我好舒服，她叫我的名字让我的心头微微发热，没一会儿，我就熟睡了过去。

第二天中午我才醒来，我喝了一碗玉米稀饭吃了两个馒头，感到精神恢复了许多。我父亲说：你和我小时候一样，身体都特别好，什么病睡一觉第二天就好了。我笑了笑，突然想起了什么，便说：我知道为啥秀琴和苏格拉底不一样了。我父亲一愣：咋个不一样？我说：苏格拉底是不知道自己是谁，而秀琴却搞错自己是谁了，她把自己当宝魁了。我父亲又大笑了起来，笑着笑着他却突然不笑了，严肃了，他说：以后再也不要拿苏格拉底和秀琴来比了。我说为啥呀，不是你先提出来的吗？我父亲说：我那是个玩笑，你以后就知道了，搞清楚自己是谁是个相当严肃的问题。我不解地问：你不知道自己是谁吗？我父亲搔搔他头顶上那几根稀疏的头发说：你别说，有时候还真不知道，不过有一点我很确定，那就是我是你爹！

这是句废话，我心里说。我转身去找我奶奶了，我想问问她，对秀琴的作法有什么结果了。这时我爷提着一袋子苹果走进门，我问他我奶奶去哪里了，是不是又去给秀琴作法了？我爷说你的病好得真快呀，我给你买了苹果吃。我不大想吃苹果，我继续追问我奶奶的去向。我爷突然有些气急败坏地说：让你说对咧，那老婆子又去作法了，我都说她了，屁都不顶一个，今天早上秀琴还在村口找秀琴呢！我笑了起来，昨天恐怖的阴影已经散去。我又想出门去看看热闹，但是我爷叫住了我，让我不要出去，他说十六婆还生我的气呢，说是我害得昨天的作法不灵了。

我有些闷闷不乐地和我母亲一起坐在炕上看电视，我母亲现在一点也不愿意提及那个说自己是宝魁的女人。她说一想起来就浑身都是鸡皮疙瘩。不知道为什么，我的脑子里却老想着秀琴，我得承认，我是个好奇心过分发达的小碎娃。

等到吃晚饭的时候，我奶奶才从外面回来，我兴奋地跑上前去问长问短。我奶奶摸着我的头说：你的魂回来了？我说：回来了回来了。秀琴的魂回来了没有？我为我问得如此专业而暗自得意。我奶奶叹口气才说：秀琴的魂怕是回不来了，宝魁是死得太可怜了，阎王爷可怜他，让他借着秀琴的身再活上一次。

我奶奶的说法惹起了全家人的兴趣，连我母亲都围坐了过来，想知道个究竟。根据我奶奶的讲述，大家知道了一个无比心酸的故事。这个故事的各种细节在我奶奶的讲述中，西风村左邻右舍的补充中，以及我后来长达数年的调查访问与设身处地的想象中，逐渐丰富起来了，但愿我能够将一个生命的多个侧面复原出来。

当年秀琴和宝魁是一对非常恩爱的夫妻，他们从小一起长大，一起经历过很多苦难，后来是秀琴主动和宝魁好的，因为宝魁总是很自卑，觉得自己配不上秀琴。他们结婚后，就商量想攒一笔钱再要孩娃，不能再让孩娃待在农村受苦。所以他们结婚一年后，就一起去南方打工了。这一走就是三年，每年都有钱从南方寄来，但人却一直没有回来。直到有一天秀琴回来，却是抱着宝魁的骨灰回来的。大家急着追问宝魁是怎么死的，秀琴只是哭，一直都不肯说。大家也理解，就先给宝魁把丧事办了。这次的葬礼持续的时间特别久，真是做足了七七之数，其间秀琴除了哭还是哭，一直都不说话，媳妇妯娌们天天来劝慰也没什么效果。而且每逢七，秀琴还要去宝魁坟上祭拜，更大更猛地哭上一次。待到过了四十九天，请来和尚道士做了道场，保了太平，葬礼正式结束了。可就在结束后的第七天，秀琴却站在了村口，问来往的路人：你见到秀琴没有，赶紧叫她回家做饭。大家这才发现秀琴出毛病了，拉她去乡上的医院看了，在多次打针吃药都不顶事后，就由她去了。因为在乡村，经常会看到这样的怪人，智障、哑巴、侏儒、佝偻，这些都是司空见惯的事情。现在西风村出个不算太疯癫的秀琴，其实没什么大不了的。就这样，一晃好几年过去了，没人再去追究宝魁是怎么死的呀，秀琴找自己干啥呀这些问题。

可现在秀琴却突然告诉大家，她之所以找秀琴是因为她是宝魁，而她是宝魁了秀琴自然就不见了，需要去找了。这样的错乱让大家一时半会儿有些难以接受。毕竟宝魁的墓还在村西头的斜坡上立着呢，现在突然来一个人说自己是宝魁，这不是让大家觉得自己是和鬼魂生活在一起吗？西风村安详平和的生活气氛被搅了个乱七八糟。别说孩娃，就是许多大人夜黑了都不敢出门，生怕碰见个什么脏东西给惹上身了。当然也有例外，就像我爷是不怕的，他夜黑了才出去，正好显示下他作为无神论者的光荣。不过他的这种行为遭到了我奶奶无情的唾弃与羞辱，第二天晚上他就早早睡了，没有再出去展示他的勇气。

所以说，我奶奶和十六婆的作法是顺应西风村的天道人心的，而且我奶奶和十六婆作法期间秀琴告诉了她们很多事情，所以她们的作法是成功的。她们得到的事情，正好弥补了上面故事的最核心的情节。也就是说，我们这才知道了宝魁是怎么死的。

说起来，西风村没有比宝魁更可怜的人了。他爹那辈子运气就不大好，当年他爹和我爷一起参军去打日本鬼子，可是他爹在一次战役中成了俘虏。他爹为了活命就做了伪军，尽管很快就逃出来了，但还是留下了历史污点。我爷虽没什么大出息，却因为一点点军功新中国成立后做了白马乡的乡长，西风村就是白马乡下面的一个小小的自然村。“反右”运动开始的时候，宝魁他爹就被人揪出来了，我爷力保才渡过一难，但没多久“文化大革命”又开始了，我爷都被批斗了，何况宝魁他爹呢？他爹被城里来的红卫兵给捆在牛圈里，结果就忘了这么个人。那是大冬天，天寒地冻，一夜大雪，他爹当晚就冻死在牛圈里了。第二天，宝魁他娘去找红卫兵理论，结果反被羞辱一番，他娘是个火暴脾气，当场气得心脏病就发了，满嘴吐着白沫死了。宝魁便成了孤儿，而且还是个独苗。严格来说，他本有个姐姐的，可他姐在他十岁那年就染上肺结核死掉了。

宝魁是被他一个寡妇婶子拉扯大的。他命这么苦，但是见了人都是微笑的，透着纯粹的朴实与厚重。他经常对人说：我这辈子就只有两件好事，一件是我能和秀琴成亲，另一件是我婶子能看到我和秀琴成亲。大家就笑着骂他：你狗日的路还长着呢，这么两件事情你就知足了？宝魁竟然点点头，认真说：我这辈子苦是苦，但有这两件事情我是知足了的。

都说一语成谶，宝魁就是这么说出了自己的命运。

结婚不到一年，他婶子就过世了，不过他婶子活了七十岁，古稀之年，算喜丧了。他给他婶子大办了丧事，把城里最好的剧团请来唱了一整天秦腔，完全是对待父母的大礼。乡亲们直到现在提到这事的时候，还是竖起大拇指，赞不绝口。不过，这也花光了宝魁所有的积蓄，他就和秀琴商量：咱们去南方打工吧，听说广州深圳那边待遇不错，一月就能挣个几百块呢，比种地强。秀琴还在犹豫，宝魁就说：我可不想咱的孩子以后像我一样受苦受累，狗屁不通，我要让他上大学。秀琴见他有了这么大的决心，便同意了。

俩人先是在广州、深圳找工作，但是一些人说东莞的机会更多，而且那边的生活成本也相对低点儿，他们便去了东莞。那时候的东莞工厂林立，就像是干渴的海绵吸水一般，似乎不管有多少人去都能被吸纳进那个初始而笨拙的工业系统当中。秀琴先找到了一家制衣厂的工作，一天有十八个小时坐在缝纫机前。宝魁没什么技能，只能去工地上打小工了，抬砖头筛沙子，每天尽管累得半死，心里却慢慢踏实下来了，毕竟这钱比种地多。

不过干了一年多后，先是秀琴撑不住了。凡是那个年代在制衣厂工作过的人，一辈子都忘不了那种憋闷的气息、脊椎的僵化以及瞌睡的折磨。本来，秀琴周末应该去找宝魁相会的，但她却躺在宿舍狭小的床铺上睡得昏天暗地。即便这样，那种疲劳还是缓解不了，她开始耳鸣，每天大脑中有一架直升机开始起飞，却永远也飞不走。有一天，秀琴亲眼看到她左边那个叫小娟的工友睡着了，冰冷的缝纫针将她的手和一件白衬衣缝在了一起，血在白布上洇开，像是艳红的水墨画。可小娟却毫无知觉，睡得像死人一般。在小娟被叫醒后，没人把她送到医疗室，而是一个穿着黑色夹克戴着墨镜的人走过来，给了她五百块钱，让她不用再来了。

宝魁知道这件事情后，就再也不让秀琴去上班了，他花钱租了一间简易工棚，就和秀琴住在里面。宝魁说：等攒够了五万元咱就回，回去好好过日子，再也不出来了。秀琴掰着指头给他算，以他现在的收入，啥时候能净赚到五万元。算出来的结果是，十年。秀琴说：十年后都不知道啥形势了，而且咱也不能十年后才生孩娃呀。宝魁说：有个师傅愿意教我电焊，这个技术学好了，收入比现在能翻番。从此以后，宝魁白天工作，夜里还得帮师傅打打下手，学学技术。秀琴一天买菜做饭，顿顿有肉，吃得宝魁很开心。秀琴说：啥都能省，就是吃上面不能省，你干的都是重活苦活。宝魁只是笑，只顾着扒饭，连话也顾不上说。吃完饭他就抢着去洗碗，然后对秀琴说：你是个女人，也不要太省了，爱买啥就买啥，我只管在外边挣钱。

宝魁真是太爱秀琴了，他除了爱秀琴也没别的嗜好，从不抽烟，更不酗酒，做工闲了就对人说他的秀琴怎么怎么好，做的饭有多么多么好吃。

工友就笑他：宝魁，你对你老婆这么好，是不是你上辈子欠了她的？

宝魁一本正经地说：是啊，我不但上辈子欠了她的，这辈子和下辈子也都欠她的。

他这么说，惹得工友们都起哄了，都说狗日的宝魁看着老实巴交的，可对着女人却把人能肉麻死了。这时，有个人突然怀着某种本能的恶意，粗声问道：

宝魁，说真的，那让你去替你老婆死，你也愿意？

工友们都瞪大了眼睛，想看宝魁怎么说。

宝魁的脸阴下来了，说：你这个人这么说很不厚道，但我还是告诉你，我愿意，就这么简单。

工友们沉默了一会儿，有人吹起口哨，大家又怪叫着重新嘻哈了起来。

谁也没有想到，灾难的种子就在适才那段对话中种下了。多年以后，我在脑海中重构这一幕的时候，最大的感慨便是，人的内心中有一种特别危险与野蛮的潜意识，如果没有理性与人性的约束，任由这种意识去主宰自己的想法与行为，那一定会带来万劫不复的灾难。我这样说，大家应该已经猜到了凶手是谁。没错，就是那个问宝魁愿不愿意替他老婆去死的人。工友都不大记得他的全名，平时都叫他老严。这是一个孤僻沉默的人，他说自己不到五十，可头发都花白了。谁也猜不透他的所思所想，也没人听他说起过自己的家人朋友什么的，都觉得此人难以相处，而且有时候说话是很不中听的。那事过后，此人就像沙地上的一摊狗尿，竟然完全消失了踪影。很有可能的是，他现在还活着，在某个阴暗的角落旮旯里活着，昆虫一般麻木无知地活着。

说来，那事令人难以启齿。

那是一个晚上，宝魁去跟师傅学电焊去了，活比较多，很晚了还没有回来。秀琴等了很久便先睡下了。不知道过了多久，秀琴感到身边有个人抱住了自己，秀琴太困了，也没在意，只当是宝魁回来了。每天晚上，都是宝魁抱着她睡，宝魁在她面前有时就像孩子样的。她都由着他，母亲样的。突然，她身边的那个人开始脱她的内裤，她觉出了不对劲，宝魁从来不会这么粗鲁，宝魁永远都是轻抚的温柔的，而且宝魁也从来不会在她睡觉的时候做那事，做那事前他必定会征得她的同意。她挣扎了，睁大眼睛看到了一个陌生的身影。可是为时已晚，那身影早就控制住了她的身体，她只有束手就擒。她想大喊却忍住了，耻辱像是块抹布，堵住了她的嘴。她只想着宝魁能赶紧回来，救他。她咬着牙拽下来了那人的一大把头发，撕裂了那人身穿的背心。可那人一声不吭，不打不骂，直到完事后，他才恶狠狠地对秀琴说：

妈的，你知道吗？我他娘的见了我那老婆都想吐，可宝魁却说他愿意替你去死，现在宝魁还会替你去死吗？

秀琴只说了一句话：

宝魁会让你去死。

那人怪笑着说：死就死吧，这辈子我值了。我把一个有人肯为她去死的女人都给办了，还有什么不值的。

宝魁回来的时候那人刚走，这就是西风村人时时挂在嘴边的命吧。秀琴毫不犹豫地把事情告诉了他，宝魁抱着秀琴，俩人失声大哭。宝魁看着那缕狗毛般黑白相杂的头发，看着那块暗红色的背心布条，已经猜到了七八成。再根据秀琴的描述，他一下子就知道了是狗日的老严了！他对秀琴说：前几天老严问我愿不愿意替你去死，我说愿意，就这点事情，这狗日的居然就嫉妒上了，就恨上了！我宝魁长这么大从来没见到这么黑心狠心的畜生！说完，宝魁操起秀琴平时做饭的菜刀就冲了出去。秀琴突然清醒过来了，在后面追着喊：宝魁，你千万别昏头，咱去公安局告他！可宝魁哪里还听得进去，人已经没影了。

宝魁一口气追到老严住的集体宿舍，工友们刚开始没开门也没开灯，这么晚了不知道宝魁还能有啥事。有个人睡得迷迷糊糊的，醒来后对宝魁喊道：宝魁，你找老严是吧？老严刚才回来慌里慌张说，要是宝魁来找，就让你去工地的楼下找他，他在那等你，我也不知道是啥狗屁事情。宝魁脑海里一片空白，大吼道：我去杀了那个畜生！工友们一听才知道事情不对劲，有人开灯开门去看，可宝魁早跑远了。都是干体力活的，太困，有人继续睡下了，有人打着盹，犹豫着该不该去看看。突然间，一声什么建筑崩塌的闷响传来，在静夜里显得格外惊心动魄。刚才喊话的人第一个灵醒过来，从床上蹦到地上喊道：日他娘的，都赶快起来去看看吧，弄不好出了大事呢！

等工友们披上衣服，来到工地那边的时候，宝魁已经死了。几十块砖头散落在他的身上和周围，人们只能看到他露出在砖头堆外的头颅被砸碎了，一片血肉模糊，另外，还可以看到他愤怒向前伸去的右手依然紧紧握着一把菜刀。

宝魁就是这样死掉的。

从我知道这个故事，到我能讲出这个故事，时间已经过去了很久。

我已经长大成人，在社会中摸爬滚打了。我认为自己是个作家，却只能告诉西风村的乡亲们我是个记者。因为他们知道记者是做什么的，却不大明白作家是什么意思。坐在家里吗，那怎么来钱？不过话说回来，我的工作身份还真的是南方某报的记者，我在一次包工头拖欠工人工资的采访中，遇到了一个名叫马一生的农民工，四十多岁的矮个子，闲聊中不知怎么我就提到了宝魁的故事，当然我没有指名道姓，但是他突然说：你说的那人叫宝魁吧，我知道这档子事情。我大吃一惊，赶紧把他专门叫到我住宿的宾馆里，请他洗澡喝茶吃东西，请他好好说一说宝魁。

我说：那可是我的一个亲戚。

是的，这么多年过去了，我已经把秀琴和宝魁当成了我的亲戚，就像是我奶奶当年那样。

马一生拉拉杂杂说了好多，后来就睡着了，他的呼噜声像是台风袭来时的惊雷，害得我一夜没睡安稳，一晚上都在琢磨他说的那些事情。第二天很早他突然就起床了，说要去工地干活了。我说不急不急，请他一起去吃早餐。吃饭时让他再讲点什么，他说：就这么多了，时间太久了，很多人啊事啊都忘了，要不是宝魁死得那么惨，我可能也不记得他了。我表示理解。后来，我送走他才突然想到，我忘了告诉他秀琴的事情了，关于秀琴我居然只字未提，他也只字未问。宝魁和秀琴的事情合在一起才能变成一个完整的故事，可他却带着半个故事走掉了。

我回到宾馆，心中汹涌的情绪还没有平息，我连鞋都没脱就直挺挺地躺在床上，回忆起马一生的那些无边无际的杂谈，我觉得有这么三件事情非常值得一说。

第一件事是秀琴原来是不能生育的。可奇怪的是，这事秀琴自己却不知道，只有宝魁知道，可能是当年妇检时宝魁要求医生保密的，而秀琴文化程度不高，也没有自己去过问。宝魁是在一次喝醉酒后，无意间透露给马一生的，并要求马一生保密，马一生也做到了。在马一生告诉我这件事之前，他从未告诉过任何人。当马一生安慰宝魁的时候，宝魁反而说：其实我能想通的，但我最怕的是秀琴知道这事，她肯定是想不通的，所以你千万千万保密。

第二件事是宝魁居然曾经去外面“爽快过”。当时我不懂什么叫爽快过，马一生傻笑了几声说：爽快过就是去外面找女人，给钱的那种。有时候日子太难挨了，我们就会去附近的一家发廊里爽快，宝魁也跟我们去过一次，完事后我们就笑宝魁，说宝魁你平日里有秀琴那么好的老婆给你爽快，有时候声音大得撩拨到我们都没法睡，你怎么还去找小姐爽快啊？宝魁说：听你们老是说小姐比老婆爽快，我就想去试试，现在觉得一点都不好玩，觉得很对不起秀琴。大家就嘘他，然后就跟他开玩笑说：宝魁，你小子以后要是得罪了我们，我们就把这事告诉给秀琴听。宝魁听了这话，居然蹲下身来，哭了起来，那是真哭，哈哈，我至今还记得他那可怜相儿！马一生说到这里大笑了起来，像是被人搔痒了似的难以自制，他说：我从来没见过这样的男人，我忘不了这个男人。

第三件事最为重要，是关于那个杀人凶手老严的，那就多说上几句。

马一生说：这老严可能脑子有点问题的，不排除某些人会有一星半点那样畜生的想法，但是真的去做了，那就连畜生都不如了。

我赶紧问：当年你们没有帮着去抓那个畜生吗？

马一生一拍大腿，翻身坐在床沿上喊道：咋没有哇？有啊，我们几个工友见宝魁倒在了砖头堆里，就知道是老严搞的鬼，我们就把工地给包围了起来，报了警，然后有几个人就去抓老严了，可愣是没找着！后来警察来了，带了大狼狗，也就是警犬，警犬跑到工地那边的围墙下面，对着那边汪汪直叫，我们这才知道，这狗日的老严已经跑到外边去了。

我忍不住插嘴问道：那就让警犬带路啊，他还能跑到天上去不成？

马一生啊呀了一声说：你不知道啊，围墙那边是个挺深的臭水沟，他要是游过去了，警犬哪里还能闻到他？

我直叹气。

马一生说：后来，果真，警犬只是站在水沟这边叫，也不知道该往哪边追了。警察说看来要给他们一些时间，发布通缉令来追捕他了，但是直到今天也没有下文。不过，警察查到了那个老严的底细，那狗日的当年就把自己老婆给虐待成了重伤，然后逃出来的，原来他早就是个通缉犯了。

我连连摇头叹息说：唉，真没天理，宝魁苦了一辈子，到最后连个公道都没有！

马一生这时却沉默了一小会儿，突然小声说：以前我也不信哩，只当是好人受罪，坏人逍遥，但是天理还是有的，老天爷的眼可不瞎哩！

我急问：咋回事？

马一生带着点神秘的神情说：后来，楼盖成了，开始清理环境，重建了围墙，填平了臭水沟，那是宝魁死了两年后的事了。就在我们填臭水沟前，搞清理的时候，有人竟然捞出了一个死人，那人已经完全烂了，臭不可闻，不成样子了。有人就说了，日他娘的，这莫不是老严那个死鬼吧？大家就围拥过来看，有人说是，有人说不是，吵了起来，说是老严的人就说，我们报警吧，让警察来搞，说不是老严的人也同意了，说这样好，这样最好不过了。可这时我们的包工头吴老板急火火地跑过来说：死尸的事情集华那边已经知道了，张总说这事要是有人透出去，就一分钱都不给发！

我气得站起来了，说：这狗日的集华公司，去年因为工程质量问题被取缔了，原来很早的时候就是这么没天良的了！

马一生说：可不是嘛，当年宝魁死的事情他就不准大家在外头乱讲，那张总就害怕死人的事情传出去，会影响房子的销售。那天也不知道是谁，刚一发现死人就报告给张总了，你知道，那房子原来的位置还比较偏，不像现在这么旺，妈的，我也好多年没去过那里了。

我们沉默了一会儿。

关于这事我最后问他：那你觉得那死人到底是不是老严？

马一生想了很久才说：说实话，当年我认真看了很久，日他娘的，我心里非常希望是，可光站那儿看，实在不能肯定啊！可能是，也可能不是，那一带当年经常会有一些流浪汉乞丐什么的，他们有时会来我们工地偷钢材去卖，所以有的工友就说那或许只是个蟊贼……

我静坐在那里，突然觉得沮丧像潮水一样将我裹住，呼吸都憋闷了，我挣扎着，发出了粗重的喘息声。我心里暗暗骂了起来：马一生啊马一生，你狗日的说了那么多，原来都是些废话！

马一生也安静了一会儿，突然，他用一种严肃的甚至略带深沉的语调说：年轻人，你别那样，我的话还没说完呢。你听着，我现在可以告诉你，当年，我的眼睛让我不能确定，但我的心却铁板上钉钉样地确定了，那人就是老严，还能是谁呢！他只配得到那样的下场！真的，从那天开始，我真的信了天网恢恢疏而不漏这话了。以后我要有什么干坏事的坏念头冒出来，我一想到老严那腐烂的身子，我就全身都是鸡皮疙瘩，所以，我不会再做任何的坏事，从那天起我就开始行善了，这个你可以去问我的工友，我没必要骗你的。

他这样一说，完全出乎我的意料，但我突然间完全没有障碍地就理解他了。如果这苍天上的神真要给我们一点儿什么启示的话，我想就是这样的，不可能有明白无误的谕旨，但有人的心可以去逼近那引导我们向上飞升的东西。那东西是存在的。

我看着马一生的眼睛，压低了声音说：我也相信，那人绝对就是老严。

我们望着彼此的眼睛，笑了起来。

我突然想起来，问：那尸身呢？

马一生说：吴老板派了俩人，把那尸身丢进化粪池了，啥也没了，就像从没发现过一样。

我们几乎同时骂了起来：这狗日的吴老板！

第二天早上，马一生吃完三个大包子后，我送他回去，路上他突然说：我不该和你聊宝魁的，我心里很难受，我对不起他，这辈子都对不起他。

我想都没想就说：因为当年就是你告诉宝魁说，老严在工地的楼下等他的，对吧？

马一生呆愣在了原地，说：你咋知道的？

我拍拍他的肩膀说：你走吧，宝魁不会怪你的，他在那上面。

我指了指天上的云朵。

马一生的眼泪立马就下来了，他使劲握住我的手晃了好几下，然后转身走了。我看到他用脏乎乎的夹克袖子抹了好几次眼泪，那浅绿色的夹克后面有一块地方破了，一缕丝线在风中飘来飘去，像是一根触须，试图在它的周围寻找什么可靠的地方。

自从知道马一生讲的那些事后，我就一直有种冲动，想站在秀琴的面前，告诉他那个该死的老严死得有多么罪有应得。但我不敢确定秀琴会怎么样，这会加重她的疯病吗？我突然想到，秀琴现在怎么样了呢？我很久都没见到她了。因为我很久很久都没回过西凤村了。早在前些年我的奶奶过世时，我爷就被我父母接到了城里一起住。我爷逢年过节还想回西凤村去，但被我父母一致拒绝了：还去那里干啥呀？我爷说：毕竟那是咱的根嘛。我父母说：可回去做啥嘛？我爷就不说话了，噎住了。

我记得，我最后一次见秀琴还是在那村口。我父亲开着一辆黑色的尼桑来接我爷，我把我爷搀扶着上了车，车开到村口的时候为了避开一辆拖拉机，就停了一会儿。在这短暂的时间里，我看到秀琴还站在老地方，在找秀琴。过往的人们见了她就叫：

宝魁，宝魁，你还在找秀琴啊？

秀琴并不看问话的人，但却认真地点头说：

是啊，我还在找秀琴呢，她咋还不回来？

人们就哈哈大笑着走开了。

人们已经把她是宝魁这种说法当成现实来接受了，并且拿她来逗乐子，算得上是变废为宝了吧。

我父亲当时对我说：一个人能把自己当成另外一个人来活着，你说稀奇不稀奇。你是记者，要有新闻敏感性，不妨写个这样的报道，大家准爱看。

我想都没想就说：不，新闻就是为了抹杀人的真实生活而存在的。

我父亲从后视镜里惊讶地看了我一眼说：胡说，那我每天看报纸干啥？你还当记者干啥？你怎么能胡说呢？

我一点儿也没胡说，从外在于秀琴的目光来看秀琴，她就是一个奇怪的存在，就是一个凑足报纸版面的社会新闻；而从内在于她的眼光来看，她的奇怪却是一种神秘、一种感动。因此，这更是小说，是文学，是人性的丰饶。

这些，我都没有说，有谁会理解秀琴，又有谁会理解我呢？

就这么多少年过去了，我也没想到，我再见到秀琴的时候已经是她快死的时候了。

是我爷先知道的。

我爷待在城里倍觉无聊，尽管在小区里他也认识了几个老人，有时还会一起下棋什么的玩玩，但他还是觉得憋闷，觉得不能畅所欲言，不能无所顾忌，更不能得到实实在在的理解。所以当他知道西风村里有几家也装电话后，马上高兴了，烦了闷了就打电话回去找人聊天，他对人家说：别怕，咱慢慢谝，电话费算我的！

有了这“热线电话”，我爷就总能在第一时间知道西风村的事情了。

我爷在知道了秀琴一病不起后，连连说：也好也好，这样秀琴就解脱了。

我爷居然还用他有限的幽默感对我们说：鲁迅不是有这么一句话嘛，有的人活着他已经死了，有的人死了他还活着，这不就是拿来说秀琴和宝魁的吗？

我们听了忍不住笑了起来，因为想想还真是这么回事。我看我爷，他却一点也不笑，好像不觉得自己说了怪话。我笑完了对他说：爷，这话说得真准，这是诗人臧克家纪念鲁迅先生的一句诗。

我爷捋着他的白胡须说：他就记得是和鲁迅有关的。然后他话锋一转，突然建议我们都拿出些钱来，给秀琴再看看病，更多的是准备一下后事。这话很实在，所以我们一听就毫不犹豫地响应了。最后全家凑足了一万多块钱，由我带着去了西风村。我爷本想和我同行，却发现自己的腿像是踩在棉花上，根本走不了远路了。我爷只好叹口气说：记得去给你奶奶扫个墓，多烧些纸钱，她迷信了一辈子最讲究这些了。我抓着我爷干枯的手掌说：放心，我记下了，我还会去给十六婆也多烧些纸钱！

我到西凤村后，住在村长德胜家，他算是我的堂叔。他说可怜的秀琴已经从县里的医院回来了，就躺在家里，每天卫生所的王三伯都会去给她输液。

我问：德胜叔，你们村委对她有没有什么照顾？

德胜说：她一个农民又没社保啥的，咋照顾？无非每家去给送上几个鸡蛋。

我只能叹口气，让德胜叔带着我去看她。人们见到我就说：秀琴有福了，六婆的孙子从城里专门来看秀琴了！

远远看到秀琴家都觉得心酸。这几年村里人口袋里有点儿钱后，都喜欢大兴土木，重盖房子，现在几乎都是两三层的小楼房，可秀琴家还是那种黄泥土坯房，夹在两幢高大阔气的楼房中间，显得特别扎眼，特别荒诞，简直就像是先锋艺术家搞出来的装饰作品。进了门，一眼就看到秀琴睡在窗下的土炕上，整个人缩成了很小的一团，被筒外面露出一头乱糟糟的白发，像是只可怜的老山羊。很难相信，这个人其实还远不到六十岁呢。

她似乎睡着了，我示意德胜叔不要叫醒她，可她的眼睛这时却微微睁开了。德胜对我说：她到这个时候，睡和醒就跟做梦样的，分不清了。然后德胜朝着秀琴大声喊道：宝魁，醒着没，六婆的孙子来看你了！我听德胜叔这个时候还叫她宝魁，突然觉得难过极了，她将作为另外一个人死去吗？秀琴吃力地望着我，似乎在搜寻着记忆。我不知道她还记不记得我这个当年的小碎娃，在我的印象中，她很早就疯掉了。秀琴看了我好久才说：

我想六婆哩！

我听了她这么说，眼泪猝不及防就流下来了。我上前紧紧握住秀琴几乎脱水的手说：我也想哩。

秀琴眼角湿了看着我又说：我真想六婆哩。

我紧紧握住她的手。

这次回来，我就见了秀琴两回面，这是第一回，就这么匆忙结束了。因为她流着泪又迷糊过去了。德胜叔说：行咧，让她睡，咱下回再来。

可没想到，下回却是最后一面了，而且时间上也格外快。

就是当天晚上，秀琴快不行的消息就传来了，我和德胜叔赶紧往那边跑。跑到一看，我惊呆了，秀琴已经从炕上坐起来了正喝稀饭呢。秀琴的嫂子过来对我们悄声说：这是回光返照哩，最迟也就是后半夜走了。我半信半疑地走到秀琴的身边坐下，秀琴看到我后很亲切地说：你是六婆的孙子，你又来看我了。我赶紧点头说是。秀琴说：当年六婆对我好，我记着呢。我看着她的一言一行一举一动，完全与常人无异，似乎她从来都没有疯过。

来看望秀琴的众人也都发现了，大家面面相觑起来。有人就尝试着问：秀琴，你刚才吃的啥饭，你咋吃得那么香？秀琴听到“秀琴”二字还是坐在那里，不像平时那般激动，她淡淡地说：我嫂子给我熬的小米稀饭，好喝得很。

她这么一说，大家都齐声喊道：秀琴，你回来了！

秀琴听大家这么喊，显得有些发怔。

大家也不管秀琴的态度，一拥而上，急着和秀琴去聊上那么三言两语，就像是秀琴出了一个很远的门才回来，大家急着嘘寒问暖，打听下远处的新鲜事儿。我看着他们，在想我等会儿应该和秀琴咋样说。

秀琴和每个人都说着话，回答着他们的问题，那种从容与耐心就像是外交部的发言人样的。当然，大家的问题也都很简单，都是还有啥心愿没，还有啥想吃的东西没之类的，没人敢提起宝魁的事情。而秀琴自始至终都说自己很好，一直很好。不知不觉时间过得很快，都已经深夜了，秀琴突然说她困了，想睡觉了。她这话让众人的心一下子提了起来，个个都闭嘴沉默了。

难道是那时辰快到了？我赶紧对德胜叔说我有些话想单独和秀琴说说。德胜叔看了我一眼，应允了。他用他村长的威望让大家先出去一下，说有些话我们想单独和秀琴说下。众人就退了出去，我看着德胜叔说：叔，你也出去吧，有些话我只能说给秀琴一个人听。德胜叔满脸诧异，不过他还是背着手，闷声不响地走出去了。

我重新走到秀琴面前坐下。秀琴说：你是六婆的孙子，你咋还不走，有啥话咱明天说吧。

我看着秀琴的眼睛说：有些话我现在非说不可，你也非听不可。

秀琴就不说话了，坐在那里呆呆地看着我。

我说：狗日的老严已经死掉了，掉进臭水沟淹死了，人都烂掉了。

秀琴的耳朵动了几下，就像受惊的山羊似的。

我怕秀琴听不明白我的话，我就又说了一遍。秀琴突然把脸背过去说：那些事情你都知道了？

我点头说：都知道了。

秀琴说：咱村还有其他谁知道不？

我说：没有了，就我一个人。

秀琴说：这样最好。我求你一件事，我走后把我和宝魁合葬在一起。

我说：那是肯定的。

秀琴说：把我跟宝魁的骨灰搅在一起，放在一个棺里。

我吸了一口气，诚恳地说：我记下了。

秀琴说：六婆对我好，六婆的孙子对我也好哩。

我心中一热，脱口问道：那这些年你是真疯还是假疯？

秀琴没有直接回答这个问题，她说：当年，六婆还有十六婆给我作法，我看见宝魁了呢。宝魁在阳世这一辈子太可怜了，宝魁对我说，秀琴，你要好好活啊，再找一个男人好好过日子呀。我对他说，宝魁啊我的亲亲男人，你愿意替我去死，我就愿意替你活着，我让你活两次，活两辈子！你想呀，活着多好呀，咱不求荣华富贵，咱就每天站在村口看看人、看看庄稼、看看树跟鸟都好呀。宝魁听了很高兴，他就对我说，我的秀琴，这样好，那咱俩就一起活着吧。

那天后半夜，秀琴真的就走了，我按照秀琴的遗愿把她和宝魁合葬在一起了。秀琴的嫂子有些不解地问：秀琴跟你不熟呀，咋啥都托付给你咧？我沉吟下说：我是代表我奶奶的，秀琴放心她六婆哩。秀琴嫂子点头说：是这个理。

我把秀琴的葬礼办得很大，专门从城里请了专业的戏班子来唱大戏。我对前来看热闹的乡亲们说：这次的葬礼为啥办这么大？因为这不是秀琴一个人的葬礼，而是秀琴和宝魁俩人的葬礼！

乡亲们鼓起掌来，他们完全赞同我的说法。

十六婆的女子——梅花姑说：这样最好，秀琴跟宝魁在下面相会，俩人有伴了，咱阳世也太平了。

那些老一辈的人点头称是，而稍微年轻一点的人们早已经扭头去看戏了，他们边看边说：上个月，隔壁蔡村唱完大戏还有歌舞看哩！另外有人应和着说道：等等看，或许也有哩。我对他们喊道：你们慢慢等着，等会儿真的还有好戏看哩！

秦腔唱完后，我安排了一场黄梅戏《天仙配》我不管他们爱不爱看，我是给秀琴和宝魁看的。

后来，我听他们说：黄梅戏也好听哩，比歌舞强。我暗暗笑了。

这葬礼总共持续了七七四十九天，才算彻底结束。

临走的时候，我去秀琴和宝魁的坟上看了，新竖的石碑子上刻着两个人的名字，名字的下面镶嵌着两个人的结婚照，尽管那照片是黑白的，但能看到那时他们都很年轻，笑得很开心。我拿出一大箱子纸钱给他们全烧了，我对他们说：你俩在下面好好过，这些钱够你们花一阵子了。

我又带着成箱的纸钱在我奶奶和十六婆的坟前烧了。做完这些事，我的内心变得很宁静，这时天已黄昏，光线从周围的树杈间落了下来，满地的金色斑点。我扭头看到宝魁和秀琴的墓碑上停留着一块金色的光斑，那形状像极了一只暂时落脚的翩翩蝴蝶。我突然想起秀琴在走前说的话：活着多好呀，咱不求荣华富贵，咱就每天站在村口看看人、看看庄稼、看看树跟鸟都好呀。我抬起头来，一点点欣赏着周围的景色，我发现即便在这阴郁的墓地里，一草一木也是如此打动人心。我来到我奶奶的坟前坐下来，说：奶奶，我现在给你讲讲秀琴的故事吧，你肯定爱听呢。

选自《作家》2011年第11期

小情事

张楚

一

说老实话，这件事周桂花确实给我讲过，而且不止讲过一次。周桂花老了，老了的周桂花喜欢戴着老花镜，拉着我的手唠些旧嗑：比如她在工宣队时多风光，跳“忠字舞”迷倒一大片周庄的光棍；比如她如何打败“小日本”（他的绰号源自他常年精心修剪的仁丹胡）的女儿贺金玲，将我父亲紧紧攥到手心；比如她在庞清水蹲点，曾经和县委书记吃过一顿派饭，书记夸她善于做思想政治工作，执意要把她调到县妇联当宣传干事……这真是没办法的事，尤其这个人是你母亲的话。她或许忘了，有些事我比她记得还清楚。

如果没记错，该是一九八一年吧？或许还早些。反正我还小，七八岁的样子。不过，我已经是夏庄最有名的男孩。我出名的原因很多，譬如好干净：我动不动就哭，人家见了就调侃着问，张楚啊张楚，你哭就哭，干吗梗着脖子哭？我会抽搭着耐心解释，我妈刚给我换的衣裳，要不伸脖子，哭湿了你给我洗啊？譬如脾气暴：放学回家，周桂花正在庭院里忙着割向日葵，开门晚了，我就在门口扯着嗓门骂她。她惩罚我的方法很独特，喜欢用一条灰色腈纶围脖将我捆结实，吊房梁上拿笤帚疙瘩悠闲地抽，每抽一下，就小声商量着问：“小王八犊子，还骂不骂？小王八犊子，还骂不骂？”有一次，她真把我打晕了，她以为我被打死了，就抱着我上气不接下气地哭，可一等我醒过来，她就接着打。也许可以这么说，她是位非常称职的军嫂，浑身总有使不完的劲。

要是挨了打，我哭声比平日更大。如果不出意外，我姑姑张翠梅很快就会从隔壁溜达过来。她嗑着瓜子乜斜着周桂花说，嫂子，你可真狠心哪！你不想想，你要个孩子容易吗？

他们都说，周桂花结婚三年后都没开怀，我奶找了独寞城的一位老中医，抓了几服药草逼她吃了半年，方才怀上我。周桂花也不正眼瞧张翠梅，只绷着脸去忙别的。

我有什么理由不喜欢张翠梅呢？张翠梅那年也就二十来岁吧，她是我们夏庄的代课老师。大家都说她是我们夏庄最狠的女老师。她平时喜欢穿身掐腰的绿军装，是我爸从部队给她邮寄回来后，她专门请村里的裁缝给裁剪的。她的脚上呢，是双猪皮鞋，脖子上呢，长年累月系着条碎花丝巾。春天里，夏庄的女人都流行穿布鞋，要么松紧带，要么偏口布带，连周桂花都穿。周桂花是我们夏庄的妇联主任。周桂花有三双牛皮鞋和两双猪皮鞋，还有一双人造革的红皮鞋，都是我爸专门从北京给她买回来的，平时就锁在红柜子里。周桂花看着张翠梅每天都穿着黑亮的皮鞋，拔着腰板扭着腰肢骑着老水管自行车去学校上课，就摇头说，唉，哪像个姑娘家？唉。

我知道周桂花不喜欢张翠梅，周桂花喜欢周香云。

周香云是周桂花的亲侄女，有张比满月还圆的脸。她那年已经上班，就在我们大队的小卖部卖油盐酱醋。要是我放学后溜达到小卖部，她就趁人不备往我手里塞两颗黑枣，要么塞块水果糖。小黑枣真甜，水果糖也真甜，所以我也喜欢香云姐。香云姐平素不爱吭声，人家若是问她什么问题，她就望着人家笑，人家若是什么都不问，她也望着人家笑。人就忍不住夸她，说她是个知书达理、不多言不寡语的好姑娘。如果没记错，她隔三岔五来我家小住，帮周桂花喂约克猪、喂长绒兔、喂芦花鸡，到了年底，周桂花就打集市给她买匹漂亮的卡其布，请人裁了给她做裤子和布衫。

是什么时候开始，那个叫周文雄的男人搬进我奶家的瓦房呢？我实在想不起来。我只记得有那么一天，我去上学时，从我奶家厢房里闪出个男人。这男人站到一棵桑葚树下，笑眯眯地吸烟。他呼出来的烟圈全是乳白的椭圆形，一个接一个套到饱满的黑桑葚上。你就是那个庄里最好干净的孩子吗？他朝我慢慢走过来，扯了扯我的耳朵，然后，塞给我一块大白兔奶糖。

听周桂花跟周香云说，这男人是县打井队的。打井队每到立春，都会挨庄串村打井，这样到了夏天，庄稼就不怕旱。打井队的为什么会住我奶家？原因也简单，打井队的老队长以前跟我爷是战友，一块打过辽沈战役和抗美援朝战争，他喜欢跟爷爷一块喝白薯干酒，然后撸袖口挽裤腿的，摩挲着被子弹击中过的伤疤。那一年，他们总共来了五个人，周文雄是最年轻的一个，当然，按照周桂花的说法，也是最周正最漂亮的一个。“你瞧瞧人家的牙缝多干净，你瞧瞧人家那豹子眼花的。”周桂花啧啧着对周香云说，“再看看夏庄的小伙子。唉，这就是城乡差别。”

那时周香云已经有了对象，是周庄的，叫刘云鹏，常年在关外卖花椒面。他跟周香云定亲时我见过他，长得像根熟透的老丝瓜，套着身皱巴巴的蓝色卡其布中山装，戴着顶绽了线头的前进帽，愣眼瞅去，还是很有架势的。那天，他被我哑巴舅舅的一帮亲戚灌醉了。被灌醉了的刘云鹏任谁也拦不住，沿着梯子爬到屋顶，一屁股盘腿坐下，从前进帽里神气地抖搂出几包花椒大料，一字排开，开始唱他的“十三香”小调。他唱得非常好，不是一般的好，我们夏庄的好多年纪大的人至今还记得那个春天，一个枯干瘦小的男人是如何坐在屋顶上赞美花椒面的：

全香佐料调了一个好，全香佐料配了一个全，
全凭着各位师傅把名传。
往北传，往北传到山海关。
过了关，就是前后所、绥中县，锦西锦州紧相连，
沟帮子、大虎山、北镇、新民、沈阳站。

我记得这件事后，周香云觉得很掉面，意意思思要黄了这门亲事。结果被周桂花劈头盖脸训了一顿。她跟周香云说，你有啥了不起？嗯？你不就是个大队的售货员吗？你连小学都没毕业！人家呢，好歹在关外闯，见过世面，历过风雨，“十三香”卖得又那么好，手里肯定攒了不少粮票。你个闷嘴葫芦，你个不开窍的闷嘴葫芦，难道非要把这块肥肉眼睁睁让别人吞了？

周香云低着头不说话。她不说话就表示，她确实也是这么想的。

二

春天在夏庄，无疑是从两口缸的移动开始的。夏庄的人家再怎么穷，也得置办两口像模像样的绛红粗口大缸：一口腌酸菜，一口盛井水。冬天呢，酸菜缸摆在卧室，哪怕灶膛里添了再好的临西煤，屋里也总飘着层冷冷的馊泔水味；水缸都摆过头屋，让村里的铁匠用粗铁丝紧紧勒了，再用稻草帘裹得密不透风，怕到了腊七腊八冻得缸底裂璺。但凡春天一到，紫野姜花、黄蒲公英、绿耳朵秧刚从墙旮旯酿出胚芽，春蛇、蟾蜍、栗鼠刚从洞穴里探出眼睛，粉蝶、大黄蜂、七星瓢虫刚落上樱桃树，家家户户就急着把两口缸挪到庭院，将糊得厚厚的窗纸撕掉，将窗棂推开。风漫进来，屋里就沁着萝卜花和香葱的甜腥味了。

听人家说，张翠梅第一次见到周文雄，周文雄正帮我奶从过头屋挪水缸。挪水缸是气力活，他套件黑毛衣，白衬衣领子露出来，脑门上沁出剔透的汗珠，而他细长胳膊上的浓重汗毛让他的皮肤显得异样白皙、水嫩。张翠梅看了一会儿，也没过来帮忙，而是转身就走了。当然她走得有些犹豫——她被脚下的一块布满苔藓的老磨刀石绊了一跤，右脚的一只皮鞋就莫名其妙地甩出去，然后，稳稳地落在周文雄脚下。周文雄一愣，随即朝张翠梅咧嘴笑了笑。天，他的牙齿那么白，白得让张翠梅的头“嗡嗡”响了半晌。

张翠梅第二次见到周文雄时是在清晨，草鸡在院子里忙着刨稻糠，老太太忙着抓把小米，撒向罩在铁筛子里的米黄鸡崽，周文雄呢，他稳稳坐了个用蒲草编的破草垫，伸着懒腰，抽着香烟，忙着在桑葚树下翻两页闲书。或许他并没真正读书，他这么招人眼的小伙，只是在向我们夏庄人展示一个县城人的优良品质：好读书，即便坐着破草垫读书，腰板也要拔得像棵白杨树，而他的裤子，其实是县城最流行的喇叭腿，肥大、优雅，将他的皮鞋隐在裤腿下，他屈腿伸腿舒胸展背间，黑亮的人造革尖头皮鞋方才露出一角。总之那个清晨，那个清亮、甜美、忧伤，仿佛被油漆油过的清晨，我姑姑张翠梅终于忍不住朝周文雄走了过去。她脸色潮红——她以前可从没脸红过，三步并作两步地走到周文雄面前，伸出手，很自然地握了握周文雄的手，对这个喜欢读书的男子瓮声瓮气地说："周技术员，你好！我是张翠梅老师。"

我记得我姑姑张翠梅那时长得很好看。鼻子大，鼻孔也大，耳朵大，耳蜗也大，嘴巴大，牙龈也肥大，或许可以这么骄傲地说，除了她的双眼有点眯缝，她脸庞上的所有器官都是大号的，都是格外气派的。夏庄的人都说，这姑娘身上有股子门神般的正气，特别像《杜鹃山》里的柯湘。那天，我并没有亲眼看到她跟周文雄握手，我是听周桂花说的。周桂花也不是说给我听，她是特意说给周香云听。周桂花说，哎，我活了三十多年，还没见过这么脸皮厚的女人，不是我当嫂子的骂她，她多像只发情的黄鼬啊！

那天停电，我正在煤油灯下写那些永远写不完的家庭作业。当我抬头偷偷看周桂花时，她脸上是那种鄙夷、蔑视甚至哀伤的神色。也许在她看来，张翠梅作为妇联主任的小姑子，竟然这么主动地跟男人搭腔，无疑具备了勾引和花痴的双重意味，这让张家丢尽脸面。要知道，夏庄是十里八村最好脸面的村庄。但这又有什么关系呢？过不了几天，张翠梅就找到我，让我陪她去跟周文雄借书。

如果你没有来过夏庄，你不会知道夏庄的春天有多迷人。张翠梅找到我时，我正打算躺在一棵葱茏繁茂的石榴树上睡觉。心灵手巧的周桂花用劈柴在石榴树上搭了一个巨大的、造型复杂的喜鹊窝，就像有些庄户人家在自家屋檐下给乳燕搭泥窝一样。周桂花喜欢喜鹊，我也喜欢喜鹊，当然我们喜欢的方式不一样，确切地说，是我喜欢周桂花为喜鹊搭建的巢穴。我长那么大还没见过那么漂亮、温暖又舒适的房子。我在窝里垫了不少棉花、稻草和麦秸，有事没事就爬到里面，将喜鹊轰跑，然后香甜地睡上一觉。

那天，我在树上看着树下，张翠梅从树下看着树上。后来，她舔舔嘴唇说，张楚，你下来。我没有搭理她，我甚至把布鞋脱下来，露出顶着大拇脚趾的袜子。张翠梅的脸就黑下来，不耐烦地吼道，你下来！你再不下来，我就爬上去把你的窝拆了！

我知道她肯定敢这么做。腊月里，为了惩罚一个抽烟的男孩，她让他在屋檐下笔杆条直地站了半天。当男孩中午回家时，他的眼泪和鼻涕冻成了两行冰碴，一直从眼眶垂到下巴，看上去就像个衰老、哀伤的因纽特人。我只好乖乖地从树上跳下来，搭上她肥厚、粗糙的手指。周文雄就住我奶家的厢房，还没有开饭，他正跟几个工友聊天。厢房朝西，太阳把周文雄笼在一个粉红的晕里，他的皮肤、他的瞳孔、他的牙齿、他的手、他的白衬衣都染了炭火的颜色。他们正在讨论一件大事，所以他们的声音很小，他们说，桃源县的农村马上就要实行联产承包责任制了，以后个人种个人的地，个人收个人的粮。当他们见到我和张翠梅，他们的声音马上弱了下去。也许在他们看来，当着女人和孩子谈论国家大事，是件危险的事情。

后来一个龅牙男人终于问道，是不是饭熟了？张翠梅突然扭捏起来，轻声轻语说，没……没有呢。龅牙男人又问，做的啥饭？张翠梅嗫嗫地说，擀的面条，打的鸡蛋卤。龅牙男人这才“哦”了声，然后嬉笑着去看周文雄，周文雄不耐烦地展了展眉毛，他们方才“嘿嘿”着走出去。

屋子里只剩下我们三个人。多年后，我还会想起那个春天的傍晚，张翠梅和周文雄并肩坐在炕沿上漫无边际地聊天。他们之间的距离很远，每当张翠梅的屁股在炕沿上朝周文雄那边挪一寸，周文雄的屁股就会很自然地往后面挪两寸。他们聊得什么，我也一点印象没有。说老实话，我对大人之间的事情一点都不感兴趣。还好，后来我在炕席里逮着了一只幼小的壁虎，我们刚刚学过《小壁虎借尾巴》，为了证明壁虎是否能真的重新长出一条尾巴，我只好把它的尾巴硬生生地揪断了。壁虎就在炕席上扭来扭去。壁虎的尾巴还没有长出来，张翠梅就清清嗓子说："周技术员，我该去批改作业了，听说你有本《林海雪原》，能不能……借我……看看？周文雄忙说："好啊好啊！"然后窸窸窣窣地从炕被底下掏出本破破烂烂的书。我听到张翠梅惊喜地"呀"了声，然后将书紧紧捂在胸口上。周文雄笑嘻嘻地盯着她说：

"张老师，您慢慢看，慢慢看，要是您喜欢，干脆送您好了。这书是我从县图书馆借的。我同学是那里的副馆长呢。"

当天晚上，周桂花教训了我一顿。她一边给我纳鞋底一边郑重地警告我说，要是再有人通知你跟屁虫似的跟着张翠梅，哼哼。周桂花瞭了瞭房梁，顺手扬起笤帚疙瘩狠狠地敲了敲墙壁，又把那条灰腈纶围脖在两手间用力抻了抻。我打了个寒噤，顿时感到肉皮子紧绷起来。

可三天后张翠梅要带我去还书时，我还是很爽快地答应了。我隐隐觉得，如果我不跟周桂花对着干，我就太对不起眯缝眼张翠梅了。

这一次，张翠梅跟周文雄在屋里待的时间要比上一次长些。当另外几个工人收工回来时，张翠梅跟周文雄关于少剑波和小白鸽的话题还没唠完。为了继续探讨革命时期的爱情这个严肃又温暖的话题，他们俩只得带着我跑到村东的河边继续说。他们坐在河边说话，我就撒了欢地在河岸上乱跑，还给他们摘野甜甜吃。

野甜甜吃完后嘴唇是黑的，由于没带镜子，张翠梅只好蹲蹴在河边洗嘴唇。洗完后，她望着周文雄说，洗干净了吗？洗干净了吗？周文雄摇摇头说，没有呢，没有呢。后来周文雄走到张翠梅身边，从裤兜里掏出块蓝格子手绢，递给了张翠梅，张翠梅就用手绢在唇边轻轻擦了擦，擦完后把手绢放在鼻子下闻。我在旁边看到了，觉得她可真够丢人的，一条脏手绢有啥好闻的呢？可周文雄看起来并不在意，他只是默默地朝她笑了笑。我听到张翠梅用肉麻的声音问道：

“周技术员，我把你的手绢弄脏了。等我明天洗完晾干后，再还给你吧。”

周文雄说：“这多不好意思啊。还是我自己洗好了。”

张翠梅说：“有啥不好意思的。你们辛辛苦苦地给我们打井，别说洗条手绢，就是把你们的衣服都洗了，也是应该的啊。”

我远远地看着他们，有些莫名的心酸。周文雄为什么不借给我手绢擦嘴唇呢，要知道，我吃的野甜甜比他们两个加起来还要多。

三

体育老师跟周文雄“决斗”的事，发生在半个月之后。这事在当时的夏庄非常轰动，据老人们说，简直比一九七六年毛主席去世时还轰动。体育老师姓张，长手长脚，腰猫着，走起路来一蹿一蹿，曾经当过海军的韩木匠说，瞧，这家伙多像是戴着脚蹼在海底游泳的人。体育老师面无血色，嘴唇噘着，两撇胡须左右翘着。夏庄的普遍认为是三年自然灾害把他饿成那副鲇鱼脸的。学生都怕他，学生怕他不是他长得各色，而是他经常拎把大刀在学校里练武。我记得那个时候

《少林寺》还没在夏庄放映，他喜欢武术应该是源自家传。人都说，他祖上以前给孙中山当过保镖。谁知道是真还是假呢。不过，我们都知道他那把刀是真刀，不是野孩子们玩弄的洋铁片子。当他在烈日普照的操场上像羚羊那样跳跃、腾空，像陀螺那样旋转，像武生那样侧手翻，像狮子那样大声吼叫时，犀利的钢刃时常在阳光照射下反射出凛冽、森然的寒光。于是我们都觉得，这个腰身比狗虾还瘦的体育老师，其实是个身怀绝技的人物。

那天的情形我并没有亲眼见到，我是听周香云说的。周香云极少说话，她把那天的事结结巴巴地反复给我念叨了三次，说明这件事让她激动不已。据她说，她见到他们的时候，他们就已经在屋顶上了。他们怎么跑到屋顶上去的呢？周香云没说。周香云当时正在小卖部给张铁匠老婆称香油馃子，听到屋顶上“咚咚咚”的脚步声，就慌忙出来观瞧。结果看到体育老师手拿大刀在后面狂追，周文雄穿条牛仔裤在前面疯跑。体育老师在奔跑的过程中不停咒骂，由于他奔跑的速度过于迅捷，没人听清他到底在骂些什么。据周香云说，她当时心提到嗓子眼，体育老师的大刀那么长、那么厚、那么宽、那么闪亮，而体育老师那么瘦，她感觉就是一只常年患病的河虾怎么突然就长了一只巨大的蟹爪，而且，这只奇怪的水底动物在房顶上以百米冲刺的速度奔跑，老让人担心他随时要从上面跌落。周文雄呢？据周香云说他的表情相当严肃又相当无辜，也许他做梦都想不到，他为何会被一个戴着眼镜、手持钢刀的男人拼命追赶？当他们跑过房顶上的一个玉米囤时，周文雄实在跑不动了，他就杵着囤里的玉米跟体育老师商量：哥们儿，你能不能把刀扔了？你能不能把刀扔了？我们空手搏斗，你肯定不是个儿！但是体育老师并没有上当，他举起大刀朝空气猛劈几下，然后生硬地回答他说，刀在人在，刀亡人亡，你要是想留条性命，就不要老缠着张翠梅！说话间，他又朝周文雄追去，周文雄只好围着玉米囤继续奔跑。据说，他们总共绕着玉米屯跑了十来圈，后来，可能他们都感觉头晕了，于是就从房顶上鱼贯跳下。

跳下来之后呢？我问周香云。

周香云说，哎，一个接着跑，一个接着追呗。

后来呢？

后来，他们把夏庄的十二条街道都跑了个遍，全村的人都出来了。要不是你爷及时出现，估计他们会围着夏庄跑一辈子的。

后来的事我倒知道，我爷把体育老师骂跑了，又命令打井队的人从我爷家搬出去。他们翌日搬到了大队的几间空房子里，就在小卖部的旁边。还是说说张翠梅吧，那天晚上，乡村女教师张翠梅遇到了她这辈子最严酷的惩罚。这个夏庄的语文老师被我爷用捆牲口的麻绳捆得结结实实——我爷参加革命前曾在滦州当过五年的屠夫。她被吊在井边的一棵百年老槐树上。我们全家人，包括周桂花，全都一声不吭伫立在旁边，紧张地注视着我爷。我爷先在板凳上吸了一袋旱烟，然后开始那场夏庄最著名的训话：

“你跟那个狗虾到底啥关系？”

张翠梅哼哼着说：“啥关系？同事关系。”

我爷说：“听说你跟他看过一场电影？”

张翠梅冷笑一声：“除了我们俩，还有学校的全体老师。”

我爷说：“听说你跟他在饭馆里吃过饭？”

张翠梅说：“我还天天跟你们一个饭桌吃饭呢。”

我爷说：“听说你跟他去过他们家？”

张翠梅说：“他妈生病了，校长派我代表学校去看看。”

我爷说：“还有啥？你都说出来。”

张翠梅说：“啥都没有。他是个精神病。你为啥为了个精神病把我捆起来？我不是猪，也不是狗，我是个人哪。”

我爷从板凳上猛地站起来，把烟斗甩给我，俯身从地上捡起根马鞭。鞭子很长、很亮，鞭鞘是新换的，甩着簇新的红缨子。我爷挥动臂膀甩了甩马鞭。他都六十多岁了，可他的身板还是那么硬朗。鞭子清脆的声响就在我们耳朵边次第炸开。然后，这根鞭子就抽在张翠梅身上。

“我叫你嘴硬！我叫你嘴硬！”

那天傍晚，我爷总共抽了张翠梅三皮鞭。当他准备抽第四鞭时，周桂花把鞭子从他手上抢了过去。她什么都没说，径自走到井边把鞭子扔到井里。我爷看了看周桂花。他们都说，我爷不给我奶面子，不给我爸面子，也不给我二叔面子，就只给周桂花面子。看来这话倒没错，我爷愣了愣，从我手里夺过烟斗，而后转身大踏步走了。我们就把张翠梅从树上放下来，慌忙着将麻绳解开。她一声都没哭。她身上全是落下的槐花，白的，一朵一朵的，落在她的脖颈里，落在她的碎花丝巾里，落在她的袖口里，落在她的黑色猪皮鞋里。

这件事后，张翠梅很长一段时间没找过周文雄。当然，那个会武术的体育老师也被学校给辞退了，他来我爷家找过几次张翠梅，都被我爷举着粪叉子赶跑了。后来这个人就再没有出现过，这让我在很长一段时间内有种错觉，仿佛他就是一只在地底下蛰伏了几年的蝉，他唯一的一次鸣叫就是在夏庄的房顶上，等那一天过去，他就死掉了。

关于周文雄，我再也没在我奶家见到他，他们搬到大队去住也有半个月了。那天，我去小卖部买大报本，周香云正低着头织毛衣。夏庄的人都知道她在给刘云鹏织毛衣。她已经马不停蹄地织了好几个月，可也只是刚刚织好一只袖子，而且据懂行的人说，就是那一只袖子也织“跑”了，将来肯定跟前襟勾连不上，怕是要返工的。有什么办法呢？周桂花曾经说过，她是世界上最拙的姑娘，看来这话倒有几分道理。那天，见到我时她并没有像往常那样朝我笑，她甚至连头都没点一下，好像我是个透明的人。这让我有些生气，于是我大声地喊了一遍她的名字。她这才瞄了我一眼。小卖部里很黑，只有午时，阳光才会透过两个焊着铁栅栏的窗口射进来，在丢满了草纸的地面上打些歪歪斜斜的碎格。周香云当时就坐在那些碎格子里，空气里飘游的浮尘一粒一粒清晰可辨，有些颗粒沾到她发丝上，有些颗粒浮游到她鼻翼下，在她呼吸之间像蒲公英的绒毛一样安静地飘走。她的脸庞在阳光下有种不真实的白，仿佛她的头部就是一尊乳白的瓷器，若是用手去敲一敲，立马就会碎掉。我听到她长长地叹息一声，说：“你没啥好丢脸的。丢脸的只有狗虾。你有啥错呢？你啥错都没有。”

这个时候我听到一声咳嗽。我眯了眼细细打量，这才发现，周香云的身后就站着周文雄。周文雄正靠着水泥货架子吸烟。他整个人都隐在黑暗中，只有他吸烟时，一点亮光才会挣扎着闪一下。

四

周文雄和周香云搞对象的事是被一个割草少年看到的。这个少年叫“得儿头”。他的这个名字是他奶奶给他起的。“得儿”在我们夏庄的意思就是男人裤裆里的那个玩意儿。我们夏庄的祖辈都喜欢给晚辈取一个粗俗下贱的名字，以保佑晚辈们有着旺盛而出色的繁殖能力。所以这少年即便是叫“得儿头”，也没有好什么丢人的。据“得儿头”说，那天，他照例去河边打野猪草。他打野猪草是因为他养了只獭兔，这只獭兔能吃能拉，他必须每天散学后打一粪箕子野猪草。野猪草哪里最多？河边。不过据他说，他那天早早就打完了草，躺在紫云英遍地的草地上看天空。已近傍晚，他还是在天空中看到一个奇怪的飞行物。

为什么叫飞行物呢？因为那个东西在动。它的模样就像一只中间部位隆起的盘子。“得儿头”以为是谁在放风筝。可春天已经过去了，再巧妙的匠人制作的风筝，如果没有漫天的狂风和飞沙，也不会飘到那么高的地方。“得儿头”还以为是从北京方向飞过来的飞机，那些迷人的飞机通常玩具般大小，银灰色机身，尾巴里喷射出一条又一条美妙的弧线。可是这个飞行物不是银白色，飞行物也没有喷射尾线，这足以证明这个东西并不是飞机。“得儿头”只得把手掌搭在眉目上方，仔仔细细地观瞧飞行物。它慢慢向东边移动。刚开始，移动的速度很慢，他只要按照平日里行走的速度就能跟上。可是后来，那个东西飞得越来越快，而且时高时低，并且身体突然就变成了钢炉里铁水的颜色。“得儿头”感觉自己的眼睛被刺痛了，他忍不住揉了揉眼。当他重新睁开眼睛时，飞行物忽然变成了铁黑色，而且连形状也发生了变化——它变成了马蹄的样子。他对马蹄太熟悉了，他父亲就是生产队里的饲养员，他经常跟他父亲一起给马钉马掌。当好奇的他跟随着那个“马蹄”越跑越快越跑越远时，他脚底下突然就踩到了两个软绵绵的东西，接着是两声痛苦的“哎呀”声。他只得停住步伐回头狐疑地看了看。然后，在葳蕤的草丛里，他看到两个人。

那两个人无疑刚刚也是躺在草丛里。“得儿头”有些后怕地往前凑了凑，他这才看清楚，这两个人，一个是夏庄的周香云，一个是县里打井队的周技术员。他们满脸通红地凝望着“得儿头”，嘴上说着“没事儿，没事儿”。“得儿头”这才放心地点点头继续去追飞行物。可是飞行物消失不见了！“得儿头”感觉很失望，也很愦懑，也许他寻思如果没有那两个躺在草丛里的人，他可能就会把像变色龙一样来回变换颜色的奇怪飞行物捉到了，他的衣兜里总是揣着把弹弓和若干坚硬的泥丸。“得儿头”就把在河边看到周香云和周技术员的事告诉了学校里每一个人他认识的学生。当然，也包括我。

我当初老想不明白，周香云怎么会跟周文雄在一起呢？应该是张翠梅跟周文雄在一起才对。于是，我只好把这件事告诉了周桂花。周桂花听了后，下巴都快掉下来了。可她还是装作镇定的样子挥挥手，颤抖着对我说，你个碎嘴子！瞎说什么！这事不准告诉别人，尤其不能告诉你姑！听到没？

我就拼命地点头。我拼命点头的意思就是，我肯定会把这件事告诉张翠梅。

张翠梅当时正在学校的办公室批改作业。办公室里除了她一个人都没有。听了我的话后，她仍然低着头塌着胸批改作业，只是她批改作业的速度骤然快了起来。我就凑上前，看到她连看也没看作业本，随手勾得全是鲜艳的红对号。我耳朵边全是钢笔尖“沙沙沙沙”的声响。后来，她终于停下手中的笔，眯缝眼定定地睃着我，仿佛很为有我这样一个又漂亮又聪明的侄子感到安慰。她静静地摸了摸我的头发，沙哑着嗓子断断续续地说，快去上课吧张楚，以后有什么最新消息……要第一时间报告给我……听到没？第一时间……

我就得意地点点头。

周桂花知道了周香云的事后，周香云跑我家就跑得更勤快了。她通常低着头跟周桂花走进西屋，然后插上门闩，鬼鬼祟祟谈些什么。由于怕我听到，她们把声音压得极低极低，像在谈论一个秘密死去的孩子。可是不久，周桂花的声音就会高亢起来。有那么几次，她甚至骂了只有夏庄的泼妇才会说的脏话。而毫无疑问，这些包含着身体器官的名字确实是安在周香云头上的。我完全听不到周香云的声音，她本来就不爱吭声，何况，周桂花用那么尖厉的声音骂她？这经常给我一种错觉，仿佛是周桂花自己在对着一堵墙说悄悄话，说着说着就被墙的沉默惹毛了，然后精神失常般破口大骂。骂着骂着似乎又怕街坊邻居听到，声调就骤然降下来，然后是毛毛雨般的细语，滴答滴答间，她的声调就又浮升起来，那些诸如“不要脸的货”“骚 X 芯子”之类的话，犹如炒熟的黄豆般迫不及待地从洋锅里蹦出来。

“你个毛驴！不好好写作业，天天挣挣着个耳朵瞎听啥！”那一天，周桂花突然从西屋蹿出来，连推带踹把我哄到庭院里。

我只好去我奶家。我不但是周庄最好干净的孩子，我还是周庄耳朵最长的孩子。我要第一时间告诉张翠梅，周香云和周文雄不但经常跑到河边散步，不但经常在小卖部谈心，他们竟然还经常去县城的职工俱乐部看电影。他们已经看了两场电影，一场是《三打白骨精》，一场是《春苗》。他们还在大众饭店吃了三顿茴香馅猪肉饺子，周文雄吃了七两，周香云吃了三两，本来周香云还想吃大瓣蒜，但是被周文雄很礼貌地制止了。他跟周香云说，谈恋爱期间的男人和女人，最好都不要吃蒜。他没有强迫她的意思，他只是温文尔雅地提醒她。于是周香云就忍住没吃，不过，她还是偷偷往袄兜里塞了一个餐桌上最大的蒜头，忐忑不安地带回了家。

我咋这么聪明呢？我耳朵咋这么长呢？我觉得自己非常非常了不起，我又觉自己得非常非常伤心。我喜欢张翠梅跟周文雄好，我还想给他们摘野甜甜吃，我还想看到周文雄在我奶家的桑葚树下读书。

我没有去成我奶家。我在我家门口碰到了张翠梅。张翠梅说：“你妈在家吗？”

我说：“在呢。”

张翠梅就往屋里走。

我讨好地说："周香云也在呢。"

张翠梅一愣，然后说："那更好。"

我们进了屋子时，周香云已经从北门走了。她一定看到了眯缝眼张翠梅了。周桂花看到张翠梅时啥都没说。她们轻轻地把门掩上。她们把我忘了。她们肯定想不到我会像一只鼹鼠一样把细长的耳朵紧紧贴在门缝上。

周桂花说："我知道你为啥要来。"

张翠梅说："听说周香云跟周文雄在搞对象？"

周桂花说："我知道你心里难受……"

张翠梅说："你是个能耐人，嫂子，再给我们撮合撮合吧。"

周桂花说："哎，你是个有文化的人，应该知道，强扭的瓜咋会甜呢？"

张翠梅说："嫂子啊，你比王母娘娘还有办法，你是妇联主任啊，你就给我说和说和吧。我求求你了！"

我听到屋内"扑通"一声。我听到周桂花"哎呀"了一声。我偷偷扒着门缝往屋里瞧，然后我看到了让我多年后仍然无法忘记的一幕。张翠梅跪在地上，双臂紧紧抱着周桂花的大腿，头颅伏在周桂花的膝盖间，就那么孩子般肆无忌惮地哭上了。她宽阔的双肩不停哀伤地抖动，仿佛这个世界上除了周桂花，就再也没有别的亲人了。我看到周桂花愣在那里，似乎想把张翠梅拉起来，可是由于张翠梅的骨骼比运动员还粗大，很明显有些力不从心。她只得蹲下去，不停拍着张翠梅的肩膀，摸着张翠梅的头发。张翠梅号哭的声音就更大起来。后来，张翠梅终于哭累了，径直站了起来，看了周桂花一眼。周桂花说："你放心好了，他们不会有好结果的。这句话我撂在这，你放心好了。"

张翠梅从这个屋子走出去后，有半个多月没跟周桂花说上一句话。有那么一天，周桂花领着我去村西磨玉米，在半路碰到了贺金玲。贺金玲就是“得儿头”的妈。夏庄人都知道贺金玲跟周桂花不说话。她们都是夏庄人，她们都当了夏庄的媳妇，只不过，她们当初都看上了同一个男人。那个男人就是我爸张金喜。

可那天，贺金玲很热情地朝周桂花打了招呼，她先夸赞周桂花的的确良衬衫很好看，问是不是从北京买的？她又夸赞我长得虎头虎脑，长大了肯定比张金喜还精神。周桂花绷着脸“嗯”“啊”着应答。后来，贺金玲笑眯眯地问：“听说，周文雄甩了你小姑子，又跟你侄女搞上了？啧啧。”周桂花拉着脸不吭声。贺金玲又笑眯眯地问：“你这胳膊肘咋往外拐呢？好歹是张金喜的亲妹子啊。”周桂花还是不吭声。贺金玲就叹息道：“哎，你个女人家也不易，男人外头当兵。当兵好是好，可三年五载不回趟家，冬天连个暖炕的人都没有。”周桂花拉了我就走，贺金玲仍旧笑眯眯地问：“你知道吗周桂花，听说年底就要分地了，到时候自家种自家的地？你这么个金贵的人，拉扯着个孩子，又没帮手，不得累得拉稀？”

那天晚上，周香云又来找周桂花。她支吾半天方才把事说明白，她打算让人给卖花椒面的刘云鹏捎信，打算两个人“拉倒”。周桂花正在灶台上给我烙白薯饼，她把面团从铝盆里抠出来，“啪”的一声甩到锅里，然后系着围裙绕着锅台不停用铲子翻转。她那么专心，仿佛她不是在烙饼，而是在烧制什么贵重的瓷器。不久，白薯饼的甜味就从锅里溢出来，周桂花这才站直腰身，把手上的面粉搓干净，双手叉腰瞥了周香云一眼。

周香云就不敢说话了，转身走了。

五

刘云鹏从关外赶回来了。

刘云鹏到夏庄那天，首先在村头遇到了韩铁匠。韩铁匠正在给生产队修理铁锹铁镐。看到这个风尘仆仆的外乡人，韩铁匠本应感到眼熟。去年，韩铁匠曾经抱着他六岁的老儿子站在我舅舅家屋檐下，兴趣盎然地欣赏刘云鹏抑扬顿挫、老少咸宜的“十三香”唱腔。可是那天，当刘云鹏问路的时候，韩铁匠只是手里拿着电焊呆呆地打量他。周香云和周文雄搞对象的事，夏庄的人全都知晓了。当刘云鹏说着大苞米粒子的东北腔问韩铁匠，周香云家到底是在第八条街还是第九条街的时候，韩铁匠说了第一句让他后悔的话：“你找周香云干啥?”

据说，当时刘云鹏有点愣住。他拍拍装满了花椒大料的黑色人造革皮包，粗声粗气地说：“我找她干啥，你说我找她干啥？我是她对象!”

韩铁匠前天晚上肯定没睡好，要不就是他的脑袋出了问题，因为这个时候，他说了第二句让他后悔的话：“咦？周香云的对象不是周文雄吗?”

刘云鹏瞪着韩铁匠。据韩铁匠说，当时这个头戴前进帽、脸比老丝瓜还长的人眼睛差点就喷出火来。然后，刘云鹏就说了一句让他一辈子都忘不掉的话：

“周文雄？周文雄是用柳树叶碾的假花椒面！我才是货真价实的真花椒面!”

那天我刚巧掉了门牙，不是掉了一颗，而是掉了两颗。周桂花叮嘱我一定要把两颗门牙都埋到土里，这样门牙才能顺利地长出来。当我舅舅派人给周桂花捎信，说刘云鹏到了，让她立刻过去看看的时候，周桂花就把我掉门牙的事给忘了，我听到她不停地叨叨，这个傻丫头，不可能给他捎信啊……这个傻丫头，难道真给他捎信了？她嘴里嘀咕着用凉水稀里哗啦洗了洗脸，涂了厚厚一层雪花膏，又坐在炕沿上沉默半晌，这才领着我一路小跑去了舅舅家。

我舅舅是个哑巴，即便他不是哑巴，面对着刘云鹏肯定也说不出话。我还记得虽然快到夏天了，刘云鹏还戴着那顶深蓝色前进帽，仿佛那顶帽子就是他的头发。他身上的衣裳很干净，只是浑身飘散着花椒、桂皮、丁香、茴香、良姜、甘草、肉蔻和砂仁的味道。他不但给周香云带来了一件夜来香色的连衣裙，还给我舅舅买了两瓶茅台酒。夏庄有几个人喝过茅台酒呢？一个都没有。我舅舅不停搓着手，不晓得是否应该去隔壁借两个鸡蛋款待刘云鹏。

周香云呢？周香云那几天跟周文雄跑到县城里去了，已经去了整整三天。周桂花见到刘云鹏时，首先就把周香云出门的消息告诉了他。周桂花是这么说的："云鹏啊，你来得可真不巧。香云去她天津的姨妈家了。老太太出了车祸，需要个手脚灵便的帮忙伺候。哎，你该回来前先捎个信啊。"

人们听到刘云鹏对周桂花说："姑，那我就在这里等五天吧。如果五天后她还回不来，我就回东北了。"

刘云鹏就在我舅舅家住下来了。在夏庄的五天里，刘云鹏展示了一个好庄稼人的巧妙。他先把我舅舅家那张瘸腿的桌子修理好了，又把一根断裂的椽子用废铁做成支架支起来。庭院里的葡萄秧还没掐蔓，刘云鹏就踩着板凳一棵一棵地掐，边掐边哼着"十三香"小调。我舅舅家有两只瘦弱的约克猪，一只公的一只母的，已经养了一年，可就是配不上种。刘云鹏听说后，立马脱掉鞋子光脚蹦进猪圈，一个人在里面呼哧嘿哧地忙活好一阵。从猪圈里跳出来后手脚也顾不得洗，拍拍我舅舅的肩膀兴奋地说，您老放心好了！这回保准能生猪崽！他的话一点没错，几个月后，那头倔强又骄傲的母猪真的下了十五头猪崽。

可是五天后，周香云仍旧没有回来。刘云鹏在第五天头上，很隆重地拜访了周桂花。他送给了周桂花十包“十三香”，又毫不吝啬地送给周桂花一套银光闪闪的餐具。这套餐具多年后周桂花仍然在灶台上使用，它包括一个大马勺、一个水舀子、一个铁铲、一个漏勺和一口铜锅。

周桂花就是这个时候忍不住说了实话，也许她觉得，如果她再瞒着刘云鹏，那么她就真的对不起刘云鹏了。她把刘云鹏拉到西屋，两个人在里面待了小半天。当他们从屋里慢慢腾腾地走出来时，我们听到刘云鹏说道：“姑，我再等两天吧。如果两天后她还不愿意见我，那我就彻底死心了。”

周桂花说：“你待多长时间我们都不介意。我们心里只认你这个姑爷的。”

刘云鹏也是这个时候忍不住说实话。他说：“姑啊，从关外回来前，我就知道她跟周文雄的事了。”

周桂花惊讶地“哦”了声，良久才叹口气说：“哎，我以为我是法海，我以为我能用雷峰塔把她镇住。看来是错了，我根本就不是法海，她也根本不是白素贞。”

刘云鹏说：“这你倒错怪她了。她没给我捎过信，她没跟我说过要黄了这门亲事。”

周桂花似乎稍稍好受些，她狐疑地盯着这个老伸手拽帽子线头的男人。男人就说：“你们村是不是有个语文老师，叫张翠梅?”

周桂花说：“有。”

刘云鹏说："她跟我妹以前是同学，她要了我的地址，给我写了封信。"

周桂花什么都说不出来。

刘云鹏就在夏庄又待了两天，这两天里他曾经去夏庄小学找过张翠梅，可能是想表示感谢吧。不过，张翠梅并没有见他。我倒是在学校里见到了她，她跟一帮上了年岁的老师有说有笑地打着扑克牌，还故意让人家看到她在偷牌，被人家逮住时，她爽朗地哈哈大笑起来，她笑得那么厉害，连耳朵都跟着抽动起来。刘云鹏在学校门口溜达了会儿，就赶紧帮我舅舅去栽茄子秧了。

刘云鹏离开夏庄那天，看他的意思，他本来要在舅舅家门口唱上一段，可周桂花阻止了他。她是这么对刘云鹏说的："周香云不识货，怪她有眼无珠。云鹏啊，你是个人见人爱的好孩子，你是个顶天立地的男子汉，将来肯定会娶个桃源县最漂亮的姑娘。到时候，姑肯定去喝你的喜酒。"

刘云鹏的泪水就是这时从他精光四射的眼睛里流出来的。他无疑是个很有礼貌又懂得节制的人，边咧着嘴无声地哭边和我舅舅、我舅妈、我表哥、我三姥爷、周桂花一一握手告别，他甚至弯下腰去很隆重地握了握我的手。这是我有生以来第一次跟人握手，所以我很快将手从他长满老茧的手心里不情愿地抽出来。握手之后，他又特意数了数黑皮包里的花椒面。据周桂花说，他可能还想送给我舅舅几包"十三香"，可是不知道什么缘由，他把掏出来的香料重新一袋袋又塞回人造革皮包，然后他转身就骑上自行车头也不回地走了。骑出去一百米后，他突然摘掉前进帽，扭过身子朝我们用力地挥了挥胳膊，同时大声喊着什么，通过他夸张的嘴形，我们可以判断他在说"再见，再见！"他的帽子晃了足有一分钟，我们这才看清，他其实长着一头非常浓密的卷发，黑黑的，像本地那种卷毛狗的毛发。周桂花这才放心地叹了口气。据她说，她原本一直担心，这个满口东北腔的周庄人其实是个秃子。

周香云从县城里回来时，夏天就要到了。夏庄的夏天是专门为孩子准备的，金盏花、大丽花、指甲花、鸡冠花、蔷薇给女孩，麦田、麻雀、野鸽子、蝈蝈、青蛙、河流给野小子，我每天都忙得顾不上回家，只有等到天黑，我才会悄悄跑回来。周桂花经常出去参加集体劳动或者到公社里开会，我就爬上我的石榴树上睡一觉。六月天，石榴花全开了，花瓶颈样的火红花朵将我裹在里面，我摸着两颗还没长出来的门牙，觉得自己就是个刚诞生的婴儿。

六

周文雄离开夏庄有段时间了。打井队的到了夏天，就会像候鸟一样从县城的北边迁移到南边。周文雄离开夏庄时，周香云的毛衣还没织好。这毛衣本是周香云织给刘云鹏的，不过后来她把织好的一只袖口秃噜掉，从滦州集上添了八两毛线，打算给周文雄织款最流行的样式。

周文雄离开后的那几个月，我们家发生了很多事：譬如，我爸休探亲假回来，给我买了好几袋大白兔奶糖。这直接导致了我的两颗门牙好长一段时间都没有长出来，我悲伤地发现，我成了一个没有门牙的男孩。我不能吃花生、不能吃豆子、不能嗑瓜子、不能咬铅笔头，我甚至连一块玉米饼子都嚼不烂了。说实话，我一点都不喜欢这个长得跟我很像的陌生人。那天，我不留神把他的“上海牌”手表摔碎了，他就想也没想收拾了我一顿。我本来盼望他收拾人的方式能跟周桂花有点区别，结果却让我很失望。他用周桂花的那条腈纶围脖把我吊到房梁上，用笤帚疙瘩轻柔地抽我，同时用他毛茸茸的大手揪我漂亮的长耳朵。譬如，夏庄的老地主婆三番五次来我家找周桂花，说“文革”期间丢失的一只玉镯是周桂花拿走的。这让周桂花非常挠头，她跟地主婆说，她当红卫兵那阵只是个十五六的小姑娘，哪里敢私藏“反动派”的物品？可豁牙漏齿的地主婆一味强调，那些红卫兵里只有她是个姑娘，只有姑娘家才会喜欢玉器。她的话似乎很有道理，周桂花后来翻箱倒柜，把我姥姥遗留下的一对银耳环送了她。譬如，我姑姑张翠梅有一天去县城里开会，半路上突然被公安局的带走了。据回来报信的人说，张翠梅跟一堆衣衫不整的人一同上了警车，她神情呆滞，仿佛失去魂魄一般。她甚至都没听到报信的人，在大声呼喊她那既脆生又水灵的名字。

张翠梅是在县城的芦苇荡里被人抓走的。据说，一大帮年轻人，有男有女，有待业青年也有国营钢厂的工人，他们在河边的芦苇丛里开着录音机跳舞，也许由于天气太热，男青年便脱了上衣，跳着跳着还是太热，他们只得脱掉长裤穿着裤衩跳。不晓得怎么就被过路人举报了，公安局的派了三辆警车才把他们全部拉走。公安局觉得这件事很严重，这样集体淫乱的事桃源县可从来没有发生过。

当我爸托人弄脸把张翠梅弄出来时，我爷的皮鞭早备好了，不过听了张翠梅的解释后，我爷并没有把她捆起来吊到树上。张翠梅说，她那天去县里开会，还没出县城就看到个人，从背影看上去，特别像周文雄，于是她就忍不住跟着他走。当她说“忍不住”这几个字时，她神色恍惚起来，这也是让我爷既生气又心软的地方。走着走着她就到了芦苇荡里，里面一帮男女正在跳舞。不过她并不知道他们跳的是什么舞，她也不关心他们到底跳的是什么舞，她只是来找周文雄的。

“那个人到底是不是周文雄呢?”周桂花问。

张翠梅就瞟着白眼说：“咋会是周文雄呢？你也不想想，周文雄能做这种事吗?”

不过，周文雄倒是真的很长一段时间没有给周香云写信了。周香云秋天时得了场病，周文雄倒来夏庄看了她一次，给她买了几瓶上好的山里红罐头。他还像以前那样穿白衬衣，白衬衣最上面的纽扣并没有系上，而是露出点胸膛，那双尖头皮鞋呢，也没有沾一点灰尘，唯一的变化就是他手臂上的汗毛比以前更浓密了。没过几天，周香云给他织的毛衣终于织好了，就专门去打井队找了他一次。他依然不在，周香云只好托打井队的工人捎给他。

那天，周香云自打井队回来后，神色慌张地跑到我们家。周桂花看也没看她一眼。我的门牙虽然还没长出来，但这并不妨碍我仍是个聪明干净的男孩。我知道周桂花不喜欢周香云了，谁让她不听话呢。周桂花就喜欢听话的孩子。那天，不听话的周香云并没有介意周桂花的冷落，而且一改往日里闷头闷脑的样子，喋喋不休地讲起她在半路上遇到的事。她是从县城步行回来的。她说她的心情一点都不好，走到姜沲村时，她就坐到一块玉米地的旁边歇了会儿。这个时候她感觉百米开外，有个骑自行车的人停了下来，她也没在意，只当是过路人，歇了会儿她就接着走。不经意回头间，身后仍隐隐跟着个人。周香云素来胆子小，小时候经常被黄鼠狼子迷住，她就哆嗦着侧身躲进玉米地，当她探头探脑地再去张望，那个骑自行车的人刚好到了她跟前。

“你猜那个人是谁，老姑?”周香云有些兴奋似的问。

周桂花摇摇头，继续纳鞋底。周香云只得说：“是刘云鹏啊老姑!”

周桂花这才放下手里的鞋底和针锥子，狐疑地望着周香云说：

“他不是回东北了吗?”

周香云说：“老姑哇，他要是回了东北，我就不会在半路上遇到他了。”

据周香云说，刘云鹏推着自行车跟她说了好长一段时间。他都说了什么？其实他也没说什么，无非是些问寒问暖地闲嗑。周香云倒是一句主动的话都没有。她能说什么？她把人家的亲事都黄了，人家大老远地来看她，还给她父亲买了茅台酒，给她买了连衣裙，给她姑妈送了一套精美昂贵的灶具，给她的三叔送了好几包纯正的花椒面。她能说什么呢？她只有装傻装哑巴。

“后来呢?”周桂花问。

“后来，他就骑上自行车走了。”周香云擦擦额头的汗，“当时可把我吓坏了。我以为他要报复我呢。”

周桂花“哼”了声，扭过身子继续去纳鞋底。

夏庄的秋天总是凉凉的，树叶一夜间似乎就变黄了，地里的苞米、花生和白薯就要熟了，生产队又要忙着派人护秋了。虽然那些大人三五成群地在野地里走来走去，可仍然不能阻止我那天偷了满满一裤兜的落花生。我一边走一边用槽牙嚼，一边用舌头舔着我的门牙。这个时候，我看到周香云朝我走了过来。

这是周香云第一次带着我去见刘云鹏。我以为我这辈子再也见不到这个喜欢跟人握手辞别的花椒面商人了，可刘云鹏就站在村东的河岸上等着我们。他还戴着那顶漂亮的前进帽。见到周香云时，他的丝瓜脸就变宽了。他挺了挺腰板，清了清喉咙，然后严肃地报告给周香云一个惊人的秘密。他说，前天，周文雄去相对象了。那个女的是棉麻公司的现金保管，长得挺丑，脸上还有十几个雀斑。周香云当时张大了嘴巴望着他，他似乎就更得意了。为了证明他说的话没错，他甚至报出了媒人的名字。见周香云仍然不信，他只好又说出了相亲的地点。

周香云半晌才问道：“你咋知道这些事的？”

刘云鹏就斩钉截铁地说：“我想知道的事，我就肯定能知道。”

周香云又问：“这些事跟你有啥关系？”

刘云鹏的胸腹就迅速地起伏起来，他转过头去看河里游泳的几只野鸭子，闷声闷气地回答说：“跟你说老实话吧，其实我回来后，就再也没回过东北。”

周香云牵着我转身就走了，边走边大声对我说：“别舔你那颗门牙了！听到没有！”我只好把舌头从门牙上卷下来，我当时真的有些怕她，她从来没有这么大声地训过我。

周香云第二次带我去见刘云鹏，是在四五天之后。我们站在那些枯黄的草地上，成群的蚂蚱从我们脚边敏捷地跳过，不时有巴掌那么肥大的杨树叶子“簌簌”地落下来，其中有一片落到刘云鹏的前进帽上。刘云鹏仿佛看见了一般，直接用散发着香料味道的手把叶片拿下来，然后放在手里来回摆弄，仿佛他不是来通风报信，而是专门潜心研究那些迷宫般的纹络。后来他抬起头，盯着周香云说，有些话她肯定不愿意听到，但是，他还是有义务向她仔细地汇报汇报。

他说，周文雄和雀斑姑娘这三天里总共约会了两次，一次是在大众饭店。两个人点了盘爆炒腰花，周文雄还要了壶老白干。雀斑姑娘满脸通红地给周文雄夹腰花时，周文雄就笑着问雀斑姑娘，从现在起就让我补身子啦？雀斑姑娘用筷子打了一下周文雄的额头，周文雄就顺势抓住了人家的手。“就是这个样子，就是这个样子”，为了让他的叙述更生动，刘云鹏突然一把攥住了周香云的手，用力地晃了几晃，然后慌忙羞怯地撒开。艰难地咽了口吐沫后，他继续补充说，另外一次呢，还是在大众饭店，看样子，他们已经把这个肮脏的国营饭店当成了谈恋爱的聚点。不过这一次他们没点爆炒腰花，而是点了两大碗茴香馅水饺。雀斑姑娘胃口很小，一大半都拨给了周文雄。当周文雄剥开紫皮蒜打算放进嘴里时，雀斑姑娘说话了，她嗲声嗲气地说，别吃蒜！跟我在一起的时候，不允许你吃蒜！周文雄就忙把紫皮蒜扔到油腻的桌子上，赔着笑盯着雀斑姑娘，仿佛雀斑姑娘脸上的雀子不是雀子，而是粒粒昂贵的肉蔻和陈皮、大料和砂仁。

周香云的脸比刚出土的嫩蒜瓣还白，她死死盯着刘云鹏问："那个女的，真是这么说的，你真听清了？"

刘云鹏急忙说："这些话我咋能编出来？我有那能耐吗？"

周香云就牵着我的手回家了。我这次没敢用舌头舔门牙，我听到周香云颤抖着声音对刘云鹏说："求求你，以后别来找我了，我真的不想看到你了。"我就扭头去看刘云鹏，刘云鹏推着自行车站在杂草丛生的岸边半天都没有动弹。我看到他后来呆呆地把前进帽摘下来，用手仔细地捋了捋他茂盛、黝黑的卷发，然后骑上自行车走了。也许他有些心不在焉，骑了没两步，自行车就缓缓地倒在草丛里。他很快站了起来，佝偻着腰拍拍身上的草叶和尘土，推着自行车走了一段，然后才小心翼翼地骑上。我本来希望他能转身朝我们有礼貌地挥手告别，但是很遗憾他没有。我看着他的身影越来越小、越来越小，小到蚂蚁般大小，然后就彻底消失在蔓草丛生的岸边了。

七

周桂花不知道周香云的事，我什么都没跟她说。我也不清楚我为什么没说。我的门牙掉了，我的耳朵也短了。也许我当时最关心的是，我的牙齿到底什么时候能顺利地长出来。我也不知道刘云鹏是否还找过周香云。周香云也没再拉着我去河边，听这个卖花椒面的打报告。我唯一记得的是，三天后，周香云收到了周文雄的一封信。

周香云拿着这封信来我家时，周桂花正坐在炕沿上走神。前天我家分到了地，可这正是让她发愁的原因。她发愁的原因有两个：一是她手气不好，抓阄抓的地段偏，离夏庄八里地，土质也不好，种啥死啥；二是谁会帮我家种地呢？张金喜是指望不上的，她也不是个种庄稼的好手。周香云蹑手蹑脚进了屋，周桂花淡淡扫了她一眼，问道："又咋了？"

周香云红着脸说："老姑，你看看，这信到底是啥意思？"

这封信是用红钢笔水写的。信不长，就短短两行。我伸着脖颈偷着瞅了两眼，好像有什么"友谊天长地久，革命来日方长"之类的话。周桂花看完就傻眼了。她把信塞回信封，盯着周香云看，看着看着忍不住去摸周香云的头发。周香云就问："老姑，这是啥意思，你快给我说说。"

周桂花半晌才说："搞对象的分手了，才会用红钢笔水给对方写封信。"

周香云那天晚上就住在了我家。她已经不会走路了，她甚至不会说话了。她躺在我们家的炕头上，动也不动，仿佛她是截腐烂多年的椽子，哪怕打个喷嚏都要散架。周桂花招呼她吃碗平时最喜欢的玉米糙白薯粥，她也丝毫没有反应。直到半夜，她才直愣愣地从炕上坐起，面无表情地对周桂花说："老姑，这可咋整？我是啥都给他了。"

周桂花就是这时把枕头狠狠扔到地上的。枕头着地时碰到了洗脸盆。周桂花就光着脚下了地，又把洗脸盆踹到一边。后来，她坐凳子上像寒号鸟那样打着寒噤。周香云劝她赶紧回被窝暖和暖和，她这次恶狠狠地骂周香云说：“你个傻丫头！你个没心没肺的傻丫头！过两天跟我到打井队去找他！”

去打井队那天正是滦州集，下起了小雪，周桂花从大队借了匹老马，自己赶着马车拉我们去县城。我们都有谁呢？有周香云，有我，还有张翠梅。这事本来跟张翠梅没有关系，我们的马车走到夏庄村头时，正赶上张翠梅满头热气地跑步。她是我们村唯一一个晨起跑步的人。她远远地朝我们喊：你们娘仨去干啥？周桂花没声好气地说：我们要去县城。我知道周桂花还在生张翠梅的气，怪她给刘云鹏写了那封信。张翠梅问，去县城干啥呢？下雪了，别把张楚冻着！周桂花想了想说，我们去找周文雄。张翠梅愣了愣，周桂花继续说，我们要去打井队找他领导。他这个流氓，把香云给甩了。张翠梅想也没想就说，我也去！人多力量大，我去了能给你们壮胆！周桂花没有拒绝，也没有同意。反正张翠梅已经像只敏捷的羚羊一样跳上马车了。她就跟周香云面对面地坐着。不过，她们俩谁也没跟谁说话。

我记得在途中，雪粒子打在脸上有点疼。那是入冬以来的第一场雪。张翠梅和周香云用棉被把我浑身上下裹起来，把我挤在她们中间。她们温热的鼻息喷到我眼上，痒痒的，我就在马车颠簸声中慢慢睡着了。等被周桂花捅醒时，我们已经到了县打井队。

周桂花吩咐周香云和张翠梅在外面等着，伺机行事，然后牵着迷迷糊糊的我去找打井队的领导。打井队的副队长是个满脸络腮胡的男人。他很热忱地接待了我们。周桂花说，她是周文雄的姨妈，找他有点急事。副队长说，他今天没上班啊。周桂花毕竟是见过世面的人，她慢条斯理地说，哎，又没见着这个小王八羔子，真是花喜鹊尾巴长，长大一点就忘了姨娘。她的话让队长大笑起来。他说，你外甥刚才跟他对象去职工俱乐部看电影了，十点的场。他对象是棉麻公司的现金出纳员，漂亮着呢！如果不出意外，年后你就能喝上他们的喜酒了！

周桂花转身就走。她走得很快，她几乎就要飞起来了。

周桂花赶着马车拉着我们到达职工俱乐部时，我首先看到了一座大水库，大水库的墙壁两侧用红字写着“毛主席万寿无疆”“全世界无产者联合起来”。这些字我都认得，我很是得意了一番，于是我拼命舔了舔门牙。我们从马车上次第跳下来，又把那匹瘦马拴在大水库旁的一条胡同里。胡同里有好几个粗壮的马桩。后来，周桂花就挺着胸脯领着我们往台阶上走。台阶非常长，也非常高，我产生了一种错觉，仿佛此刻我正走在宏伟宫殿门外的台阶上。走了两步我就累了，累的话我通常要赖，周桂花就命令张翠梅背着我。张翠梅就把我背到俱乐部的大门口。大门口聚了好多年轻人，他们顾不得下雪，嘻嘻哈哈地说话、嗑瓜子、吃糖葫芦，追逐着乱跑。俱乐部的大喇叭里，一个尖声尖气的女播音员正在声嘶力竭地广播：——由著名影星赵静和王伯昭主演的——精彩故事片《笔中情》——马上就要开演——还没入场的观众——请您抓紧时间检票入场——精彩故事片《笔中情》……

我们在台阶上等了半天。台阶上很冷，我就不停地跳，像袋鼠那样不停地跳。跳着跳着就把周桂花惹烦了，她走过来照着我的屁股踢了两脚。我就跳到另一边，远远地观望着她们。我看到周桂花不时表情凝重地俯下身，在周香云耳边嘀咕着什么。周香云不时地点头，又不时地摇摇头，然后我看到周桂花掐了两把周香云的脸蛋。我知道周桂花只有在极度愤怒时才会掐别人脸蛋，接下去闹不好就会把人吊在房梁上用笤帚抽打了。周香云这才拼命地点头。周桂花似乎放心了，然后她把双手插在军大衣的兜里，用鹰隼般的目光居高临下地俯视着来往的人群，仿佛焦急而缜密地搜寻着自己的猎物。

当周文雄终于出现在我们的视线里时，我都快冻僵了。我的手指都伸不直了，还好我的舌头还能够到我的门牙。天那么冷，周文雄还是把上衣搭在胳膊上，一件浅绿色高领毛衣露出来。这正是周香云花了四个月在光线昏暗的小卖部里给他织的毛衣。他穿在身上非常合身，就像一棵刚刚从土壤里拔出来的羊角葱。紧挨他身边的是位梳马尾辫的姑娘，她边听周文雄眉飞色舞地说着，边咯咯咯咯地笑着。当他们走到俱乐部门口时，周文雄点了支香烟，然后悠闲地逡巡着人群。当他在人群中扫到我们时，他的脸瞬间就白了。他站在我们对面，静静地凝视着我们，仿佛不认识我们一般，同时他红润的嘴唇轻轻颤抖着，似乎想说话又不敢说的样子。后来，在喧闹的声音中，他终于走到我们跟前。走到我们跟前的他既没有看周香云，也没有看张翠梅，更没有看我，他只是对周桂花说："老姑，你们……怎么来了？"

周桂花从鼻孔里重重地哼了一声，瞥他一眼，又去瞥周香云。周香云始终低着头。周桂花就使劲掐了一把她的脸，大声说道："你个闷嘴葫芦！还傻愣着啥！还不给我往前走！"

周香云就畏畏缩缩地往前迈了一步。她站在周文雄跟前，足足比周文雄矮了半个头。这时周桂花又喊道："周香云！抬起你的眼睛！"

周香云迅速地仰望周文雄一眼，然后又迅速地把头低下了。

这时我又听到周桂花喊道："周香云，抬起你的右手！"她的声音又饱满又热情，仿佛是我们学校的体育老师在操场上喊着威严的口令。

张翠梅、周文雄、周文雄旁边的姑娘以及一些等待入场的观众，都把目光移向周桂花。周桂花那天穿着件男式军大衣，她头发短短的，眼神冷峻，就像个男人般冷漠地站在那里。我从来没有见过她这副架势。我只有舔着我的门牙缩到张翠梅身后。

这时，周香云木偶一样缓缓抬起了她的右手。她的右臂在半空中弯曲着悬着，红润的粗手指僵硬地张开，仿佛随时要去抓住从天空中掉下的大朵大朵的雪花，有那么片刻，她忍不住扭头去看周桂花。周桂花把双手从军大衣的兜里掏出来，叉腰站着，就跟她平时在公社里开会的姿势差不多，攒了攒眉头，大声喊道：

“周香云！用你的右手扇他的左脸！”

周香云咬着嘴唇，手哆嗦着。她看了周文雄一眼，又看了他身边的姑娘一眼，然后，她的手就打了过去。我们都听到了那声清脆的响声。我在张翠梅身后不禁哆嗦了一下。我觉得太冷了，我马上就要冻僵了。

每个人都愣住了，连卖冰糖葫芦的老头都扭着头往这边瞅。这时，我又听到周桂花喊道：“周香云，抬起你的左手！”

周香云想也没想就抬起了她的左手。周桂花就接着喊：

“周香云！用你的左手扇他的右脸！”

周香云这次不再犹豫了，她的手非常迅捷地就打在了周文雄脸上。很明显，这一次她的气力要比上一次大，因此响亮的耳光声再次在漫天雪色中炸裂时，周围突然就神奇地安静肃穆起来，几乎是所有的人，都目不转睛地看着我们。我突然难受急了。我也不知道我怎么会那么难受。我知道人难受时就会放声大哭。但是我不敢哭，我只好挤在人群中东张西望。我就是在东张西望时恍惚瞅到卖花椒面的刘云鹏的。他似乎也瞅到我了，但他只是冷漠地扫了我一眼，就去看周桂花。刘云鹏怎么也会在这里？他为什么不搭理我？我只好再瞅他一眼。他仍然戴着那顶优雅的蓝色前进帽，丝瓜脸似乎比以前更长了。他努力地伸着脖颈使劲朝我们这边张望。他在看热闹吗？我仿佛闻到了呛鼻子的花椒面味儿。我忍不住剧烈咳嗽起来，这时周桂花紧紧拉了我的手，挺胸昂头，三步并作两步地往台阶下面走。周香云和张翠梅像两个丫鬟似的紧紧跟随在我们后面。当经过周文雄跟雀斑姑娘身边时，我听到周桂花冷冷地说：

“以后别穿着女人织的毛衣，去跟另外一个女人看电影。”

七

那天从滦州镇回来时，天色还早，可是因为下雪的缘由，天压得很低，仿佛一伸手就能够到。周桂花赶着马车，周香云、张翠梅跟我盘腿坐在后面。周桂花地虽种得不好，可无疑是个称职的车把式。她大声地喊着“驾！驾！挞！挞！”老马很听话，我也很听话。周香云用一条红围脖把自己的脖子和脸庞裹得密不透风，只露着双浆果那么浓黑的大眼睛。张翠梅呢，从职工俱乐部到回家的路上，连一个字都没说，她只是不停地哈气暖手，然后再用她的手暖我的小老鸹爪子。下雪的村庄总是很静，虽然是白天，但好像是所有的村庄都睡了。在半路上，我们只遇到了一个拾粪的老人和一条黄褐色的狗。那条狗估计怀孕了，拖着大大的肚子跟着我们的马车小跑了很长一段时间。当路过姜泡村时，我听到了嘤嘤的哭声。除了周香云还能有谁呢？她把手捂在眼睛上，似乎怕眼泪冻成冰碴。后来，张翠梅也开始抽搭起来，不过她的声音比周香云还细小，如果不仔细辨听，只是以为她在粗重地呼气吸气。

周桂花是啥时候哭起来的呢？我全忘了。周桂花哭的声音很大，是没有掩饰没有遮拦的那种大，每哭一声，她的鞭子就响亮地抽在那匹老马身上，老马就加紧步伐一溜小跑，让我们的身体在疙里疙瘩的黄土路上颠簸得更为厉害。我缩在棉被里一声都不敢吭，我陪着三个哭泣的女人赶了很长一段时间的路。后来，我也不忍住哭了。我没想到我会哭出声来，我也不知道我为什么要哭。反正，我的哭声跟她们是不一样的，我的声音比他们要粗。这又有什么好害臊的呢？雪下得越来越大，大片大片的雪花打得人连眼都睁不开，我的鼻涕也冻得流下来了。

后来，是的，后来，我只好偷偷地用张翠梅的衣角擦了擦鼻涕，擦完后连忙拿眼角去瞄她。她已经不哭了，不光她不哭了，周香云也不哭了。我不知道周桂花是不是还在哭，但是我知道她没再用马鞭抽那匹老马。她不但没抽它，反而跳下车辕，从麻袋里倒些草料到雪地上，老马就垂了头甩着尾巴细细地嚼。老马吃草吃得很香很甜，我的喉结也禁不住上下抽动起来。知道我当时最想干点什么吗？那时最想做的一件事就是，在我的石榴树上铺一床棉被，再盖两层棉被，嘴里嚼着大白兔奶糖暖暖地睡上一觉。这样，等我第二天醒过来，我的两颗门牙就长出来了。

选自《十月》2010 年第 3 期

碎媳妇

马金莲

算算日子，雪花知道该拾掇房里了。

吃过早饭，她开始着手忙活。不大的房屋，里头的摆设也不多，但拾掇起来还是很费力的。要在以前她只要花上半天时间就能清理得整整洁洁、清清爽爽。现在不行，拖着这样的身子，干啥都不麻利，就是心里想利索点，行动上却是力不从心。她想好了，今天拆洗几个被褥，包括床单枕头，把窗帘门帘顺便摘下来，苫电视的套子也洗洗。把能洗的都拆洗一下，一个月不动手，肯定脏得不行。收拾下来竟有好大一堆，看来得洗整整一天。

第二天扫炕，把炕上所有的铺盖席子都揭了，直到显出泥坯来。用笤帚把炕细细扫一遍。尘土居然积了厚厚一层，浮起来呛得人直咳嗽。她记得上次扫炕，是不久前的事，这过去没多长时间呀，尘土还是积下来了，仔细想来真叫人吃惊，这些尘土都是从哪儿来的，什么时候钻到席子底下，还积了这么厚一层。尘土是以润物细无声的功夫渗透到她的生活里来的。怪不得她总在扫屋子，总是感觉扫不净，扫不彻底，扫不出神清气爽的感觉来。扫到炕角的时候，雪花的动作慢下来，双眼看着炕角，不由得记起刚来时节的情景。

初到这儿的时节，是成亲的那天，男人在众人的追逐嬉闹下，把她背进大门，一口气跑进新房，跳上炕把新媳妇放在炕角。她一眼看见炕角贴着一个大女子的像。女子咧着红嘴冲她笑。她想也没想就伸手撕了女子像。听早嫁出的姐妹们讲，今天的炕角会贴一个大红的喜字，新媳妇一进门就要伸手撕了喜字。同时，还有新女婿会和媳妇争抢撕喜字。有个说法，新婚的夫妇，谁撕到的喜字多，今后的生活里谁会占上风。雪花对这事留了心，可没想到这炕角没有喜字，贴字的地方贴的是女子图像。婆家人真是粗心，连这事也忘。她就不客气地撕了那个妖艳的女子。接下来的时间，她一直坐在炕角。以前有新媳妇守炕圪塄的习俗，现在人们不讲究这个了，尤其是那些大姑娘，念几天书，到外头打上几天工，见了世面，人变得时新不少，结婚时就不愿守炕角，说哪个女人愿意守着土炕圪塄过一辈子，不等于把人一辈子拴在男人娃娃身上了吗。为了显示与以往不一样，好多女子成亲时不去炕角，偏偏坐在边上，有的甚至连炕也不上，羞答答地坐在沙发上。

雪花很老实地守在炕圪塄里。雪花念过几天书，三年级没毕业便回家务了农，到现在她还会写人口手上中下大小多少这些字。雪花也到外头打过工，跟上姨娘的一个女子在新疆的一家饭馆里刷盘子。刷了几个月，回来就再没出去过。在她的印象里，外头的世界不大，没什么吸引人的地方。留在记忆里的，是盘子上那股永远刷不净的油腻味，打工并不像大家吆喝得那样好。雪花想不明白，村里打过工的女子为啥总喜欢把自己打扮得妖里妖气，说话走路都与在家时不一样了，年纪不大，就跟一些男人乱混。雪花是个老实人，也不喜欢那种总睡不醒头重脚轻整天晕乎乎的打工生活。去了趟新疆，再看老家的景象，觉得山水居然清秀得喜人，自己以前怎么就没注意到呢。夏天，山沟被庄稼和绿草覆盖得一片葱绿，喝的是一眼永远清澈的泉水。担水时，踏一排溜泛光的土台阶，悠悠到了沟底，一泉水里扑晃扑晃映出蓝得晕人的天，白得清凉的云。投在水面上的人面同样清凉而动人。雪花禁不住美美喝下一大瓢水，一股透彻心扉的凉把整个人也凉透了。城里哪有这么清甜的水，城里的水总隐隐带着股意义不明的味道。

一担水担回家，媒人已经在炕头上坐着了，正是现在的婆家托来的人。母亲把雪花叫到一边，悄声说了情况，问闺女愿不愿意。马守园家，你爷爷早听说过的，家底好，光阴盛，听说小伙子人长得细致，去了不会受罪的。母亲的欣喜已经写在脸上，一览无余了，像这门亲事已经成了一样。雪花握着扁担，心头一阵恍惚，脸烧得厉害，这件事这么快就来了。从懂事起，她就开始了一个人暗暗胡思乱想，尽想那些没头没脑的事情，其实每个女子的成长中都会碰到这样的事，常禁不住去想，想长大了会是什么模样，会遇到什么样的女婿，婆家在哪儿，等等，想得人迷迷糊糊，她就挥挥手，一剪子剪断了思绪，知道这事还早得很，自己还远没到出嫁的年纪。谁想到这事说来就来了，自己不知不觉就长大了，好像是一转眼间长大的。雪花摸摸扁担，肩膀挨过的地方还热着，肩头的压痕还疼着。刚学习担水时她还是个不到大人肩头的娃娃，谁想到一下子就长这么大了，母亲一样大，甚至有超过母亲的迹象。雪花的心头就有些犯晕，总感到自己早上出门担这担水时，还小小的，十一二岁的模样，小心扶着台阶下到了沟底，一担水担进门就忽然长大了。长大了，就该有女婿有婆家，就到当女人的时候了。

母亲脸上的欣喜好像感染了她，她也跟着高兴起来，莫名地兴奋着，同时，又有点儿伤心，隐隐的不多的一点伤心，撕扯住了心里的某个地方，伤心什么，说不上来。母亲见女子半天不噤声，就笑了，带着自以为是的聪明，说你要是没意见，事情就成。她凑到上房门口，隔了门帘向里头的男人挤挤眼。父亲出来了，两个人叽咕了一阵子，父亲又进去，咳嗽一声，说娃娃没意见，定日子让他们见见面，瞅上一眼。上房和厨房隔的墙不厚，那边的声音雪花听得一清二楚。

日子不长，两个人见了面，互相瞅了一眼，男方个子不大，脸圆嘟嘟的，带着股子憨厚劲儿。雪花没敢仔细打量人家，只是感觉到这股憨厚，不再犹豫便点了头。日子忽忽过去，冬天一到，落过一场薄雪，雪花就嫁过去了，成了马家庄的女人。

雪花心里胡思乱想，手头其实一直没有停。她慢慢扫着，一心一意地扫，明白这打扫不能太张扬，太过显眼。她扫前将房门紧紧关上，然后一小部分一小部分地进行清扫。炕上的麻烦多一点。她把新一些的铺盖卷起，准备放到柜顶上去，炕上只铺几个旧毯子，等一月过后再铺回来。她把炕的四个角落都扫过，扫得不留一丝尘土。看着尘土飞起，在半空浮一会儿，慢悠悠落回原地，心里一个念头也浮起来，开始隐隐约约的，慢慢就明晰起来。揣着这样的念头，她心里有些悲壮，悲壮中掺着点儿伤心。嫂子在院里唤娃娃，声音忽高忽低，喊几声，转到窗前来，趴到窗口向里望。雪花低头忙自己的，装作不知道。扫炕是嫂子说的，当然不是直接告诉她的。平时和嫂子闲谈，她留了心，暗暗揣摩出的。嫂子喜欢数说自己生两个娃娃的详细经过，怎样害口了，害得吐黄水，一吐几个月，差点连命也搭上了，怎样生了，怎样连屎带尿拉扯了。总之，她这个女人当的辛苦，当得不容易啊。

她在感叹自己的辛苦时，明里暗里映射出婆婆的不是来。当媳妇的遭那么多罪，婆婆能没份儿吗，当然有，从某些地方讲婆婆该担大份儿的。雪花听着嫂子一时感叹、一时诉说，耳里听着，该往心上放的就留意装进去。嫂子远比自己早当媳妇，和婆婆相处的时间长，好多事情上看得明白，也知道如何应对，而雪花缺少的正是这些。

雪花刚来时候就被婆家的规矩吓住了。婆家人多，哥嫂没分开过，老少算起一共十口子人，与娘家时大不相同。雪花娘只雪花一个女儿，干啥都由着女儿的性子，一旦进了婆家门，雪花觉得自己就像一个平日野惯了的牲口，忽然被套上了笼头，干啥都不自由，都得思前想后，怕人笑话，怕公婆不高兴。雪花后悔婚结得早了，这种后悔只能一个人装在心里，不能流露出来，更不能说给婆家人。嫂子的精明不但写在脸上，还装在心里，流露在一言一行里。这个瘦高个女人的精明简直到了奸诈的地步，雪花不止一次领教到她的厉害。现在想起刚来那会儿，她显得傻乎乎的，什么也不往心里放，还以为和娘家时没什么两样，把娘出门时千叮万嘱的那些话全当成多余的啰唆。是嫂子给她上了人生的第一课，接着，第二课、第三课，无数堂课。嫂子将一切进行得波澜不惊，风平浪静，但信步走过，才发现这风平浪静的表象下掩盖了无数风浪。

心机首先表现在和嫂子的关系上。婚前雪花思考过这事，想来想去，她想就当和自己是一个娘生的一样待吧，人心都是肉长的，自己做到了尊敬听话，嫂子也会当亲姊妹一样待自己吧。

雪花第二天就栽了跟头。新婚第二天，她老早就起来了，当新媳妇就该早早起来，到处洒洒扫扫，向无数的眼睛显示自己是一个勤快能干的媳妇，家里外无数双眼睛盯着看呢。雪花首先到上房去向亲戚们问了好，问人家睡得好不好，冻着没有，然后就梳洗了一番，把自已的房屋打扫干净，又去扫婆婆的房。看看收拾干净了，系上娘家陪嫁的围裙，走进厨房，一个女人已经在忙了。雪花进去，人家不说话，却拿眼把她从头看到脚，又从脚看到头。雪花觉得别扭，浑身爬满毛毛虫一样。有这么看人的吗，她有些生气，对方似乎比她更胀气。一大早谁胀了她一肚子气似的。但她盯住雪花看的眼睛是笑眯眯的，笑眯眯地盯住刚来的雪花看，过一阵，拧过身子。雪花隐隐听见她从鼻子里哼出一声。雪花感到惶然，想不出自己刚来就哪儿得罪了这个瘦脸女人。后来才弄清这就是嫂子，这个家里锅灶上真正的掌柜的。婆婆老了，轻易不下厨房，厨房里的大小事宜等于全交给嫂子了。慢慢地，雪花揣摩出其中的缘由来，那天人家是在示威呢。自己初来的时候，人家就来了个下马威，让自己一开始就怕她。擦亮眼睛，看清楚在这个家中，厨房里真正的权威是谁，是谁说了算。雪花慢慢学会了忍让，处处小心，处处忍让。嫂子在婆婆手下熬了多年，该是站在婆婆的位置上使唤别人的时候了，自己刚来，只有给人家当丫鬟的份儿。娘家时，奶奶和母亲早就说过，好好儿乖乖儿地给人家当媳妇，哪个女人不是吃亏受苦熬过来的，熬过这几年就好了，一分家，就能由着自己过日子了。雪花这才真正明白，庄里那些小媳妇为啥总爱跟公婆闹着分家。雪花也想分开过。这话她没有直接说给丈夫，而是绕着圈子试探了一回，就知道近几年不可能分家。公婆一连生了四个儿子，家底穷得狗舔了一样，一干二净。娶嫂子欠的账还没还清，就又拉债娶了自己。老三老四全出外打工去了，他们眼看已到娶媳妇的年纪。公公为人老实，婆婆却是个精明女人，治家的手腕高，把几个儿子管得服服帖帖，对她又怕又尊敬。婆婆说，这个家现在不着急分，你们挣钱去，把一摊子烂账还上，给老三老四攒几个领媳妇的钱，咱再分。雪花看得出来，婆婆的几个儿子为人厚道，听母亲的话，便扔下老婆娃娃出门去了。老三老四没有家小，说走就走。老大老二就不一样，明显牵扯着自己女人。雪花是新媳妇，只在心里不愿意，人前一点不敢有所怨言。婆婆面前尽量装出一副笑脸。嫂子却咽不下这气，公婆面前不好发作，便在做饭的时候摔摔打打，弄得碟子碗哗啦哗啦响，处处带着一股怨气。雪花觉得难受，她本来想，两个女人都离开了男人，就该互相体谅着过日子。可嫂子没有体谅人的意思，还把人不当人待，雪花觉得有说不出的委屈。这委屈你没地方说去，雪花这才明白给别人家当媳妇的难处。

日子长了，雪花明白过来，其实在自己嫁来以前，嫂子的心机早就埋下了，自己却浑然不觉，像在娘家时一样待人接物。雪花性子弱，说话绵软，从不会拿话套人。嫂子不是这样的，她的话表面看合情合理，没有破绽，但留心的话，会发现深含其中的心机。好多时候她的话说过半天了，听的人才回过味，揣摩出蕴含的意思，才发现自己被这女人当猴儿耍了。偏偏雪花反应慢，脑子总转不过弯，明里暗里吃的亏不计其数。

婆婆也看出其中的玄机来，便暗地里点拨雪花，说人活着不能太老实。雪花明白婆婆的意思，可她不知道该怎么做，要她用同样的心机处处算计别人，她做不出。丈夫也说你不能太老实了，男人老实受人欺负，女人也一样。丈夫的意思她懂，犹豫再三，还是没法对嫂子凶狠起来。

这样做的结果，就是家里十多口人的早晚三餐，总见雪花在调面，在烧火，在清洗锅灶。洗锅时，嫂子的娃娃哭闹，嫂子便大声呵斥，话里难免加枪带棒，伤及他人。雪花看得心烦，就一个人包揽了锅灶，说看着娃娃哭怪可怜的。雪花就成了嫂子的丫鬟，整天拴在锅灶上，脱不开身。

婆家门户大，亲戚多，隔天就有亲戚上门。亲戚来了是好事，公公婆婆笑脸迎进上房，端出几碟葵花瓜子一类的干果，客人嗑，公公也嗑，婆婆陪在身边说话。过一会儿，婆婆从门里探出头，示意两个媳妇做饭去。言毕，婆婆重新进了上房。雪花站在外边为难，这饭不好做，仅仅是一顿家常饭也就罢了，可这是给亲戚做。亲戚的饭菜她其实会做的。但不能自作主张，以前她自己做过一回主，不问嫂子就自己做成端进上房。结果嫂子有好长一段日子不痛快，想方设法跟雪花找茬。有了前车之鉴，她明白自己不能再拿主意了，会让人家以为自己无视她的掌柜地位，触犯了人家的威望。

她缓缓洗了手，到后边窑里揽一背斗柴，掏净灶膛里的柴灰，等嫂子露面。日子长了，经见得多了，雪花知道根据来的人准备什么样的饭菜，她择了菜，用开水泡上粉条，嫂子才进了门。嘴脸居然不太好看，嘟囔一句烦死人了，没事经常来干啥。雪花知道在说亲戚。嫂子系上围裙稀里哗啦忙开了，对雪花做的准备工作明显不太满意，动作重重的。雪花的脸色就变了，是变给自己看的，心里不好受，脸上还是平平静静的，在嫂子面前她已经学会了忍让、吃亏。嫂子脸上腾起两朵阴云，掐一下粉条，丢过来一句：太硬，泡得迟了。又说白菜切得太乱，不整齐，难炒。雪花不吭声，任她指教、找茬。一顿饭总算做成，出锅了，嫂子端进上房去。去了就再不见出来，看着客人吃饭，她在旁伺候，厨房里的残局自然扔给雪花了。

雪花自己对着自己生一阵闷气，思前想后，宽慰自己说人家年长着几岁，自己应该多吃点苦的，便刷了锅，扫了地，解下围裙，这才有工夫进去问候亲戚。亲戚看看坐在旁边的嫂子，再看看站在地下木头木脑的雪花，不动声色地在内心比较一番，离开后不久，外面对这家两个媳妇的评判出来了，说小的没有大的灵活，大的把小的卖了，小的还不知道呢。这话雪花当然听不到，在几个本家妯娌间传来传去，后来，总算传进雪花的耳朵里来，雪花已经大着肚子了。

那个傍晚天空里哩哩啦啦落着小雨，一家人老早就关门睡了。雪花睡不着，对着窗外的绵绵细雨抹了半夜眼泪。男人在就好了，至少有个人可以听自己说说心里的烦闷。看得出来，婆婆想尽量把一碗水端平的，但更多时候，是她和嫂子单独在一起，婆婆不可能大事小事事无巨细都来插手，都做到耳清目明，明察秋毫。一来二去，婆婆失去了耐心，对自己好像不太满意了，当着她面说咋就给儿子寻了这么个媳妇，老实杠子一个，以后的日子咋过呢。她在替自己儿子发愁。吃的亏多了，雪花才慢慢醒过神来，心眼一点一点变得活络起来。她凡事上留心，揣摩着家里的每个人每件事。

嫂子为人精明，幸亏还没精明到刀枪不入的地步。她有个致命的毛病，就是话多，牢骚满腹，对什么都不满意，都抱有成见似的，有事没事喜欢唠唠叨叨个不停。言多必失，她一不留神，一些事情的微妙之处就泻了出来。加上雪花在细心注意，雪花渐渐明白了婆家的不少事情，明白了媳妇怎样当才是聪明的讨人喜欢的。

嫂子说不少女人害口喜欢当着人面吐，不知道有多丢人，雪花就揣摩出害口时不能太露，得藏着掖着。事实上，不用她遮掩，这事就悄无声息地过去了，连一点迹象也没有，她就怀上了。要不是腰里困得难受，和丈夫悄悄到卫生院瞧病时给检查出来，肚子大了她还不知道呢。当大夫说有了，想吃啥就吃去，雪花觉得惊喜，惊喜之余，感到遗憾，怎么不吐呢，一点吐的意思都没有。婆婆说过，嫂子就吐，还故意当着一家老小的面，蹲在院里哇哇地干呕。一连十多天不能上锅做饭，一天吃两个鸡蛋。什么也不想吃，吃进去吐出来，只想吃鸡蛋，吃了总算不会吐出来。

雪花从婆婆的神态语气里听出，婆婆不喜欢这样，明摆着张扬了。哪个女人没有害过口生过娃娃，自个儿也太把自个儿当人了，这是婆婆的结论。雪花就下决心，自己到时候一定悄悄地跑到人后吐，想吃什么忍忍想必会过去的。谁料得到，她竟不吐，不知不觉怀上已经三个月了。

到四个月多时，就藏不住了，挺起来了。嫂子眼毒，早已看出来，却不动声色，装作什么也不知道，跟过去一样拈轻怕重，苦活累活还是雪花干得多。雪花记得娘家那些过了门的女子说起过，她们怀娃娃时，婆家如何稀罕，宝一样疼着，重活一样也不让沾手。雪花也想偷偷懒，学得奸猾一点。想想，活撂那儿，过会儿说不定婆婆就去干了，干了会大吵一顿的。婆婆的威严就体现在这些地方。她便挺着大肚子去慢慢干了。

嫂子说酸儿辣女，你爱吃个啥味？

雪花心里猛地一跳，她明显爱吃辣的，想到辣味就馋。

那你怀的时节呢？她反问嫂子。

就馋酸的，寒冬腊月的，偏偏想吃个酸杏儿，嫂子说着咽下一口酸水，好像时至今日她口里还留有酸味。雪花也跟着咽口水，心里怪慌，嫂子一连生了两个娃娃，都是男娃。现在计划生育抓得紧，只能生一到两个娃娃，嫂子能有两个儿子，命就显得特别好。与周围生了一到两个女儿的妇女比，她已经是最大的赢家，早就坐在上风头，言语神态间难免流露出内心的得意。这种得意让雪花心虚。雪花总在做梦，梦见一山一山的青草，满坡满洼的草，长得那么旺，能把人埋没。她就在青草里漫步，往往走得满头是汗，怎么也走不到尽头。白天想起梦里的情景，心里更虚了。嫂子说过，说怀娃娃的女人，梦见蛇缠身，肯定生男娃，梦见花啊草啊之类的，准生个女子。雪花认定自己怀的是女子，听上去她和嫂子怀孕时的迹象完全两样。雪花不敢给别人说这事，不由得想到丈夫，他要在，自己就不会这么孤单了。他在的时候，她问过，他希望自己生个男娃还是女儿。他说儿子女儿他都喜欢，一样喜欢。可男人对两个小土匪一样的侄子稀罕得要命，比亲生的还上心。雪花怎能看不出呢，男人还是爱男娃。

扫罢炕，雪花靠住被褥缓了一阵，望着美美一簸箕尘土直纳闷，居然扫了这么多，心里却轻松下来，觉得踏实多了。洗完那堆衣物，就准备得差不多了，炕灰昨天掏的。接下来的日子，是一心一意等候，等候娃娃出世。差点忘了，还得换个水，虽然洗过时间不长，她还是决定再洗一遍，把自己洗得净净的，心里才踏实。女人生娃娃，就是过鬼门关，好比缸沿上跑马呢，其实是在死路上走了一趟。命大的捡回条命，稍有闪失，就有可能活不过来了。小时候常听得女人们在一起感叹，听得她脊背发凉，现在要轮到自己了，这事没人能代替得了，是作为女人必须跨过的一道关口。

娃娃出生前扫炕换水这些是从嫂子处听来的。在她一遍遍笑话某个女人时，雪花就明白了，如果一个女人算得上勤快贤惠的话，生娃娃前一定会把自己的一切收拾好，其实是做好离开这里的准备。一旦那口气上不来，无常了，附近的男女老少都会来送埋体，娘家人也来，所有的眼睛看着呢，你的炕、你的被褥，与你有关的方方面面，只要是你活着的时候到过的地方，全都在向人显示，显示你这个女人活着时是个什么样的女人，是世人对一个女人下结论的时候。邻村不是有个女子，年纪和雪花不相上下，去年生产时就难产了，听说她的衣裳被褥全洗得干干净净，炕扫得没一丝尘土；结婚买的衣裳全新崭崭放在箱子里，一双金耳环也没舍得戴，压在箱底；谁想到她人说走就走了。人们都感念那媳妇的好，夸她的干净利落，孝顺老人，等等。雪花想那女子也许没有大家传说得那样好，她以前见过的，没什么特别的地方。可能因为离世早，大家觉得可惜，舍不得才这样夸说的。

不过，从这事上可以看出，女人坐月子前一定得把生前身后事都考虑好，尽量把一切收拾妥当，有模有样，一旦一口气上不来，就不至于落个遭人耻笑的结局。想到这里，雪花鼻子酸酸的，心里一阵难过，人们常说做女人的命苦，这话不错，女人真的命苦，生养一个娃娃其实等于拿自己的命当赌注，男人押的是钱，女人只能押自己的命。她爬在炕上扫的时候，就想到自己身上。开始，她努力压制着心里的想法，不叫心思往那方面跑，是个不吉利的想法嘛。她还年轻得很，花儿一样，刚打开骨朵儿，开成一朵花，可不敢往那方面胡想。可这想法一旦萌生，就压制不住，火苗一样往起蹿。她干脆放开缰绳，让心里这匹马由着性子奔。真要是一口气上不来，就要离开这里了。往深处想，雪花发现自己并不怎么留恋这个家，倒是分外想念娘家，那个土院子，沟底那泉清澈的水，那些弯弯曲曲的台阶。还有些想母亲，身子六个月时候去的娘家。这几个月身子一日重似一日，一直想回去看看双亲，苦于行动不便，就没能去成。丈夫在就好了，他会用摩托驮她去的。

这才发现，心里还念着另一个人。丈夫出门九十四天了，远在县城的工地，电话倒是偶尔来一次，都是公公婆婆接的。婆婆接起电话总是笑呵呵的，笑声大，说话声却小，几次她正往桌子上摆饭，电话响了，婆婆跳下炕来接。电话里传出一个熟悉的声音，正是丈夫。丈夫给婆婆道了色俩目，问父母都好吗，家里都好吗。好——好——好——。婆婆拉长声说着好。又说你安心干活，不用记挂我们。雪花拿着饭盘子，走也不是，留也不是，在那儿蹭着，说到底，她是想多待一会儿，见公公直眼看着自己，她忙退出上房。丈夫怎么没有把自己问候一句。只用一句“家里都好吗”就把自个儿的媳妇也包揽进去了，就算是问候了。雪花不由得心头愤愤的，空落落的。一抬头，嫂子站在门外，见有人出来，忙退下台阶，问一句饭还要不要，算是把刚才的事情掩过去了。

洗锅的时节，雪花慢慢想着心事，时间长了，丈夫不来电话，这心里就慌，好不容易盼来了，心里还是慌。大哥偶尔也来电话，还是公婆接，同样不叫大嫂来接的，婆婆一碗水还是端平的。一来电话，嫂子耳朵比猫都灵，竖着耳朵偷听。雪花干不出这事。偷偷摸摸做贼一样。其实有时候她真想像嫂子一样，偷听一会儿，不为听什么家长里短，只想听听丈夫的声音，听他说话的声音。隔的日子长了，连他声音什么样都想不起来了。就有些怨他、恨他，电话打自己家不好意思指名叫媳妇接，咋不打到堂嫂子家。堂嫂子家是公用电话，央求堂嫂悄悄把自己叫过去接不是很好吗？这死鬼，一出门偏偏把媳妇忘了，忘得干干净净的，真狠得下心。走的时候，说得多好听，把自己哄下就走了，想着想着，眼泪就下来了。刚走那阵子，自己顿顿吃饭记起他。男人饭量大，不知在工地上吃得饱嘛。日子长了，渐渐便不再惦记，偶尔公公买回点肉，吃饺子时猛然会记起还有一个人在外面，他吃得上饺子吗？

嫂子也想男人。就算雪花笨，这一点还是看得出来的，都是女人，对这方面的反应就比较敏感。嫂子可能想巧妙地遮掩一下，想得紧了，口里唠唠叨叨骂出一长串，说这个死鬼，日子长了，也不记得回趟家，记不起女人，娃娃总该想的嘛。雪花禁不住想有娃娃多好，可以以娃娃为借口，抱怨抱怨男人。心里有些东西，窝在那儿，难受得很，说出口也许会好一些，多少舒坦一点。果然，嫂子比自己更会面对一长串空寂的日子。她对着孩子唠叨一阵子，牢骚发过了，平静下来，照旧平心静气打发接下来的日子。隔段时间，再发发牢骚，对着娃娃絮絮叨叨说上一大堆，然后还是过日子，过那寂寞又忙碌的日子。雪花想着自己的空寂，发觉还是有娃娃好，就急切地盼望起来，盼望肚子里的娃娃长快点，快点出生，好给自己做伴儿。

雪花扫完炕的第二天就临盆了。洗过的被褥没有干透，她挣扎着把它们抱进屋，肚子疼得一阵紧过一阵。看看挨了半天，疼得刀割一样。嫂子说过，女人生娃娃，不能肚子一疼就乱嚷嚷，四下惊动，那等于瞎折腾，弄得全家上下都知道了，大家心惊肉跳盯着你，干着急帮不上忙。那种难为场面，还不如一个人悄悄地忍着，到了真正要生时，再喊人不迟。雪花肚子早就疼了，半夜起夜时隐隐地疼，还挨得住，就身子蜷作一团，迷迷糊糊睡去。天亮出去给自己和婆婆的炕洞里各煨上一笼子牛粪，扫了台阶，和嫂子在厨房做饭。做的是米汤馒头，别人稀溜溜喝得大声响，雪花肚子疼得腰里直抽气，一口也咽不下，早没有想吃的心思。忍过晌午，人就走不动了，关上房门，干脆坐在泥地上僵着。

男人在该多好，那个黑脸老实人，没什么本事，壮壮胆总可以的，给婆婆通风报信总能做到的。可这死鬼啊，一出去就把女人忘到脑子后头了，一点不惦记女人的苦楚。这死人啊，刚怀上那阵子，他还兴冲冲说，到时咱到县城去生，也学学有钱人，既快当又不受疼。雪花只是笑，说县城咱就不去了，把乡卫生院的接生员叫来就行，也花的钱少。其实她心里还有一层意思没说出来，她想到县城去，万一生的是女儿，还不叫人笑话死，别人会怎么想，生个女子跑那么远的地方去，花一疙瘩钱，也太把自个儿当人看了嘛。这样的话不是没听说过，嫂子不止一次笑话下庄的一个女人。那女人头胎，生不出来，拉到县城生了个女子，花了一千多元。婆婆也对这事有想法，她瘪瘪嘴说女人生来就是生养娃娃的，咱一个个都是自个儿生，坐的土炕，还不都过来了，用得着跑到县城去吗，钱又不是狗扒下的。

听了婆婆的意见，雪花就明白丈夫的话有多可笑，多不切实际，只是一句耍话，哄她高兴的。嫂子那么要强的人，两个娃娃都是在家里生的，婆婆亲自接的生。嫂子尚且如此，雪花就更不敢指望了。倒是嫂子开过几回玩笑，说现在的年轻人喜欢到城里的医院生，你不去吗？雪花苦笑，心里说我去还不叫唾沫星子淹死，嘴上却什么也没说。嫂子还在怂恿，说她自己如果再生，就一定到城里去，不然这辈子活得太亏了。

雪花摸不透嫂子的真正心思，就不再接她话茬。心里倒在着急一件事，娃娃的衣裳到现在还没准备，娘家时母亲疼她，从不让女儿捉针线，加上生的是头胎，雪花就更不知道这小衣小裤的该如何收拾。想去问嫂子，考虑到嫂子的为人，犹豫一阵，怕平白招来一顿耻笑，迟迟不敢开这个口。正作难时，嫂子与邻家几个女人闲谈时说起的一件事提醒了她。她们在笑话庄里的一个新媳妇，说那媳妇生头胎就衣呀裤呀准备了一大堆，连尿布也收拾好了。到时拿出来，婆婆脸色阴晴不定，说真娶了个懂事的媳妇，比多年生娃的老娘婆还知道得多，看来我这当婆婆的真的不中用了，只能当个摆设。婆婆的话是绵里藏着针哩，拿软刀子扎人。几个女人说罢就开怀大笑，说可怜那小媳妇挨了骂还以为婆婆夸她呢。

回味了半天，雪花慢慢明白过来，看来新媳妇生头一胎，最好不要自己收拾衣物，自然有当婆婆的操心，你收拾了，让当婆婆的干啥去，雪花就稳稳坐着，装作什么也不懂的样子。冷眼旁观，从没见婆婆手里捏过针线，她心里又有点虚，沉不住气了。毕竟生娃娃的是自己，婆婆真要没准备，到时候娃娃穿啥，拿啥包裹，不能两面给耽误了。等到临生了，婆婆闻声赶来，怀里竟然抱着一大包，抖开在炕上，小袄、小裤、小被子、尿布，一样不少，还有给娃娃缠脐带的纱布。雪花一时忘了肚子绞痛，倒是惊叹于婆婆的不露声色。雪花本来是个实心眼人，在婆婆手底下从没想过耍心眼儿。从今天这件事来看，幸亏没有耍小聪明，婆婆这么精明，精明到不动声色的地步，自己这点心眼肯定逃不过她的火眼金睛，到时还不是自己拿大巴掌扇自己的脸面。嫂子那么聪明的人，常常因为耍心眼挨婆婆的骂。嫂子也真是个怪人，挨过婆婆骂，她生一阵子暗气，过后一切照旧，能偷懒就偷懒，猫一样处处偷嘴，让人防不胜防。婆婆追问，只要雪花不在场，就全往雪花身上推，赖得煞有介事，竟眼也不眨一下。

是个女子。婆婆的声音不高不低，听不出喜怒。慢慢地，雪花感到头变得沉重起来。果然是个女儿，虽然她极力说服自己，男孩女孩都一样，都是自己身上掉下的一块肉，可听到婆婆不温不火的声音，她心里还是不由自主地一阵凉，透心地冰凉，身子也像坐在水里，慢慢被冰凉浸透。嫂子跑出跑进忙活，显得出奇地热情、勤奋。雪花望望她起伏的身影，闭上了眼。这回又输给她了，自己处处不如人家，这回同样输了。这场比赛早在自己嫁进这个家门时就开始了，每个女人都躲不开的一场比赛。其实嫂子早就稳操胜券了，她只用站在一边等结果就行了。一连生了两个男娃，她在婆家的地位稳如泰山，谁也无法比下去的。本来自己有希望与她比个平手的，如果自己也生两个男娃的话。一场无声的比赛就这样结束，她输给了嫂子。

门开了，婆婆端着米汤进来了，怕惊动了孩子，轻手轻脚的。雪花忙爬起来，迎接婆婆。以前婆婆说过一件事，说她的大媳妇，也就是雪花的嫂子，坐月子的时候，婆婆伺候她，每当把饭菜端到窗前，往里看，嫂子坐在那儿，等婆婆推门进去，人却睡着了，脸朝着炕里，还拉出很大的鼾声。最后婆婆感叹，说我这个婆婆当的啊，下贱得很。婆婆的感叹里含有无限委屈。雪花第一次发现婆婆的内心也有伤痕，生活留给她的伤痕，而婆婆是那么精明要强的人。同时，雪花觉得奇怪，嫂子为啥要装睡，婆婆发现媳妇装睡又为啥这么伤心。装就让她装去，与醒着有什么区别，不就多推她一把，或喊她一嗓子，又不会多累人，婆婆真是奇怪。现在她想明白了，孩子一落地，雪花心里忽然就明白了，是豁然开朗的那种明白。不待婆婆走近炕前，她已经坐起来，有时双膝跪着，双手接婆婆递过来的碗。她想象得出嫂子装睡时的想法，哼，我给你们马家生了孙子，你就得伺候我，这回轮到你看我的脸色了吧，你也尝尝当媳妇端汤伺水服侍人的滋味。嫂子躺在那儿，等于把婆媳关系调了个个儿，要强了半辈子的婆婆肯定心里不好受。嫂子这做法太过头了。

雪花觉得自己还是无法摸清嫂子的真正心思。自己生的是女子，不是带把儿的，能给婆家顶门立户的儿子，与嫂子是无法相比的，没有站在相同的起点上。雪花被这些念头搅得睡不踏实，心里总是少着点什么，便空空的，想拿什么去堵，老也堵不上。女儿哭了。哭声像生着病的小猫，有气无力的，贫弱得让人担心。哭起来却不会自己停下来，持续的哭声给人一种看不见的倔强。看来是个倔强的孩子。雪花低头抱她，加着十分的小心。孩子瘦得吓人，抱时总怕闪了她。抱起时小心翼翼，那样子像捧了一碗水，只怕一不留神会洒出几滴。

女儿小小的眼睛睁开来，圆溜溜、黑乌乌的，正盯住雪花看。雪花禁不住冲她笑，笑一下，再笑一下。孩子没什么反应，小眼眨也不眨一下。雪花发现抱着女儿的时候，自己就忘了去想她是男是女，只是疼她，觉得是从自己身上剥离下来的一个部分，扯着连着心地疼她。她甚至想，就算有人现在要拿男娃来换自己的女娃，她会一口回绝的。

嫂子疼自己的娃娃时，口里狗狗命命地乱喊。雪花觉得有些夸张，现在看来，好像并不怎么夸张，她也把女儿喊狗狗。

孩子还没起名字呢。名字该请清真寺里的阿訇起，要么公公起一个也行。听说最近阿訇回家去了，这事暂时搁下了。搁一天两天倒没什么，已经十多天了，雪花心里终于沉不住气了。有种被人撂在荒滩上无人过问的感觉。她和娃娃是被轻视了。嫂子说她的两个娃娃都是公公起的名字。公公怎么不为他这小孙女起个名字呢。婆婆也绝口不提这事。雪花猜不透公公婆婆的心思，就干脆不再费神猜测了。嫂子却揪住不放。有时她会来坐坐，趴在炕边上瞅瞅娃娃，评论说眼睛像谁，鼻子像谁。猛不丁地，就提到了名字的事，说你的娃还没起名儿呢，眼看半个月了，咋还不起，娃他爷，这是老糊涂了，好歹是马家一口人，咋不给起名字呢。我生那两个，娃娃一落地，老汉隔窗子就起了名字。

雪花的泪花就在眼眶里打转，明白心里的委屈现在不能说，也不能对着嫂子说。她咬咬牙强忍着伤心，说等等吧，不急的。名字的事，是个小事。

晚上的时候，她思来想去地考虑，发现自己还真有点小题大做了，指甲盖大的事，可不能上了嫂子的当，她心里慢慢平和下来。女儿总在睡。在肚子里睡了九个多月，竟然还没睡够。晚饭时节醒来，黑眼睛望着屋内，望一会儿，吃过奶，尿一泡，就会悄然睡去。第二天早晨，又睁着黑黑的眼睛，望着某个地方，雪花不去理会她，过一阵子去看，不知什么时候她已经睡着。鼻子薄薄的，几乎是透明的。那么薄的鼻翼居然在拉鼾，一张一张的。雪花听了直想笑，又忍住了。盯住孩子看的时候，她的心会慢慢软下来，变得柔软无比，十分真切地感到这一呼一吸与自己某个地方连着、扯着，还没有分开。

窗外是红太阳，冬天不下雪的时节，还是有不少晴天的。日头暖烘烘地照着窗户。窗帘拉得严严实实的。炕边上还挂了张大床单，整个屋子就笼罩在一种朦胧又透着些温馨的气氛下。女人坐月子其实就是在围得密不透风的热炕上乖乖坐上一个月。这一个月里，不用干活，不用下地，甚至不能让风吹到。婆婆让雪花不要下地，安心坐月子。雪花就一心一意坐月子。坐月子真是一件极幸福的事，再也不用天麻乎亮就爬出被窝，在公公婆婆起来之前扫院子填炕扫房掏灰做早饭，然后下地。总之从早忙到黑，一时空闲也没有。有时好不容易闲下来，忽然就来了亲戚。这一天就再也不会闲下来了。虽然家务活都是累不死人的琐碎活，算不上苦，可熬人得很，缠住人的手脚，让人总是在忙，却忙不出什么大的重要的事。嫂子有一句话说得实在，她说给别人家当媳妇，就像进了磨坊上了套的驴，一辈子围着锅灶转，一辈子都在伺候人。当了媳妇，上有公婆下有小叔小姑，你才会相信这话说得一点没错。

女人一辈子歇缓的机会就这几天。坐月子的一个月。雪花明白这机会来的不容易，就尽量不让自己去想烦心的事，一直睡觉，陪着孩子睡，夜里睡，白天也睡。她想把近一年亏欠的瞌睡给补回来。这一年的媳妇当得真辛苦，她想自己给自己补偿一回。

总是做梦。梦里，男人回来了，和她在豆子地里拔草，一会儿似乎是在割麦子，最后男人竟当着那么多人的面抱住了她，羞得她直想哭。男人口里哈着气，凑到她耳朵边说不要伤心，不要伤心，咱还年轻，慢慢儿来，一定会有儿子的。她被逗笑了，笑着笑着，醒了，女儿还在睡。房里静静的，大门外有娃娃追逐的嬉闹声。雪花翻起身，望女儿的睡相。看一会儿，又含笑睡下。她已经给女儿起了名字。自己起的，一个人悄悄在心里叫，就叫碎女吧。碎得让人心疼的女孩。

她贴近女儿耳朵轻声叫。孩子睡得正香，小胳膊露在外面，粉红的拳头紧紧攥着。她忙把胳膊压进被窝里。溜下炕，在抽屉里翻出一截布带，等小家伙醒来，就把她的胳膊腿儿给绑绑。婆婆早让绑了，说不然娃娃长大害得很，手脚长得没法管束。嫂子也说该绑绑的，绑住娃娃睡觉踏实，不易受外面的惊吓。雪花想想，觉得嫂子的话有道理，她准备松松绑一下，不让胳膊外露就行了。还得给娃娃缝顶小帽。生前就悄悄买过一顶，那时不知道娃娃头的大小，结果买得太大了。雪花决定用一片细布缝顶小帽。从小不捏针线，动作笨拙得可笑，费了九牛二虎的力，才算缝成。戴在头上，不像帽子，像扣了顶瓦盆。

日斜时分，母亲来了，背着几十个鸡蛋，给娃娃缝的小衣小帽，居然连袜子鞋子也做来了。来时雪花正睡觉。耳边有人言语，忙爬起来，母亲已经站在炕边。雪花不知道自己怎么了，乍一见母亲，心里一酸，难过得话也说不出来，大声抽泣起来。生死路上走了一回，才明白做女人的不容易，做娘的不容易。细细回想，自己这几十年里一直不听话，母亲教导一句，自己就回敬两三句，老跟母亲拧着来。嫁出娘家，生了娃娃，才一步步尝到活着的滋味，恍然明白了什么，这十来年自己对母亲有点过分了。

母亲站在炕边看着雪花，只是笑。婆婆进来了，一眼看见了媳妇的眼泪，有些不受用了，说这娃娃哭啥呢，家里都把你当事得很，你这样子，叫亲家母还以为我们慢待媳妇儿哩。

雪花忙把眼泪擦干净了。说良心话，婆婆对自己还说得过去。每天三顿饭，亲自做来让自己吃。一顿也没让自己饿着。要不是当一回月婆子，这辈子还真吃不上婆婆做的饭。就算婆婆鬼、精明，都是在心里，对向来老实的雪花，还算说得过去。雪花还是觉得伤心。人真是奇怪，好不容易可以清清闲闲地坐一月，竟然做出一肚子的伤感来，受了难以诉说的委屈一样。

现在的年轻人享福得很，我们那时节，坐月子可不是这样，谁不揭了席子，坐在黄土堆里，不等一个月坐满，就下地干活了，多遭罪啊，哪像现在的媳妇儿。婆婆和母亲你一言我一语说着，感叹着，唏嘘着。婆婆还不时用眼睛余光扫一下炕上。雪花看明白了，她这是在借古讽今，反衬自己身在福中不知福。

雪花无声地笑。当了一年多的媳妇，她已经学会忍耐、沉默、吃苦、吃亏。生活里的滋味只有当了女人才真正明白，真正吃透。

搂着女儿软软的身子，雪花觉得还是当女人好。尤其是坐月子时节，坐上这么一月，就把人坐得远离烦恼、远离劳累，变得懒懒散散的，心里却踏实极了。女儿睡在身边，就像整个世界全在身边了。外头的什么事都不用去想、去操心，一心想着女儿就足够了。她看见女儿忽忽长大了，转眼就长成大姑娘，直冲着自己咧嘴傻笑。雪花情不自禁地跟着笑。发现女人只有生了娃娃，才真正成为女人，成为真正的女人，心不慌、眼不乱，干啥沉沉稳稳的，拿捏得住了。以前自己就不是这样的。天一黑心里就慌，空落落把什么丢了一样。感觉心的某个地方缺一样东西，什么也补不上的。男人常年回不了家，偶尔回来，被窝都没暖热，就又走了。她盯着空荡荡的被窝走神，一遍遍回味他在时的情景，回味出满腹酸涩满腹伤感来。有点怨他，又有点想，甚至想他这样还不如不要回来，回来又走了，惹得人好不容易平静下来的心重新飞起来，轻飘飘浮在半空里，怎么也落不到实处。半夜翻起来，身畔空着一片，心头同样空着那么一片。慢慢地，这空落扩散开来，冬天的荒原一样，只有西北风在呼呼地叫。

有了女儿，回头打量之前的时光，感觉那些空落像梦一样遥远，看来自己着急生娃娃是对的。男人开始并不赞同这事。他不无豪气地向女人夸口说等自己挣一疙瘩钱了，把女人也带到外头去，到大世界里逛一番去。有了娃娃肯定不好带，是个拖累。男人说得一本正经，她一遍遍想着他的傻话发傻，他真是个天大的傻瓜啊，却还是情不自禁地想起他的可亲可爱之处来。

男人她留不下，像这里的许多女人一样，她们留不住自己的男人，一家人得往下活，柴米油盐的日子得一天一天打发，就得送自己的男人上路，目送他们走向外头的世界。男人便毅然决然起身了，离开热腾腾的被窝、被窝里眼泪吧唧的女人。男人无论如何是留不下的，留下就得受穷。娃娃能留下。看着身边自己生的儿女，就像留住了男人的影子。看着娃娃的时候，心里那些空漏的地方悄然弥合了。雪花已像所有的女人一样，爱一个人唠唠叨叨，说个不停了，说些尿布呀奶水呀琐琐碎碎的话。她还喜欢和嫂子们谈论家务事了，全围绕着娃娃说。她甚至暗自担心女儿的眼睛太小，长大后不好看，她会不会抱怨当娘的把她生得难看。到时候自己就黑下脸骂她一顿，像母亲曾经数落自己一样，骂声里饱含着疼爱与娇惯。女儿长大了一定叫她念书去，可不能像自己一样，这辈子就这样了。想到上学，便担心家离学校太远，女儿跑不了那么远的路。再说乡村的小学，教得不怎么好。她忽然叹了口气，这些问题遥远却又实际，五六年后就会摆在自己面前，看来人活在世上，一辈子都不能安心。

雪花在天黑时节看见下雪了。婆婆近来送饭，门咣当一响，她惊醒了，发现自己这一觉睡到了天黑。下雪了，婆婆说。婆婆的声音里含有喜悦的味道。从她的语气里，雪花联想到今年的春耕，一定会很顺利。一场大雪，总是会带来喜人的底墒，真是想想都叫人高兴的事。待婆婆出去，雪花忙腾地跳下炕，鞋也不穿，趴到窗前看雪。

雪花真的很大，一片连着一片，一片压着一片，前拥后挤从云缝深处向下落。等飘到半空的时候，它们好像又不愿意落向地面，犹豫着，悠悠然，又有点儿无可奈何地落到了实处。雪花飘落的情景，多么像女儿出嫁，随着媒人的牵引，她们飘落到未知的陌生的人家。慢慢将自己融化，汗水和着泪水，与泥土化为一片，融为一起，艰难地开始另一番生活。

这是今年冬天的第一场大雪，雪花想。

选自《回族文学》2008年第4期

一双泥靴的婚礼

龙仁青

一

次洛七岁了，七岁的次洛无忧无虑，他整天游荡在查美河边，河边的鹅卵石都认识了他，那些粉红色的水晶晶花对他更是再熟悉不过。每当看到他穿着那双破了一个洞，露出了左脚大拇指的条绒布鞋从河边的草地上走过时，那些水晶晶花就会有些恐慌地摇摆起来——如果它们长着脚，如果它们能走路，看到那双布鞋时，它们一定会仓皇地跑开。因为次洛走路总是大步流星，从来也不会注意脚底下，好多水晶晶花都被他踩坏了。那些刚刚伸展开来的柔嫩的花瓣，被他不经意的一脚踩得遍体鳞伤。一些水晶晶花的茎叶被他踩断，从此枯萎了凋谢了，成了河边草地上的一小团污泥。

河边的水晶晶花对次洛恨之入骨，但次洛却浑然不觉，不知道自己已经结下了这么多的冤家，不知道那一朵朵的水晶晶花就像一只只粉红色的眼睛，总是恶狠狠地瞪着他。

这天早晨，次洛把家里的牛羊赶到草滩上，便又来到了查美河边。他从河边的草地上走过，对草地上的水晶晶花依然是视而不见，更没有去在意那一束束愤怒的目光。河水中忽然掀起的一朵浪花却引起了他的兴趣，他立刻断定，那是一条小鱼。

查美河是流向青海湖的一条小河。青海湖盛产裸鲤，每每到了水晶晶花盛开的季节，裸鲤就会进入每一条流入它的河道产卵。次洛看到的那条小鱼，便是大量裸鲤进入河道产卵之前，最早进入河道做侦察工作的先遣队成员之一。

次洛朝着浪花掀起的地方看去，果然看到了一条小鱼，接着就看到了更多的小鱼。一条条小鱼无一例外地逆着水流奋力地游动着，它们游过的地方，掀起了一朵朵浪花。次洛一下来了精神，便在河岸上跟着这些小鱼跑了起来。小鱼看到有人盯上了它们，惊恐之下，更加奋力地甩动着它们鹅黄色的鳍翅飞快地向上游游去，它们身后的浪花一路追随着它们，形成了一条条好看的翻腾着的涟漪。

“水上开花啦!”次洛不由欢叫起来，跟着河中的小鱼在岸上一路跑去。但他不知道他正在为水中盛开的浪花欢叫时，他又踩碎了许多的水晶晶花。

查美河在一个山脚下拐了个弯，河流在拐弯的地方形成了一个巨大的旋涡。一条条小鱼游到这里，便飞快地窜入旋漩涡看不见了，次洛在这里停下来，一双眼睛有些意犹未尽地盯着小鱼们消失了的旋涡，不大一会儿就有了眩晕的感觉，次洛抬起头来向河岸上看去。

这里是一片不小的沙地，是小小的查美河一次又一次地用自己看似柔弱无力的水流冲刷出来的。水晶晶花在这里消失了，取而代之的是一片片的灌木丛，金黄色的花朵盛开在每一株一尺多高的灌木枝头上，耀眼夺目。这种灌木叫金露梅，因树上金黄色的花而得名。次洛的目光很快被金露梅吸引了，他的兴趣便很快转移到金露梅上。他顺手从一株树上摘了一支金露梅开得繁茂的枝丫，便蹿入了那一片灌木丛里。所有的金露梅都听到了那株被摘了枝丫的小树疼痛地惨叫了一声，但次洛同样充耳不闻，他就像一只敏捷的兔子一样左冲右突，不大一会儿就来到了一片开阔地。.

次洛蹿到灌木丛里来，除了那一朵朵金黄色的花引诱着他，还有就是他想撒尿了。藏族是忌讳在河水中或者离河水很近的地方小便的。这一点次洛从小就知道，阿爸告诉过他，如果小孩子朝着河里或者离河水很近的地方撒尿，河里的龙神就会不高兴了，就会吃掉小孩子的小鸡鸡。次洛因此从来都不往河里或者河边撒尿，哪怕尿很憋也要跑到离河水稍远的地方。次洛跑到开阔地，还没等他把皮袄带子解开，就看到这里还有两个人。

他们紧紧地拥抱在一起。

次洛意外又惊奇地看着他们，手里的那枝金露梅不由掉到了地上。次洛看清楚了，那两个人一个是和次洛家住一个帐圈的邻居南杰大叔家的大女儿赛措，一个是家住在另外一个帐圈，在这片草滩上小有名气的情歌手阿吾达贝。次洛记得，有一次，阿爸和阿妈聊天，就聊到了他们，阿妈说他们是天生的一对。次洛听了立刻问道："什么叫天生的一对?"

阿爸和阿妈互相对视了一下，阿爸笑着回答说："就像阿爸和阿妈这样。"

"那他们会生一个像我一样的孩子吗?"

阿爸阿妈听了这句话，大声笑了起来。

"我想让他们生个女孩儿。"

阿爸阿妈的笑声还没止住，次洛又说了这么一句，俩人的笑声立刻止住了，他们又互相对视了一下，阿爸和阿妈齐声问道：“为什么呀？”

“等他们生下女孩儿，等女孩儿长大了，我也要和她当天生的一对儿。”次洛想了想，斟酌着词句说。

阿爸阿妈听了又一次大声笑了起来……

两个人也很快发现了忽然不期而至的次洛，他们慌乱地松开了对方。被次洛唤作阿姐的赛措头发蓬乱，两眼无神，她抚弄着自己皮袍上的褶皱，脸上布满了泪痕。

情歌手达贝的眼睛也是红红的，他站起来走到次洛面前，问道：“次洛，你怎么跑到这里来了？”

次洛似乎没有听见他在问什么，他看看达贝，又看看达贝身后的阿姐赛措，依然是一脸的意外和茫然。

“你们哭了吗？”他反问达贝。

达贝听了次洛的话，不由回头看了一眼依然是泪眼婆娑的赛措，伸手抓住次洛的一只手，不知道对次洛说什么。

“阿妈说，你们是天生的一对！”次洛忽然说。

达贝听了次洛的话，惊异地看着次洛，又回头去看赛措，赛措不由又哽咽起来，她走过来抓住了次洛的另一只手。

“你们会生孩子吗？”次洛冷不丁又问道。

达贝和赛措很意外，他们也像次洛的阿爸阿妈那样互相对视了一下，达贝反问次洛：“为什么要问这个啊？”“你们最好能生个女孩儿。”次洛没理会达贝的反问，他自顾自地说。

“为什么呀？”达贝和赛措更加意外，他们脸上的愁苦已经被惊异所取代。

“等你们生下女孩儿，等她长大了，我也要和她当天生的一对儿。”

次洛想了想，斟酌着词句说。

达贝和赛措听了，不由笑起来，一行眼泪重新溢出了赛措的眼眶。

二

虽然是夏季，但是在清早还是有些寒意。帐篷里，次洛从盖在身上的厚重的皮袄里睁开眼睛的时候，他的阿爸阿妈已经起来了。阿爸盘腿坐在土灶的一侧，手里拿着一张羊羔皮细致地搓揉着。这是一张熟过的皮子，经过搓揉后，就会变得柔软滑腻，犹如丝绸一般。阿爸打算给次洛做一件用羊羔皮做成的“擦日”藏袍。等次洛到了九岁上学的时候穿，现在就差两张羊羔皮就准备妥当了。

次洛的阿妈在土灶的另一侧，正在刷洗一只挤奶桶，准备出去挤牛奶。坐在土灶牛粪火上的那把铁壶看上去已经有些年月了，它安然自得地坐在那里，在牛粪火的烘烤下，吱吱地唱着一支悠长而又凄切的曲子，好像是在回忆着自己曾经的往事。那往事让人心伤，却又回味无穷——一壶用茯砖茶熬制的茶水就要开壶了，这是阿妈为一家人准备的早饭。就着茶水吃糌粑，几乎是帐篷人家一成不变的早餐的内容。

“南杰大叔家的大女儿赛措要出嫁了，这个月藏历初十送亲，大叔要我去帮忙。”阿妈收拾好了挤奶桶，提着挤奶桶就要出门，阿爸忽然说了这么一句。已经走到了门口的阿妈便又折身走到土灶一侧，正要给阿爸说什么，还没张口，次洛却抢先说了一句：“是要和阿吾达贝结婚吗?”

阿爸和阿妈同时把头侧向次洛，惊异地看着他，帐篷里一下安静了下来。土灶上的水壶吱吱哼唱着的那支曲子，却在此刻忽然变得响亮起来，那声音也更加悠长、凄切，有一种哀伤的气氛一下子在帐篷里弥漫开来。

“是谁告诉你，阿姐赛措要和阿吾达贝结婚的?”阿爸问次洛。

“怎么了?”次洛本来要给阿爸阿妈说说，那天他在金露梅灌木丛里看到的情况的，他看到阿爸阿妈的神情都有些异样，便好奇地问了一句。

阿爸阿妈互相对视了一下，阿爸这才朝着次洛笑了笑说：“快起来吃饭吧宝贝，等阿妈挤完了奶你就要去放羊了。”说着把他的大手伸进次洛盖在身上的皮袄里，朝着次洛的屁股轻轻拍了一巴掌。

次洛听从了阿爸的话，钻出盖在身上的皮袄，穿上了自己的小皮袄。他一边系着皮袄带子，一边又问道：“阿姐赛措不是和阿吾达贝结婚吗?”

阿爸看看仍然站在一侧的阿妈，说：“阿姐赛措要嫁到遥远的农业区去。”

就在这时候，坐在土灶上的那把铁壶的盖子忽然跳动了起来，一些茶水从盖子的边缘溢出来，流到了正在燃烧着的牛粪上发出噗噗的声音，土灶里立刻荡起了烟尘——那把铁壶好像是忽然生气了，毫无来由地发起了脾气。阿妈急忙放下提在手上的挤奶桶，把铁壶从火头上提开，放在一边，又往土灶里添了些牛粪。阿妈做这些的时候，眼圈忽然变红了，眼眶里溢满了眼泪，不知道是被土灶里荡起的烟尘熏的，还是因为别的原因。

土灶里的火重新燃烧了起来，阿妈提着挤奶桶走出了帐篷，她让阿爸和次洛先吃饭，她挤完奶回来再吃。阿爸放下手里的羊羔皮，站起来拿起土灶一侧的铁壶，又从土灶上方的碗柜里拿出两只碗来，分别在碗底倒了少许茶水，接着从盛放酥油、曲拉、糌粑的木箱里拿出少许酥油，分别放在碗中的茶水里，又在碗里加了糌粑和曲拉，对刚刚洗完脸的次洛说：“儿子，我们吃早饭吧。”

次洛却显得心事重重的样子，没有听到阿爸再说什么。

三

阿姐赛措的婚期临近，次洛的阿爸为送亲的事忙碌着。他特意把自己心爱的枣骝马收拾了一下，浑身上下都是刷洗过的，不见一根杂毛；脖子上的鬃毛铰得很整齐，透出一种干净利落、英武洒脱的气质；尾巴被梳成了一条辫子，还缀上了五颜六色的艳丽的布条，看上去很美。

看着焕然一新的枣骝马，次洛的心里就有一种欢欣的感觉，而更让他高兴的是，阿爸阿妈经过商量，决定送亲的那天把次洛带上。他们的儿子长到七岁，还没有去过农业区，没有见过长在地里的庄稼，也没见过农村人才会养的鸡啊鸭啊猪啊什么的。更重要的是，那些在牧区难得一见的蔬菜，次洛都没有吃过，这次带着次洛去参加婚礼，也能吃到一些。这个消息让次洛兴奋得好几个晚上都没睡好，可是接踵而来的一件事，又差一点让次洛去不成了——他脚上的条绒布鞋破了一个洞，他没有新鞋穿，如果穿着现在脚上的这双鞋去参加婚礼，感觉也太寒酸，阿爸阿妈为此有些为难。就在高兴了几天的次洛又陷入愁眉不展的时候，阿妈忽然想起来南杰大叔家有一双雨天才会穿的泥靴，平时都是闲置着的，不如就把那双泥靴借过来，让次洛穿着去参加婚礼。反正这个季节三天两头就会下雨，穿着泥靴去，也不太奇怪。阿妈就怂恿阿爸去借。

“这样不太好吧，我们带着孩子去本来就不好，还要借人家的泥靴穿。”阿爸有些犹豫。

“带孩子去怎么了？又不是你一个人带孩子。这也是我们这儿的规矩啊。”

阿爸还有点犹豫，次洛说话了：“我就是要去参加阿姐赛措的婚礼！”

“你就去借吧。”阿妈又敦促阿爸，“孩子穿得光鲜一点，也是他们家的面子啊。”

听着妻子的敦促，看着儿子次洛眼巴巴的目光，阿爸叹口气，起身走出了帐篷，他说：“看来也只能这样了啊。”

阿爸很快就借来了那双泥靴，回来说：“我真是想得太多了，人家没等我把话说完，就把泥靴拿出来了，还说婚礼上孩子多了热闹。”

“我说嘛!”阿妈很得意地说。

这是一双用黑色橡胶做成的长腰雨靴，可能是除了下雨天可以穿它以外，当地人在和泥做泥活时也要穿着它用来搅拌泥水，所以也叫泥靴。借来了泥靴，次洛跟着阿爸去参加阿姐赛措的婚礼就成了铁定的事。这几天，次洛高兴得合不拢嘴，他发现他家的帐篷也替他感到高兴，只要有风吹来，悬挂在帐篷顶端的五颜六色的经幡就会随风飘舞起来，发出哗啦啦的笑声。次洛能听出来，那笑声里含着喜悦和祝福，当然还有那么一点点嫉妒。每天，还会有一只被当地人叫作火焰燕的黑背红腹的草原鸟飞临这里，落在次洛家帐篷的绷绳上，不断地翘着尾巴点着头，发出欢快的鸣叫，祝愿次洛此行能够吃好玩好长见识。

跟着阿爸去送亲，去参加婚礼的头一天，次洛就穿上了那双泥靴。他在帐篷前的草地上走来走去，侧着头斜着身子看看自己的左脚又看看自己的右脚，向前走几步又向后退几步，一副乐不可支的样子。一头两岁的半大牛犊看着自己的小主人走来走去的样子，有些疑惑地走到次洛的近前，哞哞地叫了几声。次洛却没好气地从地上捡了一块石头，朝着那头半大牛犊扔了过去，边扔还边骂：“滚远一点，把我的泥靴弄脏了。”那头半大牛犊仓皇逃开，它不知道今天的小主人怎么了，远远地站在那里，依然疑惑地看着次洛。

“我要去参加阿姐赛措的婚礼啦!”次洛忽然朝着不远处的查美河叫喊了一声。于是，查美河还有查美河畔草地上的水晶晶花，以及更远处一点的灌木丛里的每一朵金露梅都知道了次洛的好消息。

次洛偶尔也会想起，他要去参加的婚礼，并不是阿姐赛措和阿吾达贝的婚礼，而是阿姐赛措和另外一个不知道是什么人的婚礼。每当想起这件事，他就立刻会变得沮丧起来，但比起就要进入一个自己从来没有去过的新的世界的新鲜感来，那点沮丧也总是来也匆匆，去也匆匆。次洛盼望着这场婚礼快快到来，心里的那点失落也随着他对婚礼的期盼时而变得浅淡，时而变得深重。

四

在南杰大叔家的帐篷里，两个年长的妇女分别坐在阿姐赛措的两边，分别从两端开始为赛措编起一根根小辫。赛措则用宽大的袖口蒙着脸，不断地抽噎着。赛措没有哥哥，次洛的阿爸就被邀请来，以新娘兄长的身份参加梳头仪式。阿爸站在阿姐赛措的身后，唱起了《梳头歌》：

小小的妹妹要出嫁，
出嫁的路上你慢慢走……

次洛是和阿爸一起来的，就要去一个陌生世界的兴奋让他一夜没有睡好，心里的那点悲伤也早已忘得一干二净。他骑着自家的枣骝马，兴奋地站在送亲的队伍里，单等着梳头仪式结束后，和阿爸一起上路。当阿爸的歌声传出帐篷，听着那曲调婉转、韵味悲切的声音，早已忘记了的悲伤却又回到了次洛的心里。他撇撇嘴，那个让他不能理解的问题又开始在心头盘旋："阿姐赛措为什么没嫁给阿吾达贝呢？"

没等次洛再想下去，送亲的人们已经在帐篷后的桑台上煨起了桑，袅袅桑烟中风马飘飞，领头的阿香念起了节奏明快的《煨桑词》，祭祀天地神灵，祈祷天下太平：

乔嗡吗吽——
在今天这吉祥的日子，
我召唤各方神圣，
我祈求龙祖龙孙，
愿能像我的手脚一样，
听我调遣安排，
愿能像我的影子一样，
紧随我的左右。
我召唤，
龙宝赛青大山，
这父母般的神山，
愿您在我看不见时，
为我指明道路，
愿您在我不知时，
为我出谋划策。
我祈求，

赤秀加姆大湖(青海湖),
这父母般的圣湖,
愿您护佑老人们,
永远健康长寿,
愿您护佑年轻人,
永远身强力壮……

在滔滔不绝的《煨桑词》中，打扮一新的新娘让两位年长的妇女搀扶着走出帐篷，又被阿香们扶上了马背。送亲的阿香们出发了，他们骑着马簇拥着新娘，围着帐篷顺时针方向转了三圈。此刻，阿姐赛措的母亲似乎是想起了对即将离开自己的孩子的养育和操劳，从帐篷里大声呼唤起来：“赛措，请把幸福和欢乐都带走，请把吉祥和平安留给阿妈吧!”随行的阿香们随着新娘母亲的呼唤，不断替新娘回答着：“噢，啦索!”

送亲的队伍一路相送，迎亲的队伍一路迎接。日暮时分，送亲队伍在迎亲队伍的簇拥下，到了男方的村庄。次洛果然看到了一个不同的世界，仿佛一切都是被放大了一样，那些树木高大得仰起头来也看不到树冠，比起草原上最高的金露梅和沙柳树不知要高出多少倍；那一片片的庄稼地伸展在高大的树木之间，比起草原上用围栏围起来让牛羊啃食的草山还要茂盛，还要翠绿；那一片片的房舍紧挨着堆积在一起，比起草原上三五里才有一家的帐篷显得是那样热闹纷繁。

男方家就住在那一片挤挤挨挨的房舍里，平顶的黄泥小屋，被厚重的土墙围拢着，院子中心的小花园里，种着一些庸常的花，绽放着或红或紫的花朵。婚礼的宴席就设在花园的四围，一排排的矮脚四方桌上摆放着大盘的手抓羊肉和油炸馍馍。婆家和娘家的人们分成两排，分别坐在桌子的两侧。婚礼开始了，次洛却无心去看婚礼上那些烦琐的礼仪，他迷上了立在房子一侧的木梯子：两根长长的大人胳膊那样粗的木头，中间均匀地装上了横档，扶着木头，踩着横档，就可以爬上屋顶。这是次洛从来也没有见过的。而更加吸引次洛的是，顺着梯子爬上屋顶之后，从屋顶上可以看到整个村庄。在即将西沉的夕阳下，他看到每家每户的大门前都堆着很高很大的麦秸垛，就像是草原上每家每户门口堆着的牛粪堆；他看到许多女人蹲伏在村庄以外的田地里，半天一动不动，不知道她们在干什么；他看到那些鸡——次洛是从草原上四处可见的野鸡判断出那就是鸡的——虽然长着翅膀却不能飞，就像人一样迈着双腿，在村道上走来走去。

次洛正在房顶上举目远望，忽然听到从院子里传来了唱酒曲的声音。声音非常耳熟，次洛一下就听出了那是阿吾达贝的声音，便急忙走到梯子前，准备下去看看，就看到有一头猪在梯子下面。这头猪一边用嘴拱着梯子，一边还抬头往房上看着。次洛从来没见过猪，不知道这个长得很丑又很凶的家伙是什么，心里有些害怕，便大声叫道：“给我挡一挡!”——在草原上，每当有人走近一家帐篷，就会这样大声呼唤帐篷主人，让主人把自家的狗看好，以免被狗咬。下面的人听到次洛的呼唤，都抬起头来看他，正在唱着酒曲的人正是阿吉达贝，他也暂时停住了歌声，朝着房上看着次洛。次洛看到阿吾达贝的眼睛红红的，身子有些趔趄，很明显，他已经喝多了。也不知道他是什么时候来到了这里的。

“你说什么?”有人问次洛。

“给我挡一挡!”次洛又说着，眼睛看着地上的猪。

大家明白了次洛的意思，都不由笑起来，有人便过来赶走了猪，边赶边对次洛说：“这不是狗，这是猪，猪不咬人的。”次洛听了说：

“它比狗可怕多了!”人们又笑了起来。

次洛在人们的笑声中下了梯子，脚上的泥靴却被梯子上的一根铁钉剐出了一道口子。次洛的阿爸坐在参加婚礼的人群里，看到次洛忽然在梯子上打了一个趔趄，不由“啊呀”了一声，他立刻感到次洛脚上那双借来的泥靴有了问题。

婚礼上，忽然有了这样一个插曲，气氛似乎一下热闹了许多，但次洛和次洛的阿爸却高兴不起来了——当次洛一脸胆怯地走到阿爸面前时，阿爸就看到他左脚泥靴的靴腰上赫然张开着一道口子，就像是一个咧着的嘴，有点幸灾乐祸的味道。

次洛的阿爸虽然生气了，但又不好发作，就让次洛坐在自己身边哪儿都不要去。这时候，阿吾达贝又开始歌唱了，他醉得有点不能自已，这一次，他唱的不是一首酒曲，而是一首拉伊。

美丽的水晶晶花啊，
要盛开在查美河边，
狠心的冷霜啊，
却摧残了它的花朵。
多情的歌手达贝啊，
要迎娶心爱的姑娘，
狠心的父母啊，
却把她嫁到了远方!

婚礼忽然变得鸦雀无声，难以抑制的哭声却从新娘赛措的洞房里传出。就在这时，人群中响起一声怒骂：“把这不知羞耻的家伙赶出去!”随着怒骂声，几个小伙儿就向阿吾达贝冲了过去，其中一人拿出马鞭，朝着阿吾达贝的脸狠狠抽了下去，一道血印即刻出现在达贝的脸上。那血印就像是一只蠕动着的蚯蚓，就那样显赫地趴在达贝的脸上。那几个人架着达贝走出了大门，次洛惊异地看着被架出大门的阿吾达贝，又看看身边的阿爸，阿爸脸上毫无表情。

天色慢慢暗了下来。

送亲队伍是第二天回来的，阿爸回到家里，什么也没做，他考虑的首要问题是：如何赔偿被次洛弄坏了的泥靴。婚礼上发生的事，像个谜一样朦朦胧胧地装在了次洛的心里，他不敢问阿爸，阿爸也没有想给他说的意思。经过阿爸阿妈的商量，他们做出了这样的决定：卖掉两张羊羔皮，用卖羊羔皮的钱再买一双泥靴，赔偿给南杰大叔家，被次洛弄坏的这双泥靴就让次洛穿着。如此，给次洛做一件“擦日”藏袍的计划就要往后推推了。

阿妈用毛线把泥靴上的裂口细细地缝住了，缝住了的裂口像一条蚯蚓。从此，次洛有了这样一双泥靴。

清晨，当次洛走过查美河边。河边的水晶晶花都发现了次洛脚上的变化，它们看到次洛脚上的那双条绒布鞋不见了，那只从破洞里露出来的大拇指也看不见了，取而代之的是一双泥靴，左脚泥靴的靴腰上那道缝补起来的裂口，就像是一道伤疤一样狰狞又丑陋。水晶晶花们还发现，次洛自从参加了婚礼回来以后，似乎是换了一个人。本来，它们还以为次洛回来后，会把自己的一些所见所闻说给它们听，即便是不说给它们听，对它们依然像以前一样视而不见，但也会说给他的羊群听，那样，它们也可以听到一些的。可是次洛却并没有说什么，他整天一言不发，有点闷闷不乐，时常看到他坐在草滩上发呆。水晶晶花们感到很奇怪。

水晶晶花们放弃了要对次洛进行一次惩罚的想法，它们共同认定次洛有了心事，并希望能够知道他在想什么。但次洛却很少从查美河边走过了，以前，每天要从河边走过好几次，现在一天也就一两次，有时候连一次都没有。尽管这两天刚好是青海湖裸鲤的产卵季节，到查美河里产卵的裸鲤不计其数，挤挤挨挨的，满满的一河几乎都是鱼。要是以往到了这个季节，次洛只要把牛羊赶到草滩上，就迫不及待地到河边来了，他和鱼游戏、捉迷藏，追逐着、打闹着，水面上不时掀起一朵朵的浪花，河岸上不断传出他快乐的叫声。每天，他都玩得不亦乐乎。可是这一次，他却没有和鱼一起玩耍，他把满河的鱼都放在了一边。他的反常行为让水晶晶花有些意外，也有些担心。

这一天，次洛朝着查美河走来，但他几乎没有心思去造访那片开满水晶晶花的草地，再一次径直走进了金露梅的灌木丛。草地上的水晶晶花眼看着消失在灌木丛里的次洛的身影，心里有些失落，它们只有寄希望于那些金露梅，到时候从它们那里听到有关次洛的只言片语。

次洛走进灌木丛，再一次来到了他曾经遇见阿姐赛措和阿吾达贝的那片沙地，他在沙地上坐下来，愣愣地看着脚上的泥靴。满树上金黄的金露梅屏住呼吸，静静地看着次洛，大气也不敢出。草地上看不到次洛的水晶晶花更加着急，翘首看着灌木丛的方向，一副焦急等待的样子。

次洛把自己脚上的泥靴脱了下来，把它们并排放在一起。两双泥靴紧紧地靠在一起，显得安静顺从。

“你们是天生的一对!”次洛对着泥靴说。

“你脸上的伤疤还没好吗?”他对着那双靴腰上有裂口的泥靴说。

金露梅吃惊地看着他，他们看到次洛的脸上挂着眼泪。而外面的水晶晶花依然一无所知，它们急切地盼望着次洛走出灌木丛。

选自《人民文学》2008 年第 5 期

小妹的婚事

杨显惠

召吉草和夏道部私奔的那年，万考一家人硬是不同意两个年轻人的婚事，亲家差点儿成了仇人。后来召吉草和夏道部生米煮成熟饭，两家人终于冰释前嫌。每年春播秋收的季节，这家的青稞黄了，那家的年轻人过来拔青稞。那家要种芫根了，这家也去帮助犁地和撒种。老人们过年过节都互相走动。扎尕那的人都说，这两家的亲家做得好。可谁也没料到，过了六七年，两亲家之间产生了龃龉。

一天，更堆群佩开着汽车来扎尕那看父母。回县城的时候，小妹妹卓玛要搭车到城里转一趟，说想买点搽脸油什么的。更堆群佩不让她去，说，明天要开车去岷县拉水泥，不回来了。买什么牌子的油，他下次再带回来。卓玛说，没关系，自己会坐“招手停”的面包车回来。

他们说话的时候，阿妈丹知草在旁边，丹知草对更堆群佩说，她要去你就带上，回来不要你送，坐“招手停”，一张票才六元。她很长时间没进过城了，急呢。更堆群佩同意了。

卓玛是在姐姐召吉草私奔那年被万考从牧场叫回来的。召吉草跑了，家里缺个端茶端饭的人。

卓玛跟哥哥走的时候对阿妈说，天黑以前她回来做饭，可回到家已经晚上十点钟了。家人等得不耐烦，丹知草自己去做饭了。卓玛回来后说，从城里出来才五六点钟，日头还高着呢，经过尕固村就下车到姐姐家看了一下，坐了一会儿再走就没车了，只好步行回来。她还说，姐姐的婆婆有病了，心口痛，到县上看了，到合作也看了，治不好。在寺院算了个卦，佛爷说念个经就好了。姐姐家已经请好阿卡（藏语：僧人，和尚）了，过两天念经呢。姐姐说了，念经的时候要给阿卡们做饭。她一个人忙不过来，叫我帮一下忙去。阿妈，我去吗不去？

丹知草回答，那去嘛，阿姐叫了你就去嘛。

那我走了谁给您和阿爸阿婆做饭呢？

丹知草嫌她问得奇怪，说，能做几天饭？

卓玛不吭声了。

丹知草说，你走了就我做呗。

第三天早晨，卓玛做好早饭，等全家人吃过，她洗完锅碗，换了件新的夹袍，对母亲说，阿妈，我到姐姐家去了。丹知草说，去吧，说下了要帮忙呢，那就早点去吧。

一般情况下，家里念经就是两天，一天准备，一天正式念经，第三天卓玛就该回家了，但是她直到第五天也没回来。家里人觉得蹊跷，就叫丹知草坐“招手停”去尕固村大姑娘家看一下。

丹知草在大女儿家没看见生病的亲家母，只有召吉草和她的一男一女两个娃娃在家里。她问召吉草，夏道部的阿妈啊里去了？

召吉草说，那在牧场里呢。

不是说病了吗？

没有呀。

丹知草一愣，继而问，你妹妹呢？

噢，你是说卓玛呀，那跟上贡巴甲到牧场去了。

丹知草真有点蒙了——贡巴甲是女婿夏道部的弟弟，多次去扎尕那帮她家犁过地，拔过青稞，挖过芫根，是个二十岁出头的大小伙子。她急忙又问，卓玛跟上他到牧场做啥去了？

召吉草拉着长腔说，那我啊么知道呢。前两天贡巴甲从扎尕梁下来，在家里住了两天。后来说是要回牧场去呢，卓玛就跟上去了，她没跟我说去牧场做啥呢。

丹知草只觉得眼前一黑，差点儿从炕沿上栽下来。她稳了稳神，这才恨恨地骂起来，你个死丫头，你说，你妹子是不是跟上贡巴甲跑了！

召吉草不说话。

丹知草追问，你给我说实话！两个人是不是上西藏去了，磕头去了？像你那一年一样！

召吉草低沉地应了一声，啊呀（藏语：是，对，好）。

丹知草没再说话，久久在炕沿上坐着，脸色变得黄黄的。她摇摇晃晃走到召吉草跟前，"啪"的一巴掌打在女儿脸上，啊哟哟，你的胆子也就太大了！你知道不知道，那一年你跟上夏道部跑过了，你阿爸就差些气死。这又出下这么丢人的事，你还叫你的阿爸活人不活人了！你说，我家里去了怎么给你的阿爸交代呢?!

召吉草不出声。

你给我说，是不是你出下的主意？那一天是不是你叫卓玛回去了哄我，说是夏道部的阿妈病着哩，要念经呢？

召吉草还是不出声，她的眼睛里充满了泪水，半边脸充了血，红得像贴上了一块红布。

这时，外孙子和外孙女吓得哇哇大哭。丹知草没去理会他们，只是骂了声，害人精！然后就慢慢地转身走出门去。她已经木愣愣地走出了大门，身后突然传来召吉草长拖拖带着哭音的喊声，阿妈，你缓一会呀，缓一会了再走……但她脖子都没转一下就离开了尕固村。

因为生气，丹知草连坐“招手停”的事都忘掉了。她沿着风景如画的益哇沟往扎尕那走，一路都想着回家后怎么给丈夫万考说这事，万考知道会不会背过气去？她甚至想，万考会不会迁怒于自己，嫌她没把姑娘管好？她胸腔里装满了愤怒，腿软得几乎走不动了。

扎尕那的年轻人驾驶着“招手停”在她身旁停下了，司机摁喇叭，还喊道，阿婆坐车吧……她就像没听见一样，仍慢腾腾地走着。

走过纳加村，走过狭窄的纳加石门，走过山坡上沓板房密集的东哇村和业日村，终于到家了。

她坐在偏房的炕沿上对万考讲述事情原委，一边讲一边惊恐地睁大眼睛看着万考，怕他跳起来，怕他把腰刀插进系腰里跑出去，或者一把抓住她的头发把她拖翻在地……万考很少打女人，但是一旦气坏了打起来，出手重得很。扎尕那屡次发生过类似的事件——丫头跟着小伙子跑了，当家人不同意，可又要不回丫头来，于是就归罪于当妈的，说她们管教不严，有的甚至说是母女串通一气，结果逼得母亲到女儿婆家门口上吊。

没想到，万考听完她的话半天没说话，忽然倚着被子躺下了，躺到天黑才起来吃饭。饭后，他对小儿子绕巴说，明天你到城里去一趟，更堆群佩没出车的话，叫他回家来一趟。

万考的口气很平静，丹知草长长地出了口气，心想，更堆群佩来了会想出好办法吧。更堆群佩三十多了，见多识广，近年来家中每逢大事，万考都叫他回来商量，拿主意。

次日，绕巴吃过早饭去城里，不到两小时，更堆群佩就开车回到了家。他静静地听完来龙去脉后说，这没办法。人家两个人已经跑过了，你能追回来吗？到哪里找去？他们现在至少已经到西宁市了。

你的意思是，同意两个妹妹都叫多吉次仁家抢走？！万考冲动起来。

那不是，我也不同意卓玛到他家去。这种事我还没听过，两个丫头都给到一个家里。这样的亲戚做下，好了确实是好，亲上加亲嘛，要是不好了也确实麻烦大得很，一定要把她要回来！

我也是这样想的，可是当下啊怎么做呢？

当下可是没办法，见不着人嘛。不光见不着我妹子，连人家的老人也避开了，你能有啥办法？等着吧，等到我妹子回来，我劝她，不能叫她跟贡巴甲。

到时候你能劝回来吗？万考愁肠百结，毫无信心地说。

劝呗，尽量劝呗。

后来，事态发展简直就是六年前的事件翻版——过了几天，多吉次仁提着酒来了，他的亲戚们来了，一趟一趟地请求万考允诺婚事。万考一律拒绝，他说，我的一个丫头叫你们抢走了，还要接着抢另一个丫头。啊么了，我上一辈子欠下你们家的债了吗？

一年后，卓玛回到了尕固村，抱着刚刚出生两个月的女儿回娘家看父母来了。万考大发雷霆，骂卓玛不听话、不孝顺、不要脸、下贱，接着劝卓玛不要回尕固村去了，就在家里住下，说我养着你。卓玛一个劲儿哭，求万考同意自己的选择。万考见卓玛不肯回心转意，就把更堆群佩叫来劝妹妹。

更堆群佩说，卓玛，你还是回家来吧，过去的事我啥也不说，你和贡巴甲感情好也罢，不好也罢，反正这门亲事我们两家做不成。你想过没有，你姐姐嫁到他们家了，你再嫁过去，要是你们日子过得都好，那就好得很，确实是好，两家是亲上套亲嘛，可是一旦有一个人出了啥事，闹矛盾了，我这当哥哥的，还有阿爸阿妈怎么办呢？我们啊么说话呢？说还是不说？说吧，还有一个在人家家里坐着呢，关系不好处理；不说吧，外头人看我们娘家人不管自己的丫头，会说我们娘家人没本事，你们也要怪娘家人不管。这就是我和阿爸阿妈不同意你跟贡巴甲的原因。

被新婚的甜蜜生活和初为人母的幸福包围着的卓玛，脸上荡漾着美丽的光彩，她柔声柔气地说，阿哥，我就听不明白你的话，我和姐姐在贡巴甲家里坐下，能出啥事？我们一搭长大的，又一搭里给人家当媳妇，说个话做个啥还像在家里一样，不是更好吗？

更堆群佩说，你看你，我说的话你啊么就谝（方言：辨别，理解）不来？你们两个人嫁到一个家里，好了当然是好，可是过日子的时间长着哩，时间一长，总有一个人会为啥事吵个架，或者说个啥话跟人家闹矛盾吧？扎尕那有多少媳妇离婚了，有的是两口子合不来，有的是男人不要婆娘，打发回娘家了。这样的事少吗？你不知道吗？

我们不会出那种事。

你瓜（方言：傻，糊涂）着呢，你现在是刚和贡巴甲到一搭，热乎劲儿还没过去。等着热乎劲儿过去了，打仗骂仗的日子就来了，哪有铁勺不碰锅沿的事呀！

卓玛不出声了。

更堆群佩又说，你回来，把我的话听下。过段时间你再看上啊一个跟上了去，就是不要跟贡巴甲。到那时我肯定不反对，阿爸阿妈也都同意，我给你保证下。你要是不听家里人的话，和你姐到一个家里坐下，我真是不同意。今天说这样的话，你可能听着不舒坦，怪你的阿哥——啊么不盼着你好，啊么非要拆散你们呢？可是我当哥哥的，今天这话就要说呢，要是不说，将来真出了啥事，你还怪我没劝你。

你有了个娃娃——这个尕丫头，可能有顾虑呢，担心再出嫁的话丫头不好办。这你都不要考虑，我的娃娃不多，就两个儿子，到你出嫁的时候把丫头给我，我养她，把她当成我的丫头养着。她该上学的时候，学费我出上，等长大了要嫁人的时候，我给她办嫁妆。你放心，这你都不要操心。

卓玛还是一句话不说，用沉默表达她的决心。更堆群佩看妹妹一点儿听不进自己的话，便不再劝了，缓和地问，你是啊么想下的，非要跟贡巴甲？

卓玛说，姐姐跟我说下的。姐姐说，我们是亲姐妹，他们是亲弟兄，你来，你来了我们一搭在一个家里坐下，这家人好着哩。我也想着跟姐姐一搭坐下，姐妹互相有个照看，比到没个熟人的家里坐去好一些……

召吉草是个糊涂虫……更堆群佩愤愤地说。

卓玛在家里住了几天，贡巴甲来接了，提着酒和礼物，包括给丹知草的西藏产的氆氇，给万考家人一人一件衣裳的布料。万考虽然板着脸不给贡巴甲好脸色，但还是收下了。

后来的事情被更堆群佩不幸言中。卓玛去了尕固村一年多，腹部突然痛起来，发作时痛得在地上打滚，过几个小时或一天就好了，能正常劳动和吃饭，可过几天又犯了。村里人说她得了阑尾炎、胃病，还有人说是胃癌，活不长，因为她急剧地消瘦。贡巴甲领她去县医院，还到合作市的州人民医院看病，B 超也做了，医生都说没病，可能是胃部发炎，开了些消炎和镇痛药。吃完药，疼痛不但没有减轻，反而更严重了。时间长了，每当她发病不吃不喝躺在炕上的时候，婆婆就说她装病，说她小病大养。又过了半年，贡巴甲干脆撵她回娘家，说你回娘家去吧，你的病我没办法。你娘家可能有啥办法能治好，治好了你再回来，治不好你就在娘家住着去。

春季，一个阳光灿烂的日子，万考夫妇和小儿子种完蚕豆，中午回家吃饭的时候，发现卓玛拎着小小的包袱站在家门口。看见父母从巷道里走来，卓玛消瘦、蜡黄的脸上涌现淡淡的红晕，她窘迫得磕磕巴巴地说，阿爸阿妈……我……回家来了，贡巴甲不要我了……

当万考明白怎么回事之后脸色也变得黄黄的，他低头吃饭，一句话不说。下午，他换了身新皮袍，戴上礼帽，对卓玛说，走，我们到你婆家去一趟。卓玛不肯，万考大声训斥道，走，我们一搭走！当初我不叫你跟贡巴甲，你哭着闹着要跟呢。现在有病了，他就把你打发回来了，那成吗？天下还有这样不讲理的事吗?！他就像押解俘虏一般，将卓玛送到多吉次仁家去了。

但是，卓玛在婆家住了半个月，自己跑掉了。这次她没回娘家，而是跑到城里更堆群佩家去了。她哭哭啼啼地对更堆群佩说，自己肚子痛得很，贡巴甲还打她骂她，撵她回娘家。

如今的更堆群佩事业发达，他和在迭部白龙江上建发电站的浙江老板拉上关系，又贷款买了两辆双桥的大卡车，给在建水电站运水泥钢筋。他在县城旁的然闹村买下个院子，妹妹来了，就腾出房间叫妹妹住，还对她说，贡巴甲不要你，你就在我这达坐下吧，帮你嫂子给司机和娃娃们做饭。等我闲一些了，拉你到兰州看病去。

一天，一个纳加村的熟人来找更堆群佩，要雇车运牛到临夏市贩卖。那人认识卓玛，问更堆群佩，你妹妹怎么在这里？他回答，贡巴甲不要我妹妹了，她没处去，到我这达来了。那人说，不会吧，贡巴甲怎么会这样做？等一会儿我把她领回去跟贡巴甲说。更堆群佩不让领，说，我妹妹不是装病，是真有病呢。她到我家来才七八天，就犯了两次病，肚子痛开的时候脸上滚着豆子大的汗珠子，衣裳都湿透了。受不了的时候在地上爬，全身都是土。我过两天带她看病去呢。

他认为妹妹可能患上了妇科病，又听说临潭县的妇幼保健院擅长治疗妇科病，就带妹妹去了临潭县。医生叫卓玛做了 B 超后，说她没啥大病，就是胆结石，胆囊里有三个豌豆大的石头，要到县人民医院开刀，把石头拿出来就好了。他开车把妹妹拉到县人民医院做了 B 超，却说没有胆结石。他又跑回临潭县的医院，找到做 B 超的医生，说，你说我妹妹有胆结石，可是县医院的大夫说没有，到底有没有？医生说，你到县医院开刀去，胆结石有呢。开完刀如果没有石头，你的手术费、住院费我给你出上。

这次他去县医院直接找院长，院长叫做 B 超的医生仔细检查，结果还真有石头呢。于是立即手术，把三个豌豆大的石头取了出来，术后第三天卓玛就能下床走路了。

卓玛回到迭部没再发过病，身体胖起来，脸蛋变得红润。消息传到益哇沟，贡巴甲听说后，跑到城里来找更堆群佩，说来接卓玛。更堆群佩生气地说，卓玛不去你们家了。她有病的时候你不要她，打发她回娘家来。病治好了，你又要呢。我们家的人就这么贱吗？我妹妹就真是没人要吗？没人要了我养着，不去你们家！贡巴甲急忙解释，更群（更堆群佩的简称）老哥，你这么说就把人冤死了。卓玛得病后我领着到处看，迭部也看了，合作也看了，几千元钱花上了，大夫都说她没啥病。我没办法才说你回娘家住几天去吧，或许你们家的人能有啥办法……不是不要她，确实是把人难住了。你不知道，她肚子一痛开，地下睡呢，院子里也爬呢。过一会儿又说好了，上炕睡下了，被子叫她杠（方言：蹭，摩擦，磨）得土苍苍的。她在地下爬着呢，我扶一下她，想把她扶到炕上，她又骂又打的，扶都不叫扶。

更堆群佩说，那有病呢，是装的吗?！她在我这达也犯了几次病，疼得招不住，头往墙根上撞，满院子爬呢。要是个好人，能那么做吗?

不知道，真不知道她得的是胆结石。更群老哥，你就原谅一下，兄弟我没上过学，没文化，不知道她得的是这种病。我们尕固有个婆娘得了胆结石，但她的症状是人乏着不成，走不动路，做不动活。她做手术，取出来一把石头，也没像卓玛这样痛得打滚……唉，你看这样好不好，你领着卓玛治下病的钱我给出上，这几个月的伙食费我也出上，人我还要领回去哩。你就叫我领回去吧，我的丫头不能没有阿妈……

更堆群佩觉得贡巴甲讲的有些道理，自己不能硬把妹妹两口子分开，就说，这事我不能做主，卓玛回去还是不回去，要她自己决定。她要不回去，我也不能逼她。

卓玛被叫过来，更堆群佩问她回尕固村还是在城里住?

卓玛说，我不回去，回去了他还打我呢。

贡巴甲涨红了脸说，不打了，不打了，我在这达保证下，往后再不打你了。

卓玛却坚决不回去。

贡巴甲无奈，只好先回家去了，但还想着卓玛，隔三岔五去达日村找万考，恳求岳父劝卓玛回家去。他跑的次数多了，万考动了心，托人捎信给更堆群佩，叫他回达日村一趟，有事商量。商量的结果是更堆群佩回到迭部后对妹妹说，你不回婆婆家也中呢，不回去你就到扎尕那去，和阿爸阿妈一达过去。阿爸阿妈老了，家里要个背水做饭的人呢。

于是卓玛回到娘家。娘家离得尕固村近，贡巴甲和他的家人三天两头来叫她回去。过了两三个月，卓玛终于回到贡巴甲家里，因为贡巴甲请来的一个说情人吓唬卓玛，说，你说不回就不回了吗？国家有法律呢，你要是不回，管计划生育的人会找你，你们要办离婚手续，要把你的姑娘判给你，你现在怀着的娃娃也判给你呢。政府的政策是保护妇女和儿童，不能叫当阿妈的和儿女分开。卓玛一听这话吓住了，自己带着两个娃娃怎么过日子？改嫁还有人要吗？想来想去就回到贡巴甲家了。

卓玛走后，万考家一天三顿饭就由丹知草来做，背水也成了她的活儿。万考看着女人的鬓角白了，对小儿子绕巴说，你要快娶个媳妇……绕巴却不着急，说，我要到兰州打工去呢。

选自《上海文学》2009年第4期